中华散文
插图珍藏本

毕淑敏
散文

人民文学出版社

图书在版编目(CIP)数据

毕淑敏散文/毕淑敏著. —北京:人民文学出版社,2022
(中华散文插图珍藏本)
ISBN 978-7-02-016414-1

Ⅰ.①毕… Ⅱ.①毕… Ⅲ.①散文集—中国—当代 Ⅳ.①I267

中国版本图书馆CIP数据核字(2021)第273000号

责任编辑	杜　丽
装帧设计	陶　雷
责任印制	宋佳月

出版发行	人民文学出版社
社　　址	北京市朝内大街166号
邮政编码	100705

| 印　　刷 | 中国电影出版社印刷厂 |
| 经　　销 | 全国新华书店等 |

字　　数	212千字
开　　本	880毫米×1230毫米　1/32
印　　张	10　插页2
印　　数	1—5000
版　　次	2009年8月北京第1版
印　　次	2022年1月第1次印刷

| 书　　号 | 978-7-02-016414-1 |
| 定　　价 | 38.00元 |

如有印装质量问题,请与本社图书销售中心调换。电话:010-65233595

作者像

我很重要

毕淑敏

是的,我很重要。

我们每一个人都应该有勇气这样说。我们的地位可能是卑微的,我们的身份可能很渺小,但这丝毫不意味着我们不重要。重要并非伟大的同义词,它是人时命的必需。

人们常常从成就事业的角度,断定我们是否重要。但我要说,只要我们在呼吸努力着,为光明面而奋斗着,我们就是无比重要地生活着。

让我们昂起头,对着我们这颗美丽的星球上无数的生灵,响亮地宣布——我很重要。

作者手迹

出 版 说 明

　　五四新文化运动以降,现代意义的"散文"逐步成为与小说、诗歌、戏剧并称的文体,并取得了蓬勃的发展,涌现了鲁迅、周作人、朱自清、梁实秋、孙犁、汪曾祺、张中行、史铁生等一批优秀的散文家。为了全面展示二十世纪以来中华散文的创作成就,我社曾先后编辑出版了"中华散文珍藏本""中华散文插图珍藏版"等多套丛书,受到读者的欢迎。

　　此次"中华散文插图珍藏本"是在原有基础上的进一步提升,我们优中选优,计划收录近七十位散文名家的作品,分辑出版。第二辑(十种)先行推出,以飨读者,只愿这套"美文"大书能让世间的心灵多一份温暖,多一点明亮。

人民文学出版社编辑部

目 录

我的故事 …………………………………………… 1
抱着你,我走过安西 …………………………… 5
灯下红 …………………………………………… 25
混入北图 ………………………………………… 29
昆仑之眠 ………………………………………… 34
信使 ……………………………………………… 40
葵花之最 ………………………………………… 44
没有墙壁的工作间 ……………………………… 47
女儿,你是在织布吗 …………………………… 50
带白蘑菇回家 …………………………………… 53
铁马冰河入梦来 ………………………………… 56
我的五样 ………………………………………… 62
回家去问妈妈 …………………………………… 67
我爱我的性别 …………………………………… 71
性别按钮 ………………………………………… 73
今世的五百次回眸 ……………………………… 80
凝视崇高 ………………………………………… 82
我很重要 ………………………………………… 86

人生有三件事不可俭省 ………………………… 90
精神的三间小屋 ………………………………… 92

每只小狗都有一个目标 ……	96
你站在金字塔的第几层? ……	98
拍卖你的生涯 ……	103
火车内外的风景 ……	110
你究竟说了些什么? ……	114
青色T恤 ……	123
写下你的墓志铭 ……	130
请为你的夸奖道歉 ……	135
寻觅优秀的女人 ……	137
淑女书女 ……	141
友情:这棵树上只有一个果子,叫做信任 ……	143
孝心无价 ……	145
家问 ……	149
爱怕什么? ……	153
爱情没有快译通 ……	156
提醒幸福 ……	161
幸福和不幸永在 ……	165
婚姻鞋 ……	168
二十一世纪,我们死在哪里? ……	171
你我的记忆 ……	174
切开忧郁的洋葱 ……	179
呵护心灵 ……	183
造心 ……	188
忍受快乐 ……	191
珍惜愤怒 ……	195
保持惊奇 ……	197
附耳细说 ……	202
柔和 ……	205

界限的定律……………………………………… *207*
风不能把阳光打败…………………………… *210*
曼德拉的铅笔………………………………… *212*
离太阳最近的树……………………………… *215*

外科医生的圣殿……………………………… *218*
一亿七千万只碟子…………………………… *224*
丹麦的独腿锡兵……………………………… *231*
海盗的诗……………………………………… *241*
只有贝加尔湖知道…………………………… *250*
戴胡子的女法老……………………………… *267*
冻顶百合……………………………………… *270*
仅次于人的动物……………………………… *275*
青衣的味道…………………………………… *277*
旅行使我们谦虚……………………………… *280*

我 的 故 事

　　我是一个在父母的热切期望之下出生的孩子(在这期待的人群里,还包括一个名叫"小胖子"的士兵,他是父亲派来的警卫员。母亲说过,如果没有他的帮助,我的生命将不复存在)。

　　当时父亲在新疆边防部队任职,母亲在长久的病痛之后怀孕,妊娠反应十分严重,几乎水米不进。小胖子是四川人,善烹调,用尽办法想让母亲进食。最后发现母亲可以吃野鸽子。他就千方百计地捕猎鸽群,每天煮烧不停。所以,母亲说我是四千只鸽子所变。

　　当我三个月的时候,父亲奉调北京。母亲抱着我,每日在西域黄沙迷漫的古道上行进,吃尽苦楚。我人生的第一个印象,就是在漫天的风沙之中,我的周围有一个温暖的怀抱。

　　我生命中的第二个记忆,就是凄苦无助的哭泣了。当我一岁四个月的时候,妹妹出生。她比我长得好看,又是早产,母亲对她格外呵护。母亲亲自带看她,把我交与保姆,然后又送去幼儿园。

　　从那时起,每两周我才可以回一次家。记得父亲说过,周六回家,我都不认识他们了。待到熟悉之后,我能叫出他们"爸爸妈妈"的时候,已是星期天的下午,我就要返回幼儿园了。我放声啼哭,母亲没有办法,只好由父亲将我紧紧抱住,强行送回幼儿园。每次都待我哭得昏过去之后手才松开,家人才能离开(我后来想,那可能是一种儿童全力哭泣之后筋疲力尽的睡眠,并非真的昏厥）。留在生命中的图画，就是我在窄小的围有铁栏的小床内昏昏醒来，爸爸不见了，只有从家中带来的一个玻璃的小汽车紧握在我的手中，证明我曾回过家，它不是一个梦……远处是一位姓范的老师冷冷的脸，说着——小孩就是这样的，只要她家里人在，她就哭个不停，家里人走了，就乖乖的了……

（写到这里，我泪流满面。如果不是正值深夜，家人熟睡，我会放声痛哭。我也明白了，为什么在我的经历中，那样地害怕父亲的死亡和被母亲抛弃。在精神的磨难中，那样难于启齿向他人呼救……童年时惨痛的记忆，就这样烙在我心底最稚嫩的地方，多少年之后，依旧血迹斑斑。如果不妥加清理，会怎样虚耗宝贵的生命活力！）

我十岁的时候，父亲远调边陲，母亲便把照料妹妹的重担压在我的肩上。从此，我不但自己要学习好，还要为妹妹辅导功课。如果她成绩不佳，我无论考得怎样优秀，也要吃打。母亲的这种连坐法，使我觉得人生莫测，由此便滋生出过度的责任心，不单为自己负责，还要为他人负责。在我的性格里，萌生了对他人的强迫关怀和过分追求完美的倾向。

由于为妹妹辅导功课，致使我的学习成绩全面领先。这在一个以分数和品行评定孩子价值的学校里，我得到了很多荣誉和老师的嘉奖与信任，并担当了各种社会工作，受到广泛的赞扬。这种被肯定的经历，使我养成了对学习的热爱，并学会自信和勇敢，培育了强烈的尊严感。且由于我的初始目的并不是受到他人表彰，所以除了我父母的鼓励，我对通常的外界反映，是淡然和平静的。

我中学就读于北京外语学院附属学校，这是一所著名的贵族中学，对学生要求非常严格。记得我是十分快活地离开家去住校，因为从此不再负担妹妹的学习了。由于新生的录取比例据说是四百比一，学生素质优良。经过努力，我一如既往地成绩优异和工作出色。这使我对自己有了比较充分的信心,知道只要热爱并且顽强奋斗,我能够争取卓越。

当我十六岁的时候,到西藏当兵。那里的平均海拔五千多米,酷寒缺氧。一年当中有半年不通车,基本上没有任何蔬菜和水果,吃的是罐头和脱水菜。数千男性军人中只有五名女兵……这对我来说,构成了强烈的反差和巨大的恐怖。除了物质上的极度匮乏之外,是精神上的迷茫和空白。每天,面对喀喇昆仑山、喜马拉雅山、冈底斯山万古不化的寒冰,面对渺无人迹的亘古荒原,面对狂暴的风雪和年轻的生命近在咫尺的鲜血和死亡,面对无边无际的星空和永恒的时间,我的思维在依稀地寻觅和苦苦地探索。我感受到了生命的伟大和渺小,我感受到了自然的威慑和人的能动,我感受到了要珍爱生命善待自己,我感受到了人需要温暖和友爱——这是人这种宇宙间孤独的生灵与生俱来的渴望。

我被分配学习医务,成为一名军医。一开始,我并不是很喜爱医学,但这门科学对人的研究和在救死扶伤过程中体验到的助人的快乐和自我价值的实现感,使我努力学习勇于实践,成为一名很受病人欢迎的医生。

从军十一年后,我从西藏转业回到北京,在一家工厂卫生所当所长。我很想把在高原之上体验到的感悟,与更多的人分享,也更因为我的父亲很爱看到我的文章发表,我开始写作。也许因为取材的特别和文笔的不拘,处女作的发表十分顺利。后来,我又读了文学的研究生。在文学道路的发展上一帆风顺,发表了二百多万字的作品,数十次获奖,破格进入中国最年轻的一级作家行列(一级作家是大陆作家的最高级别)。

由于一个特别的因素,我能够成为林老师的学生,学习心理辅导课程。这是我的福气,也是新的挑战。文学界的朋友对于我的这一选择十分惊异,以为我是走火入魔。还有更多的人,觉得我是在收集素材,有朝一日将这一神秘领域曝光……如果说,进入心理辅导硕士班读书,还有一定的偶然性,那么,这一次争取到博士方向研修班学习,已是必然。我在这一对人的生命本质的科学探索中,感受到了自身的成长和生命的美丽,看到了人与人和谐关系的建立,将使世界充满阳光。明确了使自己的生命融入到这种神圣的事业当中,是一种幸福。

　　学习一门伟大的科学,追随一位杰出的学者,成为一个快乐勇敢坦诚光明助人的人,是我的故事的终结也是开始。

抱着你,我走过安西

那一年我到甘肃敦煌。从兰州坐汽车,在戈壁滩上跋涉千里。一日午后,经过安西。白茫茫的沙海反射着耀眼的阳光,远处矗着从地面直通云端的黑色风柱,旋转着向我们迤逦而来——那是沙暴……

我突然感到一种莫名其妙的亲切。眼前这干燥的黄土,盘旋的热风,死一般的寂静,还有渐渐旋近的危险……

我可能在梦中到过这个地方。我对自己这样说。

半月后,我回到家,同父母说起安西的遥远。我夸张地描述那里的荒凉,说,你们无法想象那里的神秘。

妈妈很注意地听我聊天。自从我长大到了许多她不曾到过的地方以后,在我描述远方的时候,她总是像个小学生一样专心地看着我,那神气不单是从我这里得到新的见闻,而且是在用整个姿势说:看!我的女儿去了我没有去过的地方!

猜测到了母亲这种心情以后,我常常投其所好。我得意地说,妈妈,您到过安西吗?

没想到妈妈非常肯定地回答,三十多年前,我抱着你,走过安西。

我回过头去看爸爸。我不是不相信妈妈,我是需要再一次的证明。

爸爸说,是的,那时你才五个月。

我的父母不喜欢忆旧,总是对以后发生的事充满了希望,觉得最后的才是最好的。

谈话无端地中断了。我们总以为还有无数的时间储存着，可以从容地回忆以前。但是突然，我的父亲患了重病。在那种气氛下，是不能忆旧的。我们相信父亲会好起来，我们觉得做那种回忆的事情，会在冥冥中对父亲的康复有背道而驰的力量。

我们格外地避讳谈过去的事情，我们以为这样就可以对抗那种叫做命运的东西。

我们错了。父亲离我们远去。痛定思痛之后，我才发现有关父亲的往事，我们知道的是那么的少。懂得自己的父母是一件需要时间的过程，我们不可太年轻，那样我们只能记得他们的慈爱，无法深刻地洞悉他们的内心。我们也不可太年长，那时岁月的烽烟已将我们熏染，无数次默念中将父母重新塑造，已不再具有原始的亲切。

作为女儿，我不知父亲生命中的许多空白。在父亲去世以后，我才知道这是永远无法弥补的黑洞了。

我不想要家谱那样的东西，那是公共的枯燥的记录。我想看到我的祖先对他们生活血肉温暖的倾诉。

我已寻觅不到我的父亲了，于是我把双份的爱恋和探索的目光，注视着我的母亲。

母亲是一个穷人家的女儿，年轻时十分美丽。我小的时候，尽管她对我发着脾气，面色很难看，但在我看来，她依旧是美丽的。这甚至影响了我一生中对女子的审美观，我一直以为像我的母亲那样，白皙端庄不高不矮不胖不瘦的女人，才是世上最完美的女性。

我的父母是山东文登人，很小就定了亲。爷爷家的村庄很小，只有一所初级小学。父亲读高年级的时候，就要到母亲所在的村子里读书了。每逢放学的时候，和母亲一起玩的小伙伴就嚷：快看小英子的女婿啊，他下学了。

母亲小名叫英子。她远远地看着父亲——一个眉毛黑黑的高大男孩。

父亲在威海读了中学后,参军到了山东抗日军政大学。以后到了一野,解放战争中转战南北,跟随王震将军,一直打到了新疆的伊宁。

这座中国西北长满白杨的城市,距我父母的家乡,大概有一万里路。

一九五一年,我的父亲来了一封信,要我的母亲赶快到新疆与他团聚。那一年,母亲刚满二十岁。

父亲后来说,当时王震将军已经开始在内地广招女兵,他作为一个年轻的军官,时常被人问及婚姻。他记着母亲,所以邀母亲前去。但那时的新疆,遥远得如同今日的北极,都是罪犯流放之地。他征询母亲的意见,由母亲做出她对自己命运的选择。

母亲是可以不去的。

但是母亲深深记挂着那个有浓黑眉毛的男子。她把家里的门帘摘下来,洗净叠好,放在炕上,好像是去串亲戚,不久就会回来。把自己的换洗衣服装进一个小包袱,带着烧饼和姥爷卖了粮食凑的几块钱,踏上了未知的道路。

母亲先到了烟台,然后坐船到青岛。她从没出过远门,又晕船,坐的是轮船在水面以下的那个统仓,吐得日月无光。

但是青岛的风景使她把旅途的艰辛淡忘,凭着父亲开出的介绍信,母亲和几位到新疆寻夫的女人汇合在一处。有一个女人的老父是个地主,农村的形势使他感到某种危险,所以和女儿一起远走新疆。他有文化而且有头脑,母亲就把介绍信交给他,由他一路安排食宿。

母亲离开家乡的日子是一九五一年农历的二月二,龙抬头的日子。其后的旅行在母亲的记忆里就变得模糊而迷茫。她上了一辆又一辆的汽车和火车,到达西安以后,又开始坐马车。他们这一伙老人和妇女每天住在负责接待的兵站里,像真正的军人一样大碗盛菜,馒头管够。

母亲刚开始想,当兵在外原是这样的舒服啊!但随着行程越来越向西,景色越来越荒凉,母亲想父亲一个人在外,真是够可怜的了。

沿途晓行夜宿,母亲已和同行的人十分熟悉。突然有一天,那老人说,现在已经到了新疆的界面,他们几个的亲人在南疆,而我的父亲在北疆。以天山为界,前面就是分手的地方。母亲将独自完成剩余的几千里路程。

那一瞬,母亲感到了极大的恐慌。甚至比从家乡出走时还要孤单。那时她不知道旅途的艰难,幸好找到了同伴。现在她知道以后的路程更加莫测,征途迢迢,却要独自跋涉。

但这是无法救药的事情。老汉对母亲说,你的男人做的官比她们的都大,你会有好日子过的。路上的事你不是都见识过了吗?没有我,你也一样能对付得了。

他们坐着新疆特有的勒勒车,向南方的沙漠中走去。妈妈默默地注视着他们,充满惆怅。在以后的岁月里,再也没有得到他们的音讯。

一九五一年的五月,历尽风霜的母亲到达了新疆的乌鲁木齐。她被告知父亲在伊宁率领部队执行任务,一时没有汽车到那里去,只有等。

母亲就在乌鲁木齐等了整整一个月。那是一段十分痛苦的等待,母亲什么人都不认识,一个人到街上去转,语言又不通。母亲想,一定不能死在这里,不然变成鬼魂,也找不到人说话。后来总算有了一辆老掉牙的车,要到伊宁去,母亲迫不及待地爬上车,一路颠簸,终于在离开家乡五个月以后,到达伊宁。

母亲坐在父亲的团部里,有人去喊父亲……

我以为这种阔别多年的会面一定非常激动,没想到母亲淡淡地说,她看到父亲时只有一个感觉就是——他长大了。

我也问过父亲同样的问题,您见到母亲的第一印象是什么?父亲说,当然是高兴啊,你妈妈胆子够大的。要是别的人,不会跑这么远来找我。咱们老家那地方的人,是很恋家的。

母亲在父亲的团里住了下来。那时候,部队很艰苦。领导干部的家眷平日也都住在集体宿舍里。只有到了星期天,才让夫妇团聚。办法是在大礼堂里用白布单分割出许多单间,女人们先把自己的被褥铺好,熄了灯以后,男人们才无声地钻进自己的家。母亲说,黑灯瞎火的,有的男人曾经摸错过门。

我就是孕育于这样的环境。

由于水土不服,母亲的身体变得很坏。她在卫生队当了一段时间护士以后,就再也支撑不了了,天天躺在床上。有一次她下床的时候,晕倒在地,头撞在脸盆架上,血把肥皂盒都灌满了。

母亲说,我从一出现,就同她作对,害得她一点东西也吃不了,最后变得骨瘦如柴。她甚至想自己可能要死在这个叫做伊宁的地方了,这是她第一次后悔到新疆来寻找我的父亲。

正是母亲最困难的时候,上级命令父亲带着他的队伍出征。母亲看着父亲,什么话也没有说。因为她知道,说什么话也不能改变父亲执行命令的决心。她只是仔细地盯着父亲,要把他的形象深深地刻在自己的脑子里。她想,等他回来的时候,自己可能已经不在这个世界上了。

父亲也是什么也没说,他只是留下了一个警卫员照顾我的母亲。

这是一个老兵,足有四十多岁了。当母亲第一次对我描述他的时候,我说,妈,您肯定记错了。哪有那么老的兵?这个年纪可以当将军了。

妈妈说他真的只是一个兵,是从国民党队伍里解放过来的,个子矮矮的,脸圆圆的,一笑一眯眼,很和善的样子。

父亲在众多的战士里挑选了这个老兵，是他一生最英明的决定之一。如果不是这个有经验的男人细心照料，我母亲和我的生命将遭遇巨大的风险。

　　妈妈一天什么也不吃，不是她娇气，而是她的胃成心和她作对。无论她吃进什么，胃都毫无例外地翻滚，把东西吐出来。

　　妈妈被边塞的风吹得欲哭无泪，在一九五二年伊犁河畔的一座土屋里。父亲在远方率领着他的部队征战，绝不回头照料自己的妻子。

　　母亲无怨无悔地躺在床上。她甚至都停止思维了，只是在等待。等待她必然的命运。

　　这时候她闻到了一种奇异的香味，她觉得自己从小到大没有闻到过这么诱人的味道。

　　小胖子，你吃什么呢？母亲问。

　　她其实只是一个二十岁的少妇，那个老兵的年纪快有她的父亲大了。但是部队里都这样称呼那个老兵，大家都习惯了，她只能服从风俗。

　　小胖子走进来，黑色大土碗里，装着嶙峋精致的骨头和肉。

　　这是什么？妈妈问。

　　这是野鸽子的肉。

　　哪里来的？

　　我逮的。

　　让我尝尝好吗？

　　好。

　　小胖子把碗递给我妈妈，妈妈把野鸽子肉一口气吃完了。然后他们就安安静静地等待着。以往也有这种情形，妈妈把东西吃进去，但是很快就吐了出来。不是妈妈要吐，是她身体里一种莫名其妙的力量要这样捣乱。

　　决定吐不吐东西的是你。妈妈对我说。

1958年，全家福

最有趣的姐弟 (1958)

我无言以对。那时的事情我真是不记得。

等待的结果不是吐,是妈妈又饿了——她还想吃野鸽子的肉。

小胖子高兴极了。他正为如何完成自己的任务大发其愁。要是我的母亲终于死了,他会像失守了一座阵地一样自责的。但他不知怎样劝一个吃不下东西的孕妇,他想出的唯一办法是——把周围能找得到的一切生物拿来烧了吃,他是一个四川人,还是很会吃的。

他吃了一样又一样,我的母亲总是无动于衷。但小胖子不气馁,继续试验下去。当他试到把野外捕来的野鸽子烧了吃的时候,我的母亲终于焕发了食欲。

在怀你的十个月当中,我只吃了不到十斤米。母亲说。

我说,妈妈您一定是记错了。一个孕妇,只吃这么少的粮食,她自己和婴儿都要陷入重度的营养不良。

母亲说,怎么会记错呢?大米是你父亲留下的,当时要算是特殊待遇了,由小胖子保管。我每次都劝他一道喝稀饭,因为四川人是爱吃大米的。他总是说,只有十斤,还是省着吃吧。这样一直到了生你的时候,米还没有吃完。

我说,我生下来的时候一定满面菜色。

妈妈说,孩子你错了。生你的时候是在一家苏联医院,你红光满面,健康无比。

我说,妈妈这是怎么一回事?

妈妈说,那都是野鸽子肉的功劳啊。

从那天以后,小胖子总是黎明即起,在伊犁河谷地上有一座废旧的仓库。小胖子把仓库所有的窗户都打开,在地上撒满苞谷粒。然后他就埋伏在远处,目光炯炯地注视着飞翔的野鸽子群。野鸽子们先是在天空盘旋,它们嗅到了新鲜苞谷的香气,一个个钻进幽暗的谷仓。它们在窗台上踯躅着,判断有无危险。

小胖子在远处镇静地等待着,不慌不忙。

野鸽子就大着胆子飞进谷仓,降落在地面上,仔细地拣食金色的谷粒。它们发出咕咕的友善的叫声,把大量的同伴吸引过来。

小胖子有足够的耐心,他要到傍晚时分才开始动作。拎着一把大扫帚,蹑手蹑脚地进了谷仓。野鸽子腾飞带起的烟尘眯了他的双眼,但剩下的活他熟门熟路,就是闭着眼睛也是干得了的。他急速地奔到窗户跟前,把破旧的窗户死死关住。

谷仓立时昏暗起来,小胖子挥动大扫帚,上下飞舞,像哪吒的风火轮。野鸽子惊恐地飞翔着,但门窗已被堵死,扫帚像乌云般地扑下来,野鸽子无力地降落在地上……

小胖子把野鸽子捉住,把它们炖在从苏联买回的铝锅里,和我的母亲吃得津津有味。

我问母亲,您一共吃过多少只野鸽子?这可是杀生。

妈妈说,那不是我要吃,是你要吃。要不然,为什么吃什么都吐,唯有吃野鸽子就不吐了呢?整个怀你的期间,我大约吃了几千只野鸽子吧。

我吓了一大跳说,您准是记错了。

妈妈很严肃地说,我每天最少要吃十几只野鸽子,三百多天算下来,你说是多少只吧?

于是我暗暗地向造就我生命的这三千多只野鸽子道歉和祈祷。它们用血肉之躯构成了我的大脑、骨骼、牙齿和黑发,它们把飞翔的灵魂赋予了我,它们把从伊犁河谷的紫苜蓿红柳花蒲公英草籽中吸取的大地精华馈赠于我。我若是一生的努力还抵不过一只小鸟飞越蓝天时的勇敢,真是暴殄了天物。

妈妈渐渐地健康,终于到了一九五二年的十月。中秋节过后,住进了苏联人开的医院。阵痛席卷了她三天三夜,父亲还在远方操练他的部队。有人把妈妈难产的消息飞报父亲,他到医院里来了一趟。苏联医生的制度很严，他只能隔着窗户看一眼妈妈。父亲当时满脸悲怆，注视着这个跋越了万水千山来找他的老乡……但是他不能停留，立即又骑马赶回了几百公里之外的部队。

妈妈记住了父亲那张悲戚紧张的脸，她很感动。她的一生紧紧同这个人相连，在一个女人最危急的时刻，他不能帮助她，但给了她深深的关切，这就足够了。

我是在正午十二时出生的。母亲说，她几乎在我出生的同一分钟就睡着了。几天几夜没合眼，疲倦已极。护士捅醒她，让她看一眼初生的婴儿。母亲说，看到我的第一眼，惊讶我的眉毛那样像我的父亲，浓黑地皱着，好像在思考什么重大的问题。之后她更深沉地睡着了。

母亲远离家人，没人照料她。胖胖的苏联看护大娘端来鲜红的西瓜，示意她吃。我出生在晚秋，这在内地已经是没有西瓜吃的季节，但新疆正是瓜果飘香。因为出了很多血，母亲口渴万分。但是她没有吃那诱人的西瓜，想起在老家，人们说月婆子是不能吃凉东西的。而且她还有说不出口的原因，生孩子的时候，一直咬紧牙关，满口的牙齿都松动了，无法咀嚼……

妈妈抱我回了凄清的部队。由于孩子不停地哭，不能再住集体宿舍了，母亲住进一间泥做的小屋。在新疆有许多这样的小屋，屋顶平平，墙壁裂缝，看得出是用砍土馒撅起的湿泥堆积而成，在某个角落还留着施工者当年的手印。你常常觉得它随时都会倒塌，其实它可以在风雨中屹立多年，比人要活得长久得多。

小屋远离人群，母亲抱着我，度过一个个漫漫长夜。孤独地听着呼啸的塞风，她不敢熄灯，面对如豆的灯火直到天明。清晨别人问她，是不是小女儿很难带？她说，没有啊。人家说，那为什么夜夜灯火通明？妈妈不好意思承认自己害怕，就把罪名推到我身上,改口说,是啊,女儿很爱哭。

当我三个月的时候,父亲回来了。这是他第一次见到我,也很惊讶我是那么像他(其实我远没有我的父亲英俊,我先生同我相识以后,曾说过你的父母都那么出类拔萃,可惜了你们这些孩子,居然没有一个像他们的)。父亲对母亲说,准备好,我们要走了。

母亲默默地准备行囊,她已经习惯了父亲的漂泊。甚至都没有问这次是到哪里去。倒是父亲自己忍不住了,说,你猜我们是到哪儿?上北京!

当时正是一九五三年初,组建军委,从各大军区选调年轻的团职干部充实总部,父亲恰在其中。

母亲并没有表示太多的欣喜和惊讶,她是一切听从父亲。只是在具体办调动的时候,遇到了一点意外。当时母亲的军籍已经报上去了,正在待批阶段。本来父亲要是稍微催促一下的话,也早就办好了。但因母亲一直得病,以后又是孕育我,父亲总想等到母亲能精干地工作时,再批不迟。现在中央的调令急如星火,上面只有父亲一个人的名字。摆在父母面前的是两条路——要么父亲一个人赶赴北京,母亲等着军籍批下来以后再办调动。要么同行,但母亲是以家属的身份跟随进京。

母亲毫不犹豫地选择了后者,这使她在今后漫长的岁月里付出了高昂的代价,影响了她的整个性格。浓重的阴影甚至渗进了我们的童年。

但是一九五三年初的母亲是兴致勃发的。她将随着她终身的依靠,一步步向内地迁徙。她离开父母已经很有一段时间了,她原不知自己何时才能再回家乡,此刻希望就在前面。

我那时只有三个月,携带这样小的孩子跋涉关山将遭遇怎样的困难,母亲估计不足。他们匆忙上路,坐在隆冬时节的汽车大厢板上,开始了历时几个月的颠簸。

妈妈本来以为是可以抱着我坐驾驶楼子的。一来在爸爸的队伍里,妈妈一直是享受照顾的,她忽略了天外有天。再一个原因完全是凑巧,同时调往北京的干部里,有一名家属也带了一个孩子,八个月大。

那孩子比你大了将近半岁啊,可他们不让着我。妈妈在多少年后一想起来,还叹息不止。

我的父亲是历来以忍让为美德的,他反对我的母亲同对方讲理,甚至反对母亲同对方协商出一个方案,每个孩子一天轮流坐在驾驶楼里。他只是要母亲忍让,让那个比我的生命历程长了将近三倍的男孩,不受风雨的侵袭,日日享受驾驶室的温暖。

其实就是在那些最颠簸的日子里,留给我的依然是幸福。母亲的怀抱永远是婴儿的海洋与天空,只要有了母亲,我们就永远有太阳。

母亲为了我吃了很多的苦,每逢到了兵站的时候,父亲都不愿让母亲抱着我与众人一起吃饭,怕我一时哭起来,坏了众人的食欲。母亲就一个人在车上坐着,直到大家都吃完了饭,才独自走向冰冷的饭桌。当然父亲也是身体力行的,他也常常让母亲先去吃饭,自己抱着我。孤守在汽车大厢上。

我至今对所有人多的场合都心生畏惧,愿意一个人悄悄地躲在类乎大厢板这种寂寞凉爽的地方,挂着下巴出神。我想这一定是归功于我的父亲从小不许我上桌吃饭的命令,养成了我躲避喧嚣的习惯。

进京的路线是从新疆伊宁翻越果子沟,到达乌鲁木齐。然后穿过星星峡经哈密出新疆,继续东进,沿河西走廊到达兰州。这途中,在安西车坏了。母亲抱着我,徒步走过安西。一路上经过的许多地方,母亲都已忘记。她无暇欣赏车外的景色,一个三个月的婴儿在她怀中嗷嗷待哺。但她记住了"安西"这个地名,因为父亲对他说,过去的皇帝为了表示边境安宁,中国就有了

"安南、安东、安西……"这些名称。面对着苍茫的大漠和如血的夕阳，母亲抱着她的小婴儿一边跋涉一边想，但愿此生永远不再经过安西。

　　现在在天上旅行不过几个小时的路程，父母亲走了几个月。到了一九五三年的五月，才到达北京。

　　其后的日子大约是母亲一生中最无忧无虑的时光。父亲作为年轻有为的军人，在总部机关大展鸿图。建国初期时军人至高无上的地位，使得母亲心满意足。她没有其他的事情，专心致志地生养儿女。这其中有一次调干上工农速成中学然后上大学的机会，母亲毫不犹豫地放弃了。让父亲有一个舒适的家，让儿女们有一个快乐的童年，就是母亲单纯而美好的愿望。

　　父亲到政治学院深造了。母亲在家抚育着我们。这时已到了一九五七年，母亲已有了我、妹妹、弟弟三个孩子。她住在部队的大院里，每天穿着剪裁合体的旗袍，领着弟妹款款地散步。家中有保姆做饭，我被送到幼儿园长托，生活静谧而安详。

　　开始反右了，机关大院里闹得沸沸扬扬。从学校回来休假的父亲突然看到了几张大字报，说是有些军官的夫人没有工作，一天躲在城里吃闲饭……下面还附了一张长长的名单，他的名字赫然在列。

　　大字报是一个哗众取宠的人所写，所有被点到名的军官们都置若罔闻。但我一贯尊严而要强的父亲如坐针毡，他第一次感到因了母亲，在众人面前感到抬不起头来。

　　吃晚饭的时候，父亲平平静静地说，你带着孩子回乡下去吧。

　　那一刻母亲惊骇莫名。但她很快就镇定下来了，她一生信服父亲，既然是父亲这样说了，那就是一定应该这样做的了。她默默地接受了父亲的安排，居然没有一丝异议。

　　第二天早上，母亲穿着单薄的旗袍，雇了一辆三轮车，大清早赶到前门的廊坊头条,排队买了一架缝纫机。她从小绣花,二十岁时出来寻找我的父亲,现在带着三个孩子回到乡下,她不会干农活,只有给人家做衣服,以做生计。

当所有的军官夫人都我行我素地过着和她们以往同样的日子时,我的母亲到办事处转出了我们母子四人的北京户口。对于这种毫无外力胁迫下的自由迁徙,办事员大惑不解,一再提醒我的母亲想清楚些,北京户口可是个宝,一出了这个门,你就是哭得眼睛流血,也成不了一个北京人了。

母亲默默地听着她的话,什么也没有说,带着我们的户口回到她的故乡——山东省文登县的一个小村。

父亲甚至没有把我们送回老家,就赶回去上他的学去了。

母亲离开故乡的时候,是一个如花似玉的女孩,那一方水土的人都以母亲为骄傲,对自家的女孩说,要出落得像小英子一样,以后嫁个军官,见大世面,过好日子。现在年近三十的小英子突然很落魄地拉扯着三个孩子回来了,其中我最小的弟还不到一岁。

姥姥一家慌忙腾出"门屋子",给我们住。这是一间黯淡的小屋,在大宅院里,是看门的长工住的地方。乡亲们窃窃私语,以为我的父亲一定是犯了天条,或者是我的母亲遭了婚变。

他们狐疑地观察着母亲,母亲对这一切浑然不觉。人们唯一能相信母亲说她在外面日子过得还好的证据是——我们这几个孩子粉团玉琢,不像遭了虐待的模样。

母亲的缝纫机没有派上什么用场,她只会简单地轧线,并不会裁剪,乡下人喜欢的式样她也做不出来,根本没有人找她做衣服。她开始下地劳动,玉米锋利的叶子把她的胳膊划出道道血痕。她毫无怨言,跟着年迈的姥爷学习着一件件农活。

不管大人们如何评价这一次搬迁,它在我心里留下了极为美好的印象。我再也不用穿夹脚的红皮鞋,可以光着脚在地上跑来跑去。我再也不用喝腥气冲天的炼乳，而可以大嚼特嚼冒着青水的玉米秆，直到把舌头划出一道道血口，但是只见到吐出的渣滓变成粉色，并不觉得疼。中午时分我可以在大太阳底下，用姥爷编的小篮子捡河滩上无穷无尽的鹅卵石，捡满了就把它们倒回河里去。再也不用像幼儿园那样必须睡午觉，谁要是睡不着，多翻了几个身，生活老师就不给你升小红旗……

那一年，我五岁。一个五岁的城里孩子记住的都是快乐。我的妹妹三岁，我的弟弟一岁，所以我相信，要不是经过特别的提醒，他们是一定不记得自己曾经认认真真地做过几个月乡下人的。

我父亲独自遣返家属的事情，被领导知道。他们要求父亲立即将我们接回。于是在离开北京很短的日子后，妈妈带着我们又回到北京。

新的家比原来的家还要大和漂亮，那时的家具都是配发的，所以把自己的被褥铺好后，几乎一切都没有变化。甚至比原来还要舒适。因为我已经过了幼儿园的转园时间，要在家里呆几个月，才能进入新的班级，父亲专门为我请了新的保姆。在一段时间里，家里居然有两个保姆，好不热闹。

表面看来，一切都没有变。但是一个最重要的变化已经不可逆转地发生了——那就是我的母亲认识到了世界的严酷。她原来以为父亲就是一切，现在才发现她除了父亲一无所有。

我要去上班。去工作。母亲说。父亲惊讶了一下，说，你能干什么呢？

母亲已经快三十岁了，她除了绣花，没有做过其他的工作。这些年忙着抚育我们，原有的文化已经淡忘。

别人能做什么，我也能做。母亲说。

但是孩子怎么办呢？父亲问。

找保姆。母亲坚决地说。

父亲是挚爱母亲的,他什么都没有说,开始为母亲联系工作。因为母亲爱绣花,她进了一家工艺美术厂,在铜器上描花。

母亲也许幻想着成为一个工艺美术大师,但她必须从学徒做起,每月的工资是十五元。

家里雇着两个保姆的开销,数倍于母亲的收入。母亲每天除了上班以外,还要参加众多的政治学习,回家时往往是深夜。母亲从来没有经过这样紧张的奔波,回家后看着我们被保姆带得肮脏不堪,素有洁癖的母亲又挽起袖子亲自为我们洗涤。

这样几个月下来,父亲看着疲惫不堪的母亲和顿失饱满的孩子说,你就不要上班了。这是何苦呢?我又不是养不活你们。

母亲一字一句地说,我再也不想让别人养活了。那个贴大字报的人,不管是什么用心,他让我明白了,一个人要是没有一技之长,说不定什么时候,别人就会操纵你的命运。

从此后,母亲坚忍地过着她的学徒生活,我们几个孩子主要在别人的照料下渐渐长大。父亲繁忙地工作着。大家虽然忙碌,也很快活,直到有一天……

那时我已九岁了,记忆已十分清晰。一天吃晚饭的时候,父亲突然说,我要回去了。

母亲什么也没问,但是立刻知道了父亲所说的回去,是指返回新疆。

母亲说,吃完饭,再说这件事好吗?

吃完饭后的事情,我就不知道了。当我长得比较大以后,才知道,由于中苏边境中蒙边境紧张,要向新疆增派干部。父亲是从新疆调来的,对新疆比较了解,自然是首当其冲的人选。

我们已经守过边疆了,现在该轮着别人去了。母亲无力地说。

跟组织上,是不能讲这个话的。父亲说。

妈妈以为原来同我们一同调京的干部,大部分都会回去。

没想到真到临行的时候,只有父亲依旧去戍边。

别人为什么都不回去呢?为什么偏偏是我们?母亲不解。

他们都说自己有病。父亲说。

那你也说自己有病。母亲说。

我没病。父亲说。

当我的父亲后来患一种极罕见缓慢的恶性血液病、离开人间的时候,我在外文资料上看到,父亲所患疾病的病史是长达几十年的。父亲到了新疆之后就多次高烧,现在看来,那就是疾病的早期征兆了。

那些号称有病的军人,至今还在世上。我的健康无比的父亲,已长辞人间。

由于当时边境形势十分紧张,父亲必须立即前往,不得携带家属。于是父亲又一次离开我们母子,一个人奔赴祖国的边疆。

从那以后,我基本上就没有跟我的父亲长久地相处过。他在我的心目中,渐渐地幻化成一个神。当我们做了什么不好的事情的时候,妈妈就会说,要是你爸爸知道了,他会难过的。要是我们做出了什么成绩,妈妈就会说,你爸爸会高兴的。所以,对我来说,无所不在的父亲,总是在高远的天空俯视着我,犹如上帝的目光。

我觉得在我的父亲离开北京以后,我的母亲才真正地长大。尽管在这以前,她已经有了三个孩子,还经受了一次下乡的锻炼。现在,她一向依傍的肩膀断然离开,在漫长的中蒙边境建设中国铁的边防。三个孩子像蚂蟥一样吸在她的身上,汲取她的力量。

母亲在那个年代留下的照片,明显地呈现出一种断裂。在我的父亲没有离去之前,她是优雅的军官夫人。在这之后,虽然父亲的官职不断升迁,母亲反倒更像一个劳动妇女了。母亲在一所普通的工厂做工,从亲身的经历中,体验到民间的疾苦,对我们的要求严格了。她终日和平民百姓打交道,变得越来越朴素。

母亲上班的工厂不通汽车,她就从旧货市场买来一辆"生产"牌的自行车,从此每天在路上奔波两小时。她再也不穿优雅的旗袍了,因为她始终没学会骑车的刹闸,遇到危险时只会匆忙跳下,旗袍不方便。她也像普通女工一样中午带菜,我记得她总是把辣椒之类很清淡的菜,装进一个小酒盅里,说是这样不容易洒。依家中的情形,妈妈可带好一些的菜,但她很俭省。我后来才明白,她是不愿让别的女工感觉她特殊。冬天她冒着风雪回来后,手冷得像冰坨,弟妹都吵着要她抱抱。母亲总是说,让我在暖气上把手烤热一点再抱你们……

母亲跟着她们工厂的人学着纳鞋底,说要给我做一双布鞋。我一直对母亲的布鞋充满神往,对同学们也吹过不止一次。但是母亲因为忙,这鞋做了好几年。等到鞋底子纳好的时候,我的脚已经长大了,无法再穿这双布鞋。母亲就说,可以改成布凉鞋,反正脚趾头能伸到鞋外面,小一点也是可以穿的。我大度地说,那就变成凉鞋好了。但实际穿起来,才知道布底子的凉鞋是很没有优越性的,夏天多雨,一沾水就变得死沉,实在不舒服。

母亲为我们织毛衣(在这以前,我们的毛衣都是买的,十分漂亮),织了很大一片,才发觉掉了一针。母亲就和我商量,说要是拆了重织,浪费很多时间。干脆用针线把那个窟窿补起来,不仔细看是看不出来的。我当然拥护妈妈的合理化建议,而且认为天衣无缝。直到很多年以后,我听女人们议论起毛衣掉了一针,需拆了重织时,我苦口婆心地劝她们只需用针缝起来,她们惊讶得仿佛我是教唆纵火,我这才晓得妈妈当年是如何地因陋就简。

妈妈实在是太忙了。

父亲刚走,我的弟弟就在幼儿园里患了急性黄疸性肝炎。

这在那个饥饿的年代,是可以致人于死地的疾病。三岁的弟弟被送到全军的传染病医院隔离治疗,因为我的父亲已经调出这个单位,父亲在时的所有待遇一概取消(我至今认为军队是最铁面无私的地方),母亲在每一个星期日去赶公共汽车,倒几次车,去远郊看我的弟弟。当然给父亲写了信,但是父亲是不会回来的,在他的心里,国家的事永远比自家的事重要。

后来我的妹妹又得了重病,住进了301医院,要动手术。手术做到一半,医生传出话来,怀疑是癌症。母亲在扩大手术范围的单子上签了名,手术整整做了九个小时。那一年,我的妹妹刚十一岁。

父亲这一次回来了,但是只在家里呆了三天,就又坐飞机赶回边防线。母亲几乎习惯了对命运中的突变,单独应战。她已经从那个柔弱的夫人成长为一根顶梁柱。

她每日守着妹妹,带她去烤镭,带她看中医。妹妹成功地从病魔的手里逃脱出来,是母亲再造了妹妹。

但母亲对我们又是很严厉的。自父亲调走以后,我们家的位置起了某种微妙的变化。我们的小学是部队的子弟小学,家长们的爵位就成了砝码。父亲在时,我并不是凭借父亲的职位才获得成绩,但是父亲走了之后,要保住以往的光荣,我们却要付出加倍的努力。

但无论怎样挽救,事情也有不能如意的地方。比如我担任少先队的大队长一职多年,因为我的学习成绩一直比较优秀。有一次,大院里说是学空军,要把孩子们另组织起一套新的队伍,一位成绩不如我的同学成了这个组织的大队长,而我成了一个莫名其妙的楼长。

母亲知道之后,声色俱厉地斥责我,说我骄傲了,退步了,怎么连××都不如了……那次打没打我,我不记得了。但我记得心境非常忧伤,我注视着母亲,心想妈妈您是真的不懂人一走茶就凉的道理吗？我比您小得多，可是我懂。我在心里对她说，妈妈，我已经尽了最大的努力，但我就是比现在做得还要好上十分，这个大院里的大队长也是不会给我当的。那个××的父亲是主管学校的要人，您忘了吗？

我的父亲出任中蒙边境边防总站的第一任政委，成功地完成了多次边境谈判。当八十年代末期，报纸画报上登出某位现今的领导，是中蒙边境防务的缔造者时，父亲淡淡地说，我当政委的时候，他刚刚入伍。

父亲一生淡泊名利，他永远把家庭置于国家利益之下，母亲为此做出了巨大的牺牲。

"文革"开始，父亲参加三支两军，制止武斗到了不顾身家性命的地步。母亲实在放心不下，她决定追随父亲到新疆。

母亲又一次经过安西，为了父亲和我，重回荒凉之地。

我参军到了西藏，母亲经常面向她以为是西藏的方向，长久地流泪。

我是长女，母亲对我倾注了更多的爱。我从小就和母亲相依为命，所有的艰难和困厄，我都和母亲一同渡过。

我更深刻地认识母亲，是在得知我的父亲患重病之后。母亲的天塌了，我知道这对于她是怎样深重痛苦的打击。但是在那灾难性的日子里，母亲表现出了无畏的勇敢和坚忍，她无微不至地照顾父亲，安慰着我们。其实这个世界上最需要安慰的正是她自己啊。

写到这里，我的泪水滚滚而下，电脑的键盘上落满了水滴，手指不断打滑。我无法平静地描写父亲最后的时光，也许我永远也写不出来，那实在是心灵的炼狱。我只是为我的父母深深地感动着，他们相依为命，一同走过了艰辛而幸福的一生。

父亲在最后的痛苦中对我说：我很幸福。有你妈妈，有你们……

父亲是一个军人,一个永远以国家的利益高于一切的人。在他的一生中,我没有听他说过类似温情的话。

我的母亲——那个山东昆嵛山下聪明美丽的女孩,她将一生交给了我的父亲,又顽强地从父亲的身影里走了出来,以她坚韧的自尊的努力,给了我们以良好的教养、简朴清白的品格、荣辱不惊的心胸和在巨大的苦难面前无所畏惧的气概。

我的父亲在我的眼中是神,他的目光睿智而高远。

我的母亲是一个普通的女人,她用自己的血脉锻造了我们,精神溶化于我们的生命。为了使她快乐,她的子女愿意做任何事情。我的妹妹后来在北京大学读书,弟弟在一九七七年考上大学。

父亲去世后,母亲曾对我说,你爸爸到远处去了。你们小的时候,你爸爸就经常到远处去,这一次不过走得更长久些。我们终会到你父亲所在的地方去,我们还会团圆。在没有远行之前,我们还像以前你父亲不在的时候,一道好好地过日子,好吗?

好的。妈妈,我答应您。

爸爸妈妈,无论天上人间,我们永远在一起。

灯 下 红

　　我于出书,原本淡然。能出自然好,出不了也很好。我之所以写作是为了喜爱,既然作品现在可以在杂志上发表,就知足了。但许多朋友和读者向我要书,一个作家,向他人提供作品,就像种瓜的老汉要给大伙儿杀西瓜吃一般正常。你要是老不拿出这个瓜来,大伙儿就觉得你小气或者简直就是失职。

　　一家出版社,决定冒着风险为我出个集子。

　　征订数很快拢来了,记得是上千本。责任编辑很为难地说,希望我能买下一千本。

　　我怔了一下。以前曾暗下过决心,绝不买一大堆自己的书,但面对诚挚的编辑,我无法拒绝。支吾着说,待我回家去问问先生吧。

　　先生听了以后,淡淡地说,买吧。

　　我说,真不知道该把这些书如何处理。每天出来进去看见的都是堆积如山的自己的著作,滋味肯定独特。

　　先生说,送人啊。

　　我长叹自己的人缘虽说不错,但绝没有多到有一千位朋友的险恶地步。要送到何年何月啊……

　　先生说,送上二十年,终是送得完的。

　　接着出版社通知交定金,我知道家里没有这个钱,就坚决地说,我不出书了。

　　先生像变戏法似的拿出一沓钱,说不必你担忧,我早已备好了。

我高兴地说，看不出啊，你居然背着我，攒下了这样大的一笔私房体己。

先生微笑着说，我知道你希望我的私房钱越多越好，可惜这不是。这是咱们家准备今年夏天买空调的钱，现在只好挪用。

我说，你是想用全家人的汗流浃背，换来我的这本书？告诉你，我不愿意。

先生说，家是三个人的。儿子你过来表个态，咱们少数服从多数。

儿子说，我愿意长痱子，帮助妈妈出书。

先生逼我到窘境，强加我一种负疚的沉重感，我拒绝同他说话。他到出版社交了定金。到街上的书摊打听过代销的规矩，询问过各单位能否买一些。但都是悲观的信息，我在暗中看着他忙乎，痛惜交加。

我曾到云南一座边远矿山采访，矿长说他很喜欢我的作品，回京后，我就把几部小说复印了寄他。一天晚上，来了一个陌生的客人，拿出一万五千元现金对我说，这是矿长托他带来的，以赞助我出书。我断然拒绝。来人说，如果您不要，我回去无法交待。

我只好暂且接下。先生沉吟着说，我尊重你的选择。

我说，这钱我是万万不要的，我不希望被人施舍和怜悯，甚至也不需要关怀。尽管是善意也不接受。

先生说，那好吧，我们把钱从邮局寄回去。

几天后，先生对我说，一张汇款单最多能寄五千元。一共填了三张电汇电子，邮费加电汇费共用了近一百六十元才完璧归赵，你的赞助者增加了我们的困难。

除了一笑，我无话可说。深夜，矿长给我来了一个电话，他们那里不通程控，音量极小，在电线的那一端声嘶力竭。

少年

和小学同学合影（后排右二为作者）

他说,您把钱退回来了——我很难过。您下过我们的矿井,我们出产的那种金属,伦敦金属市场现在的价格是每吨四万多元了。我只要掰下一小块,就可以出一本很好的书,——您为什么拒绝?!

我说,正是因为我下过矿井,看到过矿工如何挖矿,我知道你们的每一分钱都来得太艰辛。所以我不能要你们的钱。

矿长说,你不要我们的钱,这几天我一想起来就很难过。

我说,我若要了你们的钱,我会终生难过。

声音断了。我不知道是风雨吹断了电线,还是矿长掼下了电话。

那个夏天,是我记忆中北京最炎热的夏天。我把电扇对着电脑吹,机身还是烤得像面包炉。先生说,我纵是不心疼你,我还心疼机器呢。请你暂停写作吧。

书终于印出来了。先生交足了书钱,从出版社提了书,搬运回家。

楼前正好挖暖气沟,车子开不过来,书就卸在土沟对侧的棱坎上。六十五岁患病的母亲,也帮我搬书到四楼。我再三劝阻,她说,我拿不了多的,一次只拿两本总是可以的吧?

我和先生怀抱着从胸口堵到眉梢的书垛,眼睛从书的两侧轮番窥视着横在壕沟上的窄木板,一趟趟耗子搬家似的运书。

家里实在是没有地方,先生就把书像炸药包似的堆在楼道里。我说,居委会三令五申地不叫乱摆乱放。先生说,咱们同邻居好好说说,大家会谅解的。

我真心感激我的邻居们。他们把公共的地方容我放私人的书,而且每次打扫楼道的时候,都小心地不把水溅到书堆上,使最底层的书至今干爽如新。

我把从小学到中学到研究生读书时所有的同学,从西藏到新疆到北京当兵时所有的战友,从当助理军医到军医到主治医师时所有的同事,从初次写作到今天结识的所有师长和同道的名字,列了一个漫长的表。我和先生在灯下写呀写,包呀包,捆呀捆……夜夜劳作,好像一个手工作坊。

清晨先生上班的时候,拎一只大大的网袋,里面都是待寄的书。那些书捆扎得并不彻底,暴露着一个个缺口,是为邮局检查准备的,显得沉重而凌乱。

有一阵子我给人送书简直到了如醉如痴的地步。一位读者写信说她和远在澳洲的女儿喜欢我的小说,但是买不到。我立即包了两本寄去。母亲说,寄一本也就是了,两个人轮换着看嘛。我说,还是寄两本吧,把书送给一个喜欢读的人,那是这书的缘分。

每当我送书的时候,母亲就面露心痛之色。我寄出一本,她就说,嗨,一条大鲤鱼游走了。我寄出两本,她就说,一只烧鸡飞跑了,一边叹气一边摇头,嘟囔着说他们都讲喜欢你的书,可为什么不寄钱来呢?好像你的书是土豆,自己长出来的。

书堆像雪人似的,渐渐坍塌下去。一天,先生说,我看用不了二十年,就可提前完成计划。

我说,努力争取不懈奋斗吧。

先生说,将来有一天,你会发现这些书已全然派送完了,却忘了送给一个最重要的人。

我说,此人是谁,请你务必提醒。

先生说,灯下黑。这个人就是我啊。

我立时肃然起来。抽出一本书,端端正正写了他的名字。

双手递上书,说,现在,灯下红了。

混入北图

　　带儿子混入北京图书馆,蓄谋已久。
　　孩子的度量衡,与成人大不同,人小的时候,可以吃到一生中最好吃的东西,看到一生中最神秘的景象,记住一生中最难忘的话语。甚至恐惧,也是童年时为最。
　　我带孩子参观过许多展览、许多博物馆。四岁时便让他独自去爬长城,我坚信那份磅礴与宏伟,会渗入他的骨髓,少年是一块虚怀若谷的包袱皮,藏进什么都最稳妥,一辈子都能闭着眼摸到。
　　北图是亚洲最大的图书馆和北京最美的建筑之一,但它只对成人开放。门口很随意地写着(想象中北图的规矩应该铭刻在铜质烫金的硬物上),进入需要证件。说起来挺宽松的,比如退休证、个体工商者证都行,唯有对学生,是一份别致的苛刻:需大学三年级以上的学生证。
　　假如儿子二十岁时才能进入北图,我觉得那是生命的遗憾。对于成人,北图只不过是获取知识的所在。对于孩子,这座宝蓝色屋顶的巨大宫殿,该有一股独特的魔力。无奈我们的国立图书馆"少儿不宜",于是,一个鬼祟而崇高的主意开始萌动:等他长到和我一般高,我们就混入北图。
　　耐心地等待这颗青果成熟。终于有一天,孩子能穿40号的鞋子。我对他说:想去北图吗?想去。想去。儿子酷爱书。他说过最爱的是母亲,其次是书,气得他父亲咻咻。现在,第一爱的要领他去看第二爱的,焉有不快活之理?

需要做些准备。

穿上你爸爸的羽绒服,这样可以显得更臃肿更老成些。戴上平光镜。别戴墨镜,墨镜容易诱人起疑,哪有进图书馆两眼昏黑的?不要戴口罩,现在大街上谁戴口罩?欲盖弥彰。

最重要的是揣上你爸爸的工作证。且慢,让我再看看像不像?那是丈夫年轻时的肖像,儿子与他酷似,心中便很踏实。

装扮妥当,临出门的那一瞬,突然气馁。从来没做过这种偷天换日的事,心中惶惶然。要不,等你再长大一点,唇边有了小胡须,就更像你爹了,咱们再去?我试图劝阻儿子。

妈妈,你为什么这么婆婆妈妈!纵然被人捉住了,又有什么?鲁迅早说过,窃书不算偷。况且我们并没有偷,只是看。看看有什么罪过?十四岁男孩像马驹一样蓬勃的话,鼓舞了我。不过那句话是孔乙己说的,不是鲁迅说的。我纠正他。

走!去北图!

北图门口有卫兵,那是不足虑的,他并不盘查。很顺利地通过这第一道关卡。我故意落下几步,从侧面观察儿子。他确实很像个成人了,步履匆匆地向北图高大的正门迈去。漫长的汉白玉台阶上生长着在北国冬天显出苍灰色的苔藓。

慢行。我说。为什么?妈妈?他问。你看那台阶。台阶怎么啦?那台阶证明很少有人从正门通行。那人们从哪里进去读书呢?有许多莘莘学子从我们身边掠过。

从侧门。我说。

那么正门什么时候开呢?好像是有贵宾参观的时候。

儿子便有一刻黯然。然而毕竟是孩子,他很快被北图优雅的环境所陶醉。

这是北方冬日极好的一个晴天。天穹蓝得如同海底世界,北图以同样碧蓝且更为耀眼的琉璃瓦无所顾忌地炫耀自己。在这座庞大的王国里,居住着书的君王和它的亿万子民。

洁净的院落里,树影扶疏。注意树上的标牌,上面写着这株植物的名称种属……我提醒儿子。

儿子像小鹿似的跑。妈妈,我们还是去看书!到了图书馆,看书最重要,看植物留到植物园吧!

现在,我们要通过第二道封锁线了。进楼的人需把证件打开。妈妈,他会仔细看我的工作证吗?爸爸的年龄一栏里写着四十岁,我怕……儿子倚住我。

别害怕!我在前面走,你在后面跟。注意我的动作,只潇洒地把证件扬一扬,依我的经验,门卫就会挥手放行……我勇敢地给儿子示范。

终于,我们成功地进入了北图!

我领着儿子,教给他怎样存包,怎样查找目录,怎样办理复印手续……他像只乖巧的小狐狸不远不近地跟随我……我最后指点给他厕所的位置。

现在,我们去阅览厅吧!儿子跃跃欲试地说。

现在,我们回家去吧!你已经看到了北图的巍峨,你已经知道了借阅的程序,我们的目的已经圆满达到。该走了,至于书,哪里都是一样的,犹如水,无非是河里的浅,海里的深。

不!妈妈。那不一样,海水是咸的!如果我们不看书,那还算什么到过北图!

我要承认我在粉饰怯懦。领儿子游览北图迄今顺利,一切平安应该见好就收。终究是用的假证件,出了纰漏,就毁了初衷。

面对儿子渴求的目光,我决定率他铤而走险。孩子你走进厅里,工作人员会接过你的证件,然后换给你一个号码牌,你就到座位上去读书……注意签字时,一定要写你父亲的名字而不是你的……还有单位,千万不能写成你所在的中学……最后,切记不可把书带出来,不然特殊的仪器会发出尖锐的鸣叫……我谆谆告诫。

妈妈,我去了。儿子像股火苗,一蹿好高。不成,咱们再换一个阅览厅。我牵起他转移阵地。

为什么?儿子大不解。这个阅览厅的工作人员看起来很负责,我们太危险。

真正明白了什么叫做贼心虚。挑了一个工作人员埋头读书的阅览厅,用手一指,果断地说,你进去吧!

妈妈,你不同我一起去呀?儿子惊讶地瞪圆了眼睛。你害怕了吗?我激他。好,妈妈!儿子一步迈了三级台阶,拐向阅览厅。

真实的理由是:我害怕这种场面。也许儿子尚不致露马脚,我先要在一旁面红耳赤、心跳如驼铃了!

我卡在楼梯口,既不敢上,也不敢下,探头觑着阅览厅落地的玻璃门。在儿子向工作人员掏出证件的那一瞬,我闭上了眼睛……

真害怕看到尴尬的一幕,真恐惧听到刺耳的叱声……

四周静悄悄,仿佛一片荒原。待我再睁开眼睛,我已看不到儿子了。巨大的玻璃门像一层无声瀑布,只有那位工作人员仍在痴迷读书……

儿子终于成了北图读者,我好欣喜。原想进去找他,又想还是让他独自享受在这殿堂中阅读的喜悦吧。

我在楼梯拐角处,一直等到闭馆时儿子出来。我们到小卖部买点熟食充饥。

妈妈,你说人家不会仔细瞧照片,实际上他的眼光像吸尘器,在我脸上吸了个遍,肯定认出了我。只是,他什么也没有说。

哦,谢谢你,北图爱读书的管理员!

告别北图。儿子说,今天我有三点感受最深。一是北图的书真多啊！二是北图的快餐鱼真好吃。最后一条是……他沉吟，显出少年老成。

最后一条是什么呢？轮到我好奇。

我想从北图的正门走进去。

昆仑之眠

上昆仑山的时候,一路上,老兵不断地问:"有了吗?"

我们说:"没有没有呢。"

老兵说:"到晚上睡着就有了。每个兵站后面都有一大片烈士陵园,有好些就是先在床上睡着了,后来就睡到那儿去了。"

昆仑山上的睡眠是头妖怪。

我们这些初次上高原的小女兵,就坐在大米麻袋上恐惧地等待昆仑山上的第一个夜晚。

老兵们说"有"的那种东西,叫做"高原反应"。会让你的口鼻像螃蟹似的冒出粉红色的泡沫,皮肤泛出紫蓝色的网纹。最后,你丢掉所有的体温,成为冰山的一部分。

我们那时只有十六七岁,虽说也感到轻微的不适,但都像否认有偷窃行为一样地否认"高原反应"。那还是一个以为否认就能挽救一切的年龄。

到了兵站睡觉的时候,老兵说:"'高原反应'是一定会来的,别看你们年轻,夜里头疼得实在受不了了,可以用背包带子在额头上勒两圈,越紧越好,偏方治大病。"

我躺在坚硬如铁的兵站枕头上,焦急地等待着头疼。当它真的像春雨一般润物无声地降临时,我欣喜地发现它并没有想象中的神奇。"高原反应"是一种像铅色绸缎般柔软而黏稠的东西,裹住你的大脑,使它晦涩地滚动。勒住太阳穴的确管用,好像在脑汁里滴了明矾,清凉多了。

当我的昆仑第一眠醒来后,发现兵站久未洗过的枕巾依旧在我的头颅下散发着男人的汗味,高兴极了,我原本以为自己再也看不到枕巾上花里胡哨的图案了。

　　以后,我在昆仑山度过了无数个夜晚,这话有些不准确,其实是可以算得清的。我们现有严密的历法,一万年以后的某天都可以算出是星期几,区区十年有什么算不清的?但我不愿意去算。睡眠和死亡曾经在我的脑海中不断淤积,到达了感觉上的极限。

　　我们的营区海拔近五千米,这还是在正常的日子。碰巧赶上拉练,就要再高许多。高寒高寒,它俩是双胞胎,高了就必然寒,高处不胜寒。

　　分给我们睡的是铁床,类似城市居民几代同堂时买的那种折叠床,是用铁片做的。一代又一代士兵的碾压,使很多铁片断裂了。我们没有铁丝,就用麻绳把破损处连缀起来。躺着的时候,可感到一处又一处的凹陷,好像趴在打断了肋骨的母亲身上。

　　床上只铺一条薄薄的褥子,褥子是旧的移交品,发给我的时候很脏。我用清澈的雪水洗了一遍又一遍,晾晒在太阳底下,还是斑斑点点。我大声说:"这褥子以前的主人一定是个汽车兵,撒了这么多的汽油。"一个大点的女兵慌忙掩住我的嘴,说:"别嚷,那是男人尿的。"我这才茫然住口。

　　褥子单薄,透过床单可以看到铁条嶙峋的形状。上级动了恻隐之心,给每人发一条草垫子。稻草的,黄黄的,软软的,叫人想起一个好收成。大家乐得吸了不少冰雪浸透的凉气,只是草垫子比我们的铁床要长,需铡去一段。那些日子,军营里像是饮牲口的料场,到处飘散着针尖似的草芒。

　　拉练露营的时候,当然不能带草垫子。我们先把雨布铺在雪地上,再打开被子睡觉。我第一次这么睡的时候,心想,第二天爬起来还不得满身泥浆?没想到干干爽爽地起床,掀开雨布一看,雪絮洁白松软,仿佛刚刚自九天坠下;微薄的体温就像一杯水倒进太平洋,早已融进酷寒。

听说地方政府派来的慰问团,看了战士们的艰窘,调拨来一批狼皮褥子。但数量有限,平均十个人才能分上一条。

我急切地盼望着狼皮褥子的到来,不是巴望着能分到一条,而是想看看真正的狼皮是个什么样子。

终于来了。分到我们班里的那条狼皮褥子是黑色的,裁制得方方正正,同单人床一般大。皮毛上可以看出很明显的接缝,但颜色非常接近。远远看去,完全可以认为它是来自一只孤独的巨狼。毛缕很长很硬,纷披而下,发出苍蓝的闪光;伸手摸摸它们,光滑而润泽。我突然记起小时候被父亲高高举起,抚摩父亲头发时的感觉。

大伙儿一致决定把狼皮褥子分给一个瘦弱的农村来的女孩子。因为,她的铁片床塌得最不成样子,又靠门。当时她恰好不在,我们七手八脚地给她铺好了,每个人都躺到她的床上试了试,大家都说,狼皮真暖和。

她回来后一眼看到床边垂下的狼毛,就哭了。

大伙儿忙说:"别在意,我们都已经享受过了。"

她说:"你们这不是咒我死吗?我是属猪的,我妈自小就叮嘱我,一定要避狼!"

我们重新决定狼皮褥子的归属,决定轮流铺,一人若干天。

昆仑山上的夜极其黑,但是,很不安宁。三百六十五夜,大概三百六十五天有风。风像排着队的疯婆子,用干枯的手,把旷野上的一切孤立之物,都变成弹拨的乐器。它让石屋发出呜咽的共鸣;它让电线空竹般地鸣叫;它把士兵偶尔丢弃的空罐头盒,从地面吹上屋顶。在飞翔的过程中,随意拨弄它们的位置,罐头盒就像硕大的口哨,吹出空袭警报的锐音。甚至石头也会发出怪兽般的抽泣。那一定是石头内的缝隙被风挤压了,痛苦地呻吟。

我们因此练就在喧嚣中酣睡的本领。当我离开高原回到城市,突然发现城市的夜晚是那样寂静。汽车喇叭和锅碗瓢盆的交响,实在是隔靴搔痒的皮毛;和昆仑山真正的锣鼓乐队相比,城市只是一支短笛。

昆仑之眠是充满陷阱的黑洞,许多人在梦中永不复返。概因睡眠时人的抵抗力减弱,犹如不设防的城市,死亡的偷袭格外成功,时时听到某人睡着睡着就过去了的传闻。我们每天早晨起来看见大家都还活着,心中就充满了重新诞生的快乐。

有一次,女兵在半夜里接到电话,要为一个突然死亡的战士扎个花圈(顺便说一句,昆仑山上所有的花圈都由我们来扎,因为,女孩子与花有缘)。我们问,什么时候死的?电话说,刚刚。我们问,打仗死的?电话说,不是。我们问,睡死的?电话说,也不是。我们说,那还有什么死法呢?是真的死了吗?电话说,死得透透的,再也没有救了。睡着睡着紧急集合。哨子一响,这小伙子一个箭步蹿起,但立即就扑倒在地,死了。

我们为他扎了一个大大的花圈。从此,高原上有了一条不成文的规定:只要没有战争,夜里不搞突袭式的训练。

想在昆仑山上安眠,有一个高枕头是十分必要的。当时战士囊中羞涩,只有几件换洗衣服裹在白色袱皮儿里当枕头,垫不到无忧的程度。特别是洗澡之后,干净的穿在身上了,脏的泡在盆里了。空包袱像个扒净了五脏六腑的咸鱼干,晒在床单上,很寂寥的样子。

一天,我对卫生科长说:"我想借您那本《实用内科学》看看。"

科长说:"你有这个志向很好,只是现在最该看的是卫生员手册。巴甫洛夫教导我们说:'科学应该循序渐进。'"

我说:"敢想敢干,试试吧。"

在很长的一段时间里,我枕着《实用内科学》酣眠。我后来能成为一名相当不错的内科医生,一定同这有关。

战士们的被子在看露天电影的时候,是要用背包带捆起来当小凳子坐的,特别易脏。当我决定要洗被子的时候,同屋的战友都佩服我的勇敢。因为,我没有大盆,也没有搓板。在小小的脸盆里凭着手搓那么大一堆没头没脑的布,时至今日,连我也赞叹那时的英勇。

星期天起了个绝早,先看看太阳是不是好天。因必得当天洗,当天缝起来,要不夜里就没东西盖了。

我把被套拆下来之后,发现了一个大秘密——草绿色的被罩要比白花花的棉絮长出半尺有余,窝着掖在里面。

属猪的女友说:"多好的一块布,这不是浪费吗?"

我点头,觉得她说的极是。

"你把它剪下来,补个衣领后屁股什么的,岂不是上好的补丁。"她说。

我想想有理,操起家伙就剪。

她说:"你不等等?洗完了晾干再剪也不迟呀!"

我说:"那么大一坨,怎么洗?剪开了分两段,不是好洗吗?"

她一边说着那也不差这一点儿,一边帮着我把被头连里带面裁下一圈。待到晚上,我把干了的被罩拿回来缝时,才发现大事不好。原来那富裕出来的一截布并非无用,是预备被套缩水的。现在被套像一件童年的衣服,遮不住棉絮丰满发育的身躯,恰短半尺。

怎么办?我和属猪的女友面面相觑。

"把裁下的那块布再缝上去。"有人说。

"那还行?"我连连摇头。那工程简直能绕地球一圈,对于拙于针线的我,真是可怕的命题。

"还有一个办法。"属猪的女友说。

"什么办法？"我迫不及待地问。

"把棉絮也剪下来一块。"她说。

"多好的主意！"我快活地大叫，她总是与众不同！我搂着她跳了起来，但只跳了两下就停下来。缺氧不允许我们激烈地表达兴奋。

说干就干。

在以后漫长的岁月里，我一直盖着比别人短一截的被子，它使我在严寒的冬天（昆仑山其实也没有别的季节）吃尽苦头。但是，我从来没说，我怕那个属猪的女友以为我在埋怨她。

因为被子格外地不御寒，我就特别爱晒被子。公平地说，高原的太阳虽然不暖和，但含有丰富的紫外线，有春天的气味。晚上蜷在里面，像扎在麦秸垛里一般惬意。

不过班长不让我老晒被子，他说："你的被子本来就比别人的短，叠起来就不好看，刚晒完的被子，鼓得像个面包，哪还能拍得出横平竖直的线，影响军容风纪。"

于是，晒被子的日子就成为我奢侈的节日。我会早早地钻进被子，让那个夜晚抻得很长；我会看到阳光毛茸茸地刷着我，白色的蒲公英粘在睫毛上，一只金色的蜜蜂在我耳边飞……

信　　使

我十七岁的生日,是在藏北高原过的。那天,正好是军邮车上山的日子,这个生日便像美丽的项圈,久久地悬挂在我的胸前。

喜马拉雅山、冈底斯山、喀喇昆仑山,像三柄巨大的棱锥,将我所在的部队,托举到了离海平面五千多米的高度。我的生日在十月,这正是平原上麦垛金黄而干燥的时候,而昆仑山却已万里雪飘,就要封山了。封山是冰雪发出的禁令,我们将与世隔绝到春天。

战友们把水果罐头汁倾倒在茶褐色的刷牙缸里,彼此碰得山响,向我祝贺。对于每月只有一筒半罐头的我们来说,这是一场盛大的庆典。

但心中总有些淡淡的悲愁——我想家。

一位白发苍苍的老医生对我说:"也许军邮车今天会来的。"

"你骗人!"我大叫。有时候猛烈地指责别人说谎,其实是太渴望那消息真实。

军邮车大约每月从新疆喀什开上昆仑山一次,日子并不准,仿佛一只来去无踪的青鸟。老医生戍边多年,他的话有时像符咒一样灵验。"每年封山前上山的最后一辆车,总是军邮车。山下的人都知道我们的心。"他晃着满头的白发,像一丛银针。

那天夜里,军邮车像破冰船一样,跋涉五天,英勇地到了,整个军营为之沸腾。我们真想欢呼,但军人只有打了胜仗才允许欢呼,我们屏住气盯着一处房舍。房舍门口站着两个威武的士兵。因为曾有一次迫不及待的边防军人们跑去抢信,从此,在军邮车到来的日子,分拣信件的房间便加站双岗。

各单位取信的人站在房外,一取到信就像古代的驿马接到加急文书,拔腿就跑,送给望眼欲穿的人们。

在高原上奔跑,不是一件轻松的事,这活儿一般都分给腰细腿长的年轻人,但白发苍苍的老医生执拗地要做这件事。知情的人私下里说他家中有很老的双亲、很弱的妻子、很小的孩子,想信比别人更甚。

老医生说:"有一年封山的时间格外长,半年后军邮车首次上山,信件一直摞到分拣人的胸前。他们在信海中游走,呼吸都很困难。"

老医生抱着一大摞子信,我们扑上去抢。那时候干部去干校,知青接受再教育,妻离子散的多,信件也格外多。每个人都像蜘蛛一样,吐出思念思索的长丝,织一张自己的情感信息之网。

霎时老医生手中就空了,接下来是刷刷的撕信声,信皮的断屑萧萧而下。

我最先看的是父母的信,仿佛有一双温暖而柔软的手,从洁白的笺纸中探出来,抚摩着我额前飘动的乌发,心便不再凄然。

再看同学和朋友的信,我的同桌此刻在遥远的西双版纳,信中夹了一朵花的标本。她说这是景洪最美丽的花,有沁人肺腑的香气。夹花的那页信纸留有大片紫色的痕液,想象得出花盛开时的娇嫩。我低头嗅那被花液浸泡过的地方,哪有什么香气,有的只是纯正而凛冽的冰雪气息缭绕其中。

我连夜回信。平常的日子,营区是柴油发电机供电,每晚只亮两个小时,然后,就像木偶人似的眨几下眼睛,熄灭了。军邮车一来,首长便传令延长发电时间,以利于拣信和回信。首长其实也很盼信。

　　同屋的女兵嘤嘤地哭了起来,她的小侄子病了。我们都放下笔去劝她,然而,女孩子常常是这样的,越劝越哭得欢畅。

　　老医生悠长地叹了一口气说:"告诉离得这么远的一个小姑娘,孩子的病就能好了吗? 我家里人是从不这样的。"

　　不一会儿,女兵停止了哭泣,因为从老医生送来的第二批信中她得知小侄子的病已经好了。

　　"要有经验。"老医生说,"把信全拆开,码饼干似的排好,从最后面的看起,前面的只能做参考。"

　　这自然是至理名言。但这么办,时间长了,我们也发现了弱点。好比一本回肠荡气的小说,快刀斩乱麻地先看了结尾,再回过头去细细咀嚼,便少了许多悬念和曲折。

　　那一次军邮车上山,老医生没有收到一封信。按照他的逻辑,没有信来也许就是出事了。他的忧郁持续了整个冬天。

　　在这海拔五千米的高原营地,每逢有人下山,就会挨门挨户地问:"我要走了,要不要带信?"哪怕是平日最猥琐的人,在这件事上也绝对平和而周到,这是高原的风俗。

　　有时候突然写好一封信,又不知谁能带走,就在吃饭人多的时候喊:"谁能下山,告诉我一声。"一次,一个素不相识的人对我说:"我知道你父亲的名字。""你看过我的档案?"我问。"不是,几年前我为你带发过家信。"我已经完全记不得是托什么人又转到他手中的,于是,赶忙表示迟到的谢意。

　　在我十七岁生日过去半年的时候,收到了西双版纳同学的回信:"那朵花怎么是紫色的呢? 它是雪白的呀! 而且,绝不可能没有香气!"

　　信是老医生送来的,这是开山后的第一次通邮,他也很快乐,他的家里寄来了平安信。有时候他又突然疑惑,说他家里会不会有什么事瞒着不肯告诉他? 我们都说不会不会,你是家里

和父母弟妹合影

1964年，和孙敬修老爷爷合影（后排右二为作者）

的顶梁柱,他们离开了你,根本就办不了事,怎么会瞒你?他也觉得很有道理,心就放宽许多。

终于,轮到他探家了。他很早就告诉我们:"下山时专门预备一个旅行包,为大家装信。"我便对着昆仑山皑皑的冰雪,咬着笔杆,从从容容地写了大约三十封信,每一封都竭尽我的才能。

我双手捧着这摞信,郑重地交给老医生。他的白发在雪峰的映衬下,晃动得像一盆水中的粉丝:"你放心好了!我到了山下第一件事就是为大家邮信。假如回信快的话,下次军邮车上来,你们也许就能收到回信了。"

他走了。军邮车像候鸟,飞来一次又一次,但那三十封信却一封不见回音。原来,他下山乘坐的车翻了,这在高原是很平常的事。熊熊的烈火吞噬了他银发苍苍的头颅,那个装满信件的旅行包,顷刻之间化为青烟。

那三十封信,只有给父母的那封信,我重写了托人邮出;给其他人的,便再也提不起兴致。只要拿起笔,老医生的白发就在眼前灼目地闪动,眼睛便发酸。大团大团的冰雪,在我胸中凝结。

后来,在老医生的追悼会上,我才知道他的生辰,远没有我想象的那样老。满头灿然的白发,是昆仑山馈赠给他的不能拒绝的礼物。

他死了以后,军邮车还带来过他的家信。我第一次注意了一下地址,是广西一个很偏远的小城。又在地图上仔细寻找,那地方在北回归线以南,属于热带,该是非常炎热的。老医生的家乡,距离昆仑山,大约有一万五千里。

那封迟到的信,边缘已经磨损,好像烙熟又蒸了几遭的馅饼;几处裂口的地方,被薄而坚韧的透明纸粘贴过,上面打着蓝色的印章:"邮件已破,军邮代封。"

不知这是否是一封报平安的家信?

葵花之最

昆仑山其实只有一个季节——冬天,春节过后那段漫长而寒冷的日子被称为春天,这是我们这帮小女兵从平原家中带来的习惯。

快到"五一"节了,冰封的道路渐渐开通,春节慰问品运到了。五颜六色来自五湖四海的慰问袋最受欢迎。小伙子们希望从绣着花的漂亮布袋里,摸出一双精致的鞋垫,做一个浪漫的梦;姑娘们没有这份心思,只想找点稀罕的吃食,打打牙祭。整整一个冬天,除了脱水菜和军用罐头,没有见过绿色。可惜,关山重重,山路迢迢,花生走了油,瓜子变哈喇,沙枣颠成粉末,面粉烙的小馃子像出土文物……

突然闻到一股奇异的清香。

那是一个绣着黄色"八一"和红色五星的小白口袋。针脚毛茸茸的,绣活儿手艺不高,想必出自一个笨手笨脚的胖姑娘。

打开一看,是一袋葵花籽。颗颗像小炮弹一样结实,饱满得可爱。我们每人抢了一把,一尝,竟是生的。葵花籽中埋着一封信:

"敬爱的解放军叔叔们……"

信是从广东省湛江市第二小学发出的。

我们趴在地图上找。唔,湛江,好远!那里是亚热带,一个很热的地方。

孩子们请求解放军叔叔们,把他们精心挑选出的葵花种子,种在祖国的边防线上。

我们把手中的葵花籽放回布袋。那清香,是阳光、土地和绿色植物的芬芳。

昆仑山咆哮的暴风雪,伴随着我们进行讨论。

为什么只写给解放军叔叔?边防线上也有解放军阿姨呀?!

在国境线上种葵花,多么美妙的想法!每当葵花开放的时候,我们将有一条金色的国境线。

这根本不可能!昆仑山是世界第三极,雪线上连草都不长,还能开葵花?!

我们都默不做声了,只听见屋外风在嘶鸣。

大家决定由我给孩子们回一封信,就说葵花籽是解放军阿姨们收到的。只是这里很冷很冷……

昆仑山的"夏天"到了。

信早已写好,却终于没有发出。我们大着胆子,把葵花籽种在院子里。

人们都说活不了,却天天跑来看,松土施肥。

种子发芽了,先探出两片嫩黄的叶子,像试探风向的小手掌,肥厚而天真。然后,舒服腰肢,前仰后合生机盎然地长起来。

昆仑山默默地认可了这些来自亚热带的绿色幼苗,就像它认可了我们一样。

然而,我们高兴得太早了。不知道是上个冬天最迟,还是下个冬天最早的一股冷风,冻死了绝大部分葵花。

奇迹般地保存下一棵幼苗,它并不是最强壮的,也许因为旁边有一块大石头。受到启发,我们用石头为葵花围起一圈不透风的篱笆。

现在,我们每天都趴在石头围墙上看葵花,不知道的人,还以为里面养着活蹦乱跳的小生灵。

这棵幸运的葵花,一往情深地看着太阳,勇敢地展开桃形的枝叶。茎上纤巧的绒毛,像蜜蜂翅膀一样,在寒风中抖个不停。也许它感到了昆仑山喜怒无常的威严,急匆匆地压缩了自己的生命历程;才长到一尺高,就萌发出了钮扣大的花蕾,压得最高处的茎叶微微下垂,好像惭愧自己为什么不长得更高一些。

那一年没有秋天,寒凝一切的风雪,毫无先兆地骤然降临。早上起来,天地一片苍茫,我们几乎是跌跌撞撞地扑向葵花。

石围墙也被飓风吹得四散飘去,向日葵却凝然不动地站立在那里,在冰雕玉琢的莹白之中,保持着凄清的翠绿。叶片傲然舒展,像一面玻璃做的旗,发出环佩般的叮当之声。最不可思议的是,在它生命的最后一刻,居然绽开一朵明艳的花。那花盘只有五分硬币那么大,薄而平整,冰雪凝冻其上,像一块光滑的表蒙子;刚分蘖出的葵花籽还未成熟,像丝丝柳絮一样优雅地弯曲着,沁出极轻淡的紫色。最令人警醒的是花盘四周弹射出密集的黄色花瓣,箭头一般怒放着,像一颗永不泯灭的星。

葵花身上的冰花越结越厚,最后,凝固成一个方柱形的冰晶。

我不知道它是不是世界上最小的葵花,但我知道它是世界上最高的葵花。

没有墙壁的工作间

自从我用了电脑,写作时就从卧室迁徙到门厅。

那地方实在是对不起"厅"这个儒雅的称呼,只有四五平方米大,没有窗户,白天进来第一个动作也是拉灯绳,否则一不小心撞到电脑桌椅角上,那高度恰与人的腰眼齐平,会使你像被点了穴似的。四堵墙壁上开着五个门(大小卧室、厨房、厕所和通往楼梯的屋门),环顾时只见门框不见墙壁,好像自己身在古驿站的小亭子里。

家中的格局原是这样的:儿子自上了高中,强烈地要求自由与独立,只好分他一个神圣不可侵犯的小屋。母亲患病,与我同住。卧室里摆着我的桌子,先生打地铺。用笔写作的时候,逢我打夜班,众人也还相安无事。我只需把报纸卷成筒,遮避了灯光,就皆大欢喜。换了电脑,那哒哒的击键声,在子夜的静谧中竟像奔马一般响亮。

先生坐起来,惺忪着眼对我说,刚做了一个梦……

我正忙着构思小说中一段优美的风景,敷衍他说,人都是有梦的……

先生说,这个梦里你变成了李侠。

我问,李侠是谁?

先生说,就是电影《永不消逝的电波》里的主人公。

我说,谢谢你,在梦中封我一回英雄。

一直伴睡的母亲说,你每夜这样不停地敲打,总让我想起特务……

  我知道触了众怒,第二天便独自把电脑搬到黑暗的走廊。先生和母亲于心大不忍,一个劲地向我道歉,请我搬回去。但我执意不给他们以改过的机会,坚持坐在有五座门的工作间里写作,赐名"五洞斋"。

  这实在是一个有许多妙处的地方。

  不管白天晚上都要开着灯,很利于保持一种创作环境的连贯与稳定。以前写作的时候,常会偷懒向窗外张望,看看风,听听雨……现在无论你朝哪个方向扫过去,木门都昂首挺胸义正辞严地阻挡你的视线。反正是什么也看不见了,索性埋头拉车,心定如水。

  夜深人静写作时,再没有了愧对家人的自责。谅你们终是凡人,没有孙大圣的顺风耳。就算在梦中屏气倾听,击键声的袅袅余音,轻淡的也如同催眠的冷雨了。

  在四周黑暗的氛围中工作,眼前一盏孤灯,常常使我有一种旧时挖煤的苦力的感觉。一个人在幽深的巷道里匍匐着前行,手足并用,寻找着埋藏的光明。那过程辛苦而危险,然而一旦负煤而出,满面尘灰地点燃跳动的火焰,心就温暖起来了。

  在没有墙壁的房间里工作,唯一的坏处是——谁都可以参观你的劳动果实,而勿需请示批准。此地为家中交通枢纽,无论就餐还是方便,都必得从我坐的椅子后面挤过去,实有一夫当关,万夫莫开之险。主观上的好奇加之客观上的地域狭窄,路过之人常常是极慢地将身体蹭过去,表面上好像是怕惊扰了我的思路,实际上有意无意窥探我的最新成果。母亲老眼昏花,对跳动的银屏颇不习惯,倒是最不必防的。老人家只是在我的身后悠长地叹息,拂动我颈后的柔发,使人感到生命中不能承受的慈爱。先生虽说目光如炬,然知书达理,看过屏幕之后并不言语,只当是路边的一块石头。久而久之,我也可处之泰然。令人防不胜防的是儿子,抱着肘,毫不掩饰批判的目光,炯炯地注视着流水线上我的半成品,时而惋惜地点评一句:这一段文字啰嗦了些,似可减减肥……

我初而愕然,渐渐就忿忿然了。

我说,一只蚕吐丝的时候,是不愿意被人盯着看的。卫生间的门都是有插销的。

轮到他大诧异,说,写出来的东西不就是要给人看的吗?难道你写的见不得人?

真是哭笑不得。

一日,儿子又伫立在我身后。我在电脑上飞快地打出了如下的字:一只大狗在沙滩上画画,一只小狗在远处张望,不停地汪汪叫,大狗的画就越来越糟糕……

从此我背后的要道,不再堵车。

春天到来的时候,我的颈椎病重了,左肩也痛得抬不起来。到医院里看,医生诊断是受了风寒,很有经验地说你工作的地方,左侧是不是有一扇窗?我嘻嘻笑起来,说那地方任何方向都没有一扇窗。医生说,那一定是有一扇门。我说,那地方所有的方向都有门。

医生没有说准,讪讪地给我开了一大包芬必得。

晚上我仔细地研究包围我和电脑的门。左侧的门是正对着楼道的,有利如箭镞的冷风嗖嗖射来,是所有的门中最险恶的一座。

我对先生叫苦。

先生说,斋主,还是返回故居吧。如果你坚持在八面来风的"五洞斋"里写作,终有一天所有的关节都会痛起来。

我说,甭吓唬人。求你给我做个棉门帘吧,要又厚又大的那种,当下一个冬天来临的时候。

女儿，你是在织布吗

正式写作十年以后，我完成了第一部长篇小说，名为《红处方》。

之前，我一直踌躇，要不要写长篇小说？它对人的精神和体力，都是一场马拉松。青年时代遭过苦的人，对所有长途跋涉，都要三思而后行。有几位我所尊敬的作家，写完长篇后撒手人寰，使我在敬佩的同时，惊悸不止。最后还是决定写，因为我心中的这个故事，激我向前。

对生活的感受，像一些彩色的布。每当打开包袱皮，它们就跳到眼前。我慢慢地看着想着，估摸着自己的手艺，不敢贸然动笔。其中有一堆素色的棉花，沉实地裹成一团。我因为它的滞重而绕过，它又在暗夜的思索中，经纬分明地浮现脑海。

它是我在戒毒医院的身感神受。也许不仅仅是那数月的有限体验，也是我从医二余年心灵感触的凝聚与扩散。我又查阅了许多资料，几乎将国内有关戒毒方面的图书读尽。

以一位前医生和一位现作家为职业的我，感到一种不可推卸的责任。

我是一个视责任为天职的人。

我决定写这部长篇小说。前期准备完成以后，接下来具体问题就是——在哪里写呢？古话说，大隐隐于市。我不是高人，没法去北京安下心来。便向领导告了假，回到母亲居住的地方。那是北方的一座小城，父亲安息在那片土地上。

幽静的院落被深沉的绿色萦绕,心境浸入生命晚期的苍凉。

母亲想让我在一间大大的朝阳房屋里写作,那儿宽敞豁亮。我选定了父亲生前的卧室,推开门来,一种极端的整洁和肃穆结在每一立方厘米空气中。父亲巨大的遗像,关切地俯视着我。正是冬天。母亲说,这屋冷啊。我说,不怕。我希望自己在写作的全过程中,始终感到微微的寒意,它督我努力,促我警醒。

在大约三个月的时间里,我日出而作,日落而息,像工厂的工人一般准时,每天以大约五千字的习速推进着。有时候,我很想写得更多一些,汹涌的思绪,仿佛要代替我的手指敲击计算机键盘,欲罢不能。但我克制住激情,强行中止写作,去和妈妈聊天。这不但是写作控制力的需要,更因为我既为人子,居在家中,和母亲的交流就是非常重要的事情。母亲从不问我写的是什么,只是偶尔推开房门,不发出任何声响地静静看着我,许久许久。我知道这种探望对她是何种重要,就隐忍了很长时间,但终有一天耐不住了,对她说,妈,您不能时不时地这样瞧着我。您对我太重要了,您一推门,我的心思就立刻集中到您身上,事实上停止了写作。我没法锻炼出对您的出现,置若罔闻的能力……

从此母亲不再看我,只是与我约定了每日三餐的时间,到了吃饭的钟点,要我自动走出那间紧闭的屋子,坐到饭厅。偶尔我会沉浸在写作的惯性中,忘了时辰,母亲会极轻地敲敲门。我恍然大悟地跑出去,母亲守在餐桌旁,菜已凉,粥已冷,馒头不再冒气,面条凝成一坨……

打印出的稿纸越积越厚了。母亲有一次对我说,女儿,你是在织布吗?

我说,布是怎样织出来的,我没见过啊。

母亲说,要想织出上等的好布来,织布的女人,就得钻到一间像地窖一样的房子里,每日早早进屋,晚晚出来,别人不能打搅,她也不跟别人说话。

我说,布难道也像冬储大白菜似的,需避风避雨不见光吗?

母亲说,地窖里土气潮湿,布丝不易断,织出的布才平整。人心绪不一样,手下的劲道也是不同的。气力有大小,布的松紧也就不相同。人若是能心静如水,胸口里的那股气饱满均匀,绵绵长长地吐出来,织的布才会绸子一般光滑。

母亲的话里有许多深刻的道理,可惜我听到它的时候,生平的第一匹长布,已是疙疙瘩瘩快要织完了。

好在我以后还会不断地织下去,穷毕生精力,争取织出一匹好布。

带白蘑菇回家

妈妈爱吃蘑菇。

到青海出差,在幽蓝的天穹与黛绿的草原之间,见到点点闪烁的白星。

那不是星星,是草原上的白蘑菇。

路旁有三三两两的藏胞,坐在五颜六色的口袋中间,仰着褐色的面庞,向经过的汽车微笑。袋子口,颤巍巍地露出花蕾般的白蘑菇。

从鸟岛返回的途中,我买了一袋白蘑菇,预备两天后坐火车带回北京。

回到宾馆,铺下一张报纸,将蘑菇一柄柄小伞朝天,摆在地毯上,一如它们生长在草原时的模样。

小姐进来整理卫生,细细的眉头皱了起来。我忙说,我要把它们带回去送给妈妈。小姐就暖暖地笑了,说您必须把蘑菇翻个身,让菌根朝上,不然蘑菇会烂的。草原上的白蘑菇最难保存。

听了小姐的话,我让白蘑菇趴在地上,好像晒太阳的小胖孩儿,温润而圆滑地裸露在空气中。

上火车的日子到了。小姐帮我找来一只小纸箱,用剪刀戳了许多梅花形的小洞,把白蘑菇妥妥地安放进去。原先的报纸上印了一排排圆环,好像淡淡的墨色的图章。我吓了一跳,说,是不是白蘑菇腐坏了?小姐说,别怕。新鲜的白蘑菇的汁液就是黑的。

进了卧铺车厢,我小心翼翼地把纸箱塞在床下。对面一位青海大汉说,箱子上捅了这么多的洞,想必带的是活物了。小鸡?小鸭?怎么听不见叫?天气太热,可别憋死了。

我说,带的是草原上的白蘑菇送给妈妈。

他轻轻地重复,哦,妈妈……好像这个词语对他已十分陌生。半晌后才接着说,只是你这样的带法,到不了兰州,蘑菇就得烂成污水。

我大惊失色说,那可怎么办?

他说,你在卧铺下面铺开几张纸,把蘑菇晾开,保持它的通风。

我依法处置,摆了一床底的蘑菇。每日数次拨弄,好像育秧的老农。蘑菇们平安地穿兰州、越宝鸡、抵西安、直逼郑州……不料中原一带,酷热无比,车厢内闷热如桑拿浴池,令人窒息。青海汉子不放心地蹲下检查,突然叫道:快想办法!蘑菇表面已生出白膜,再捂下去,就不能吃了!

在蒸笼般的火车里,你还有什么办法可想?我束手无策。

大汉二话不说,把我的白蘑菇,重又装进浑身是洞的纸箱。我说,这不是更糟了?他并不解释,三下五除二,把卧铺小茶几上的水杯、食品拢成一堆,对周围的人说:烦请各位把自家的东西,拿到别处去放。腾出这个小桌,来放小箱子。箱子里装的是咱青海湖的白蘑菇,她要带回北京给妈妈。我们把窗户开大,让风不停地灌进箱子,蘑菇就坏不了啦。大家帮帮忙,我们都有妈妈。

人们无声地把面包、咸鸭蛋和可乐瓶子端开,为我腾出一方洁净的桌面。

风呼啸着。郑州的风,安阳的风,石家庄的风……鳞次栉比,穿箱而过。白蘑菇黑色的血液,渐渐被蒸发了,烘成干燥的标本。

　　青海大汉坐在窗口迎风的一面,疾风把他的头发卷得乱如蒿草。无数灰屑敷在他铁棠色的脸上,犹如漫天抛洒的芝麻。若不是为了这一箱蘑菇,玻璃窗原不必开得这样大。我几次歉意地说同他换换位子,他一摆手说,草原上的风比这还大。

　　终于,北京到了。我拎起蘑菇箱子同车友们告别,对大家说,我代表自己和妈妈谢谢你们!

　　大家说,你快回家去看妈妈吧。

　　由于路上蒸发了水分,白蘑菇比以前轻了许多。我走得很快,就要出站台的时候,青海汉子追上我,说:有一件很要紧的事,忘了同你交待——白蘑菇炖鸡最鲜。

　　妈妈喝着鸡汤说,青海的白蘑菇味道真好!

铁马冰河入梦来

当我写完《昆仑殇》最后一个标点时,有一种奇怪的感觉,好像心的某一部分被掏空了,只留下一个洞。

午夜时分,家人熟睡。我独自走到屋外。

北京的夜不黑,无数灯火交织成彩色的图画。北京的夜也不静,声音的波涛一刻不停,只不过比白昼略低沉了点。唯有冰冷如汁的空气,像清泉一样荡涤着肺腑,使人感到振奋与警醒。遥望西部,我感到一丝淡淡的欣慰。

西部有一座雄伟的高山。绵延数百万平方公里的世界屋脊,由它无尽的子孙组成。它的主峰——乔戈里峰,是我们这个星球上的第二高峰。在古老的文化典籍中,它被称为"帝之下都",是黄帝居住的地方。这座威严的万山之父,就是昆仑山。

一九六九年,我参军离开北京,来到了昆仑山上的一个部队。几个月后,迎来了我十七岁的生日。战友们为我摆了一桌"罐头宴"。银亮短粗像炮弹壳一样的军用罐头,开了一筒又一筒。有橘子的,有苹果的,有菠萝的,有雪花梨的,还有……对于每月只有一筒半水果罐头定量的士兵们,这是很靡费很丰富的盛宴了。我们把罐头汁倾倒在刷牙用的搪瓷缸里,彼此碰得山响,快乐地"干杯"。

"你才十七岁,太小了。"一个老医生说。

"我已经是大人了,很大的人。"我严肃地纠正他。

"真正的大人,是怕人家说他岁数大的。况且'大人'这个称呼,本来就是小孩子说的话。"老医生平静地反驳我。

许多年过去了。每逢过生日时,这对话便清晰地在我耳边响起。我不再自称为大人,而且惊讶时间过得太快了。

当我从报纸上看到,如今十七岁的女孩子们,为父母该不该偷看她们的日记而展开激烈的讨论时,不禁浮起会心的微笑。我羡慕她们,但觉得她们比那时的我们还要小。

她们自有她们的幸福。假如历史能够退回去重新拍摄,我愿意踊跃加入她们的讨论,并坚决主张父母亲不应该偷看她们的日记。

可惜,历史不可涂改。于是,我只有羡慕,却从不后悔。

关于昆仑山上的艰苦;关于高原、缺氧、奇寒、强烈的紫外线;关于冰峰雪崩,汽车失事,置人死地的高原病,我们的文学家艺术家已经写过那么多的话,我说不出更令人惊心动魄的故事。我一直在做医务工作,这在军营之中,相对是比较安全舒适的了。尽管如此,我还是看到了那么多死亡,那么多牺牲。没有身临其境的人,是无法想象在那种严酷的自然条件下,人自身的生命力是何等脆弱!我想过妈妈,我掉过眼泪,我甚至诅咒过命运。但我终于义无反顾地加入了保卫者的行列,成为祖国的哨兵。

昆仑山呼啸的风雪,卷走了我一生中最好的年华。它浓重的身影,横亘在我生命的原野上。我步入这座高山的时候,还是个稚气未脱的少女。十二年后,当我离开这座山时,已是人近中年了!昆仑山在向我索取了高昂的代价之后,馈赠我一件终生享用不尽的珍宝,这就是青年时代艰苦生活的磨炼。

我是个医生,而且自信是个不错的医生。

我之所以写起小说,就是因为对昆仑山的挚爱。它是我心中一颗充满活力的种子。

昆仑山是值得用如椽大笔去挥写的。在我国灿烂的古代文化之中,它有过无数辉煌的传说。在高高的昆仑山巅,长着顶天立地的稻谷,它的每一粒谷米,都是珍珠和美玉。黄帝巍峨壮丽的帝宫,是百神聚议的地方。把守这座华美宫殿的天神,名叫陆吾,他有着英俊威严的面孔,背后却是老虎的身子和脚爪,还拖着九条尾巴……

然而,现实中的昆仑山,哪有什么天稻!哪有什么宫殿!哪有什么陆吾!它是一个严酷的冰雪世界。在这被称为"世界第三极"的冰冻雪国里,生活着我们的边防战士。告别父母,远离家乡,四面八方的稚子在昆仑山上被铸成了钢。在那场空前的民族灾难中,他们经受了更为惨烈的苦难,却始终像昆仑山一样,沉稳坚强地挺立着……

我曾急切地寻找所有描写昆仑山的文学作品。他们有的写得真好,令我赞赏、令我感叹。但每每于掩卷之后,又生出一丝淡淡的惆怅:这同我心中那座雄奇伟岸的高山,似乎并不能完全重合。像一架尚未调试到极佳状态的电视机,总有一点重影,有几行波动。

这怪不得别人。有一百个人,就有一百座昆仑山吧!

那座属于我的昆仑山,时时像雕塑一般,凸现在眼前。陆游的两句话,简直像为我写的:夜阑卧听风吹雨,铁马冰河入梦来。

我想试着勾画我心中的那座昆仑山。

只是,我行吗?一个"文革"时期的初中毕业生。虽然有一张大专文凭,但那是医学的,与文学可不搭界。那场可怕的"革命",中断了我们这一代人的学业。除了医学,对于数理化,对于文史哲,我似乎总停留在一个初中生的水平。无论怎样自学,无论怎样读书,就像一株误了生长期的植物,再也抽不出绿色的枝条。

我有繁重的本职工作,还有诸多头绪的社会工作,更有不可推卸的家务工作。对于一个女人来讲,在人生这座舞台上,不写

1969年，最好的阿里照片

1969年，在西藏阿里军分区（后排左为作者）

小说,角色也已经够多够乱的了。像个蹩脚的棋手,与数个高手对弈,再添上一盘盲棋,你是否有这个勇气?

文学的小路上又是如此拥挤。好心的前辈谆谆告诫:写作是一桩极苦的事业,你推开的将是一扇"地狱之门"。

我跳到空中,像一个第三者一样,冷静地分析了一下我自己。不要抱怨命运吧。每一代人,由于历史的限制,都有自己特定的趋势。不必过于骄傲。也不必过于沮丧。如果把这叫做命运,那它是一回事,自己的努力则是另一回事。与我们每个人密切相关,可以左右的,是第二件事。我这个人别无长处,但是不怕吃苦。这要感谢昆仑山。我经历了那种罕见的艰难困顿之后,一般的苦便难不倒我。

电大中文专业招收自学视听生,我报了名……没有时间听课,见不到辅导老师,你想完成作业,可连作业题是什么都搞不清楚。更有甚者,有好些科目,连教科书都买不到。于是只有向别人借书来读。上午借,下午还。临到考试,便连书也借不到了。我有时颇感滑稽,觉得自己有点像高玉宝。记得参加第一门考试之前,内心紧张之余,竟感到有些凄楚,觉得这真是自找苦吃。

还好。我的成绩相当不错。一路考下去,我以各科平均八十多分、毕业论文"优"的成绩,结束了电大的学业。

现在,总该开始了吧!

唔,不行。学然后知不足。我这才知道自己太浅薄了。文学上那么多流派,那么多主义,那么多色彩。无数本名著等待你翻阅、无数位大家矗立在前头,压得人只能仰视。我又一头扎进书籍中去。

学习不是目的。学习是为了创造。没有学习,便没有创造。但总是学习,也没有了创造。我,必须开始了。

只是,在文学艺术界,我举目无亲。写出的东西,投往何处?

倘是返稿,精神上受一次打击不说,别人若知道了,会不会嘲笑说风凉话?

曾盘桓于所有文学青年起步之初的种种顾虑,也像绳索一样羁绊着我的笔。

难啊!世界上最难战胜的敌人,就是你自己。

但毕竟,我还是写了。我写我心的一部分,一肚子的墨水,带着稀薄的血痕,留在了洁白的稿纸上。借此,献给我心中神圣的山。

感谢《昆仑》编辑部的海波同志。对一个素昧平生的业余作者的处女作,他立即予以关注,几天后就给我回了信。在小说的修改过程中,他付出了巨大的精力与心血。人们多知道海波是一位才华横溢的青年作家,殊不知他也是一位极端认真负责的编辑。我真诚地感谢《昆仑》编辑部对我这样的无名作者所给予的支持和帮助。

《昆仑殇》发表了。

电话铃不断。多是我的同学好友。自幼在北京长大,我有不少自幼儿园就熟的朋友。

"看了《人民日报》登的《昆仑》目录,那个写小说的毕淑敏,是你吗?"

"是我。"像所有初学写作的人一样,我实行了严格的保密。现在,人家打上门来指名道姓地问,只得承认。

"那篇叫昆仑……昆仑什么呀?我还不认识这个字。念昆仑汤?要不念昆仑场?"

"念殇。昆仑殇。"

"殇?是什么意思?"

"殇,就是死。"

"什么?昆仑死?写山就够没情绪的了,再加上死!哎呀,你写什么不行呀,偏写这个……"

我放下了电话。真抱歉,我写别的不行,只能写我最熟悉的昆仑山。

幸好以后见面时,朋友对我说:"你的小说我看了。看过之后我沉默了好长一段时间,被一种很悲壮的情绪笼罩着……"

谢谢你,我的朋友!

沉默了好长一段时间!

这话说得真好。我至今认为这是所有赞扬声中最高的一句评价。

能使我们这一代人沉默的事情,不是太多的。我们同共和国一道,经历了过多的风雨,过多的喧哗。如今又被裹旋进高节奏的现代生活之中,留给我们沉默的时间太少了。沉默是一张白纸,它意味着思考之后将留下点什么。

我希望人们能记住在遥远的西部,有一座雄伟的高山。在那高山之上,有无数双警惕的眼睛和赤诚的心。我们花前月下的每一次聚会,星光璀璨下的每一夜安眠,歌舞升平中的每一声欢笑,都是他们用鲜血和生命换来的。我手中这支拙劣的笔,倘能传达出这种情感之万一,我心足矣!

万事开头难。我已经开了一个头,但开头以后的事,似乎更难。人,应该时时前进,超越自己。但超越,又谈何容易。好比爬山,我现在站在昆仑山的脚背处,举头仰望,险峰峻岩,好一条漫长的路!

我 的 五 样

　　老师出了题目——写下"你生命中最宝贵的五样东西",我拿着笔,面对一张白纸,周围一片静寂无声。万物好似缩微成超市货架上的物品,平铺直叙摆在那里,等待你手的挑选。货筐是那样小而致密,世上的林林总总,只有五样可以塞入。

　　也许是当过医生的缘故,片刻的斟酌之后,我本能地挥笔写下:空气、水、太阳……

　　这当然是不错的。你不可能设想在一个没有空气和水的星球上,滋长出如此斑斓多彩的生命。但我很快发现自己陷入了困境——如果继续按照医学的逻辑推下去,马上就该写下心脏和气管,它们对于生命之泵也是绝不可缺的零件。结果呢,我的小筐子立马就装满了,五项指标额度用尽。想想那答案的雏形将是:我生命中最宝贵的东西——空气、水、阳光、气管、心脏……哈!充满了科普意味。

　　如此写下去,恐有弊病。测验的功能,是辅导我们分辨出什么是自我生命中最重要的因子,以至面临人生的重大选择和丧失时,会比较地镇定从容,妥帖地排出轻重缓急。而我的答案,抽象粗放,大而化之,缺乏甄别和实用性。

　　改弦易辙。我决定在水、空气和阳光三要素之后,写下对我个人更为独特和生死攸关的因子。

　　于是,第四样——鲜花。

　　真有些不好意思啊。挂着露滴的鲜花,那样娇弱纤巧,似乎和庄严的题目开了一个玩笑。但我真是如此的挚爱它们,觉得它们美轮美奂,不可或缺。绚烂的有刺的鲜花,象征着生活的美好和无可回避的艰难,愿有一束火红的玫瑰,伴我到天涯。

写下鲜花之后,仅剩一样挑选的余地了。刹那间,无数声音充斥耳鼓,啰唣地申述着自己的不可替代性,想在最后一分钟,挤进我珍贵的小筐。

偷着觑了一眼同学们的答案,不禁有些惶然。

有人写下:"父母。"我顿觉自己的不孝。是啊,对于我的生命来说,父母难道不是极为宝贵的因素吗?且不说没有他们哪来的我,单是一想到他们会先我而去,等待我的是生离死别,永无相见,心就极快地冰冷成坨。

有人写下:"孩子。"我惴惴不安,甚至觉得自己负罪在身。那个幼小的生命,与我血脉相连,我怎能在关键的时刻,将他遗漏?

有人写下:"爱人。"我便更惭愧了。说真的,在刚才的抉择过程中,几乎将他忘了。或许因为潜意识里,认为在未曾识得他之前,我的生命就已存许久。我们也曾有约,无论谁先走,剩下的那人都要一如既往地好好活着。既然当初不是同月同日生,将来也难得同月同日死,彼此已商定不是生命的必需,未进提名,也有几分理由吧?

正不知将手中的孤球,抛向何处,老师一句话救了我。她说,这生命中最宝贵的东西,不必从逻辑上思索推敲是否成立,只需你情感上的真爱即可。

凝视再想。

略一顿挫之后,拟写"电脑"。因为基本上已不用笔写作,电脑便成了我密不可分的工作伴侣。落笔之际我凝思,电脑在此处,并不只是单纯的工具,当是一种象征,代表我挚爱的劳动和神圣的职责。很快又联想到电脑所受制约较多,比如停电或是病毒入侵,都会让我无所依傍。唯有朴素的笔,虽原始简陋,却可朝夕相伴风雨兼程。

于是洁白的纸上,记下了我生命中最宝贵的五样东西——水、阳光、空气、鲜花和笔(未按笔画为序,排名不分先后)。

同学们嘻嘻笑着,彼此交换答案。看过之后,却都不做声了。我吃惊地发现,每人的物件,万千气象,绝不雷同,有些简直让人瞠目结舌。比如某男士的"足球",某女士的"巧克力"在我就大不以为然。但老师再三提示,不要以自己的观点去衡量他人,于是不露声色。

接下来,老师说,好吧,每个人在你写下的五样当中,划去相对不那么重要的一样,只剩下四样。

权衡之后,我在五样中的"鲜花"一栏旁边,打了一个小小的"×"号,表示在无奈的选择当中,将最先放弃清丽芬芳的它。

老师走过来看到了,说,不能只是在一旁做个小记号,放弃就意味着彻底的割舍。你必得用笔把它全部涂掉。

依法办了,将笔尖重重刺下。当鲜花被墨笔腰斩的那一刻,顿觉四周惨失颜色,犹如本世纪初叶的黑白默片。我拢拢头发咬咬牙,对自己说,与剩下的四样相比,带有奢侈和浪漫情调的鲜花,在重要性上毕竟逊了一筹,舍就舍了吧。虽然花香不再,所幸生命大致完整。

请将剩下的四类当中,再剔去一种,仅剩三样。老师的声音很平和,却带有一种不容商榷的断然压力。

我面对自己的纸,犯了难。阳光、水、空气和笔……删掉哪样是好,思忖片刻,提笔把"水"划去了,从医学知识上讲,没有了空气,人只能苟延残喘几分钟,没有了水,在若干小时内尚可坚持。两害相权取其轻吧。

也许女人真是水做的骨肉,"水"一被勾销,立觉喉咙苦涩,舌头肿痛,心也随之焦躁成灰,人好似成了金字塔里风干的法老。

　　我已经约略猜到了老师的程序,便有隐隐的痛楚弥漫开来。不断丧失的恐惧,化作乌云大兵压境。痛苦的抉择似一条苦难的巷道,弯弯曲曲伸向远方。

　　果然,老师说,继续划去一样,只剩两样。

　　这时教室内变得很寂静,好似荒凉的冢。每个人都在冥思苦想举棋不定。我已顾不得探查他人的答案,面对着自己人生的白纸,愁肠百结。

　　笔、阳光、空气……何去何从?

　　闭起眼睛一跺脚,我把"空气"划去了。

　　刹那间好像有一双阴冷的魔爪,丝丝入扣地扼住我的咽喉,手指发麻眼冒金星,心如擂鼓气息屏窒……

　　我曾在海拔五千多米的冰山上攀援绝壁,缺氧的滋味撕心裂肺。无论谁隔绝了空气,生命便飘然而逝。一切只能成为哲学意义上的讨论。

　　好了,现在再划去一样,只剩下最后一样。老师的音调很温和,但执著坚定充满决绝。对已是万般无奈之中的我们,此语一出,不啻惊雷。

　　教室内已经有轻轻的哭泣声。人啊,面临丧失,多么软弱苦楚。即使只是一种模拟,已使人肝肠寸断。

　　笔和阳光。它们在纸上誓不两立地注视着我,陷我于深重的两难。

　　留下太阳吧——心灵深处在反复呼唤。妩媚温暖明亮洁净,天地一派光明。玫瑰花会重新开放,空气和水将濡养而出,百禽鸣唱,欢歌笑语。曾经失去的一切,都会在不知不觉当中悄然归来。纵使除了阳光什么也没有,也可以在沙滩上直直地卧晒太阳哇。

　　想到这里,心的每一个犄角,都金光灿灿起来。

只是,我在哪里,在干什么?

我看到自己孤独的身影,在海边寂寞的椰子树下拉长缩短,百无聊赖。孤独地看日出日落,听潮涨潮消。

那生命的存在,于我还有怎样的意义?!我执著地扬起头来问天。

天无语。

自问至此,水落石出。我慢而稳定地拿起笔,将纸上的"太阳"划掉了。

偌大一张纸,在反复勾勒的斑驳墨迹中,只残存下来一个固守的字——"笔"。

这种充满痛苦和抉择的测验,像一个渐渐缩窄的闸孔,将激越的水流凝聚成最后的能量,冲刷着我们的纷繁的取向。当那通道变得一夫当关,万夫莫开之时,生命的重中之重,就简洁而挺拔地凸立了。

感谢这一过程,让我清晰地得知什么是我生命中的真爱——就是我手中的这枝笔啊。它噗噗跳动着,击打着我的掌心,犹如我的另一颗心脏,推动我的一腔热血四肢百骸。

突然发现周围万籁无声。人们在清醒地选择之后,明白了自己意志的支点,便像婴儿一般,单纯而明朗地宁静了。

我细心地收起这张白纸,一如珍藏一张既定的船票。知道了航向和终点,剩下的就是帆起桨落战胜风暴的努力了。

回家去问妈妈

那一年游敦煌回来,兴奋地同妈妈谈起戈壁的黄沙和祁连的雪峰。说到在丝绸之路上僻远的安西,哈密瓜汁甜得把嘴唇黏在一起……

安西!多么遥远的地方!我在那里体验到莫名其妙的感动。除了我,咱们家谁也没有到过那里!我得意地大叫。

一直安静听我说话的妈妈,淡淡地插了一句:在你不到半岁的时候,我就怀抱着你,走过安西。

我大吃一惊,从未听妈妈谈过这段往事。

妈妈说你生在新疆,长在北京。难道你是飞来的不成?以前我一说起带你赶路的事情,你就嫌烦。说知道啦,别再啰唆。

我说,我以为你是坐火车来的,一件司空见惯的事情。

妈妈依旧淡淡地说,那时候哪有火车?从星星峡经柳园到兰州,我每天抱着你,天不亮就爬上装货卡车的大厢板,在戈壁滩上颠呀颠,半夜才到有人烟的地方。你脏得像个泥巴娃娃,几盆水也洗不出本色……

我静静地倾听妈妈的描述,才知道我在幼年时曾带给母亲那样的艰难,才知道发生在安西的感动源远流长。

我突然意识到,在我和最亲近的母亲之间,潜伏着无数盲点。

我们总觉得已经成人,母亲只是一间古老的旧房。她给我们的童年以遮避,但不会再提供新的风景。我们急切地投身外面的世界,寻找自我的价值。全神贯注地倾听上司的评论,字斟句酌地印证众人的口碑,反复咀嚼朋友随口吐露的一滴印象,甚至会为恋人一颦一笑的涵义彻夜思索……我们极其在意世人对我们的看法,因为世界上最困难的事莫过于认识自己。

我们恰恰忘了,当我们环视整个世界的时候,有一双微微眯起的眼睛,始终在背后凝视着我们。

那是妈妈的眼睛啊!

我们幼年的顽皮,我们成长的艰辛,我们与生俱来的弱点,我们异于常人的禀赋……我们从小到大最详尽的档案,我们失败与成功每一次的记录,都贮存在母亲宁静的眼中。

她是世界上第一个认识我们的人。我们何时长第一颗牙?我们何时说第一句话?我们何时跌倒了不再哭泣?我们何时骄傲地昂起了头颅?往事像长久不曾加洗的旧底片,虽然暗淡却清晰地存放在母亲的脑海中,期待着我们将它放大。

所有的妈妈都那么乐意向我们提起我们小时候的事情,她们的眼睛在那一瞬露水般的年轻。我们是她们制造的精品,她们像手艺精湛的老艺术人,不厌其烦地描绘打磨我们的每一个过程。

我们厌烦了。我们觉得幼年的自己是一件半成品,更愿以光润明亮、色彩鲜艳、包装精美的成年姿态,出现在众人面前。

于是我们不客气地对妈妈说:老提那些过去的事,烦不烦呀?别说了,好不好?

从此,母亲就真的噤了声,不再提起往事。有时候,她会像抛上岸的鱼,突然张开嘴,急速地扇动着气流……她想起了什么,但她终于什么也没有说,干燥地合上了嘴唇。我们熟悉了她的这种姿势,以为是一种默契。

为什么怕听母亲讲过去的事情?是不愿承认我们曾经弱小?是不愿承载亲人过多的恩泽?我们在人海茫茫世事纷繁中

无暇多想,总以为母亲会永远陪伴在身边,总以为将来会有某一天让她将一切讲完。

在一个猝不及防的刹那,冰冷的铁门在我们身后戛然落下。温暖的目光折断了翅膀,掩埋在黑暗的那一边。

我们在悲痛中愕然回首,才发现自己远远没有长大。

我们像一本没有结尾的书,每一个符号都是母亲用血书写。我们还未曾读懂,著者已撒手离去。从此我们面对书中的无数悬念和秘密,无以破译。

我们像一部手工制造的仪器,处处缠绕着历史的线路。母亲走了,那唯一的图纸丢了。从此我们不得不在暗夜中孤独地拆卸自己,焦灼地摸索着组合我们性格的规律。

当那个我们快乐时,她比我们更欢喜;当我们忧郁时,她比我们更苦闷的人,头也不回地远去的时候,我们大梦初醒。

损失了的文物永不能复原,破坏了的古迹再不会重生。我们曾经满世界地寻找真诚,当我们明白最晶莹的真诚就在我们身后时,猛回头,它已永远熄灭。

我们流落世间,成为飘零的红叶。

趁老树虬蚺的枝丫还郁郁葱葱时,让我们赶快跑回家,去问妈妈。

问她对你充满艰辛的诞育,问她独自经受的苦难。问清你幼小时的模样,问清她对你所有的期冀……你安安静静地偎依在她的身旁,听她像一个有经验的老农,介绍风霜雨雪中每一穗玉米的收成。

一定要赶快啊!生命给我们的允诺并不慷慨,两代人命运的云梯衔接处,时间只是窄窄的台阶。从我们明白人生的韵律,距父母还能明晰地谈论以往,并肩而行的日子屈指可数。

给母亲一个机会,让她重温创造的喜悦。给自己一个机会,让我深刻洞察尘封的记忆。给众人一个机会,让他全面搜集关于一个人一个时代的故事。

在春风和煦或是大雪纷飞的日子,赶快跑回家,去问妈妈。让我们一齐走向从前,寻找属于我们的童话。

我爱我的性别

除极少数人以外,每个人都有一个明确的性别。这是一种先天的必然。不过,就像不是所有的人都接受他们的长相一样,很多人不爱自己的性别。

不爱自己的性别的人,是自卑的人,是不快乐的人,甚至——是悲惨的人。

细细分析,什么样的人最不爱自己的性别呢?也就是说,是男人不爱自己是男人,还是女人不爱自己是女人呢?

我想,不用做特别周密的调查就可以发现,在不喜欢自己性别的人群当中,女人占了大多数。

我也在其中。在过去很长的一段时间内,我不喜欢自己的性别。总在想,如果有可能的话,我愿意下辈子变成男人。

当然,我的决心还不够大。如果足够大的话,我可以去做变性手术,那么这辈子就可以变成男人了。

为什么不喜欢自己的性别呢?说来话长。在我还没有性别这个概念的时候,是无所谓喜欢还是不喜欢的。就像我们没有特别地喜欢还是不喜欢自己的手和脚。你喜欢也罢,不喜欢也罢,它都忠实地追随着你,默默无言地为你贡献着力量,你不能把它砍了剁了。如果不出意外,你得驭着它们到生命尽头。

让我开始不喜欢我的性别的,是这个社会中的文化。它把一种弱者的荆棘之冠,戴到了女性的头上。你是一个女人,你就打上了先天的"红字",无论你多么努力,都将堕入次等公民的行列。

在白雪皑皑的世界屋脊,我是一名用功的医生。一次,司令员病了,急需诊治。刚开始派去的都是男性,但不知是司令员的威仪吓坏了他们,还是高寒缺氧让病情复杂难愈,总之,疗效不显,司令员渐趋重笃。病榻上的将军火了,大发脾气道,还有没有像样的兵了?领导于是派我出这趟苦差。也许是病势沉重的司令员,在我眼里同一个瘦弱的老农没多大区别,手起针落,该怎么治就怎么治。也许是前头的治疗如同吃进了三个包子,轮到我这第四个包子的时候,幸运已然降临。总之,他渐渐地康复了。几天后,司令员终能勉强坐起,批阅文件调度军队了……深夜,他看着忙碌的我,突然长叹道,可惜啦!你是个女的。我说,女的有什么不好?司令员说,如果是个男的,我就提你当参谋。以后,兴许你能当上参谋长。可你是个女的,这就什么都瞎了……

那一刻,仿佛昆仑山万古不化的寒冰,崩入我心田。我知道了有一种与生俱来的羞辱,从此将朝夕跟随于我。无辜的我,要背负着性别这个深渊般的负数,直到永远。无论怎样努力,它都将如魔鬼般地冲抵着成绩,让我自轻自侮。前面,是透明的气囊,阻滞我的步伐。上面,是透明的天花板,遮挡我飞翔……

后来,在漫长的岁月里,经过了痛苦的学习和反思,我才领悟到——我的性别是我不可分割的一部分,它无罪。

人类的性别,是人类的进化与分工,它是人类的骄傲。人为地将性别划分出高尚的和卑贱的区别,是一种偏见和愚昧。

女性,这一神圣的性别,和男性具有同样的思索与行动的能力。因此,她是平等和光荣的。她所具有繁衍哺育后代的结构和职责,更使她辛劳和伟大。

我的性别,如同我的身体,我的大脑,我无条件地接纳它。

于是,我热爱我的性别。

性 别 按 钮

假如我们身上有一个按钮,可以随时改变我们的性别,我将在一生的许多时候使用它,让我们假设按钮的颜色,男性为红女性为绿吧,因为我们这个民族素有红男绿女这样一个成语。

我想象自己的身体也许像交通繁忙的十字街头,红红绿绿闪烁个不停。

当我还是一个胎儿的时候,我选择女性。因为根据最新的科学研究证明:在女性特有的那两个 XX 染色体上,除了表示性别,还携带着许多抗病的基因。流产夭折的孩子多半是男婴,就是因了这个缘故。请别谴责我的自私,外面的世界这么喧哗美丽,我这辆小小的跑车,不能还没驶出车站就抛锚。

当降生终于开始的时候,我毫不犹豫地选择男性。我要向人世间发出最嘹亮动人的哭声,宣告一个生命——我的到来。一个理由是女孩子的哭声多半太秀气,自己就听得没情绪。最主要的原因是为了让我的亲人们高兴。无论社会怎样进步,中国人还是喜欢男孩。尤其在产房里的时候,生了男孩的妈妈眉飞色舞,生了女孩的妈妈低眉顺眼……为了能让自己的妈妈理直气壮,为了能让望眼欲穿的爷爷奶奶喜笑颜开,我只好义无反顾地选择男性。这可绝不是向世俗的偏见低头,而只是想在出生的这一个瞬间,带给我的亲人更多的快乐。

我在襁褓中慢慢长大。这段期间,做男婴还是做女婴都无所谓。在没有发明舒适的纸尿布以前,我想还是做男孩好一些,享受干爽的机遇比较多。随着科学的不断先进,这件小事不再能左右我揿动按钮。在这段人生最美好的时光里,我男女不辨地随意躺在绵软的带栅栏的小床里,用小手追逐缓缓移动的阳光,学会对着使我们愉悦的事物微笑。我们脱离了母体的温暖,独自面对自然界的风霜。我们尝试着对饥饿和病痛发出抗争,但我们其实很无奈。假如没有亲人的呵护,无论男孩还是女孩,我们都软弱。

像初夏的青苹果,我们缓缓地长大。这段时间如果一定要我选择,我就当女孩吧。因此在这期间,我们无师自通地学会人世间最重要的知识——语言。女孩的舌头像鹦鹉,她们学话的速度比男孩快多了。虽说中国流传着"贵人语迟"的民谚,但我还是喜欢做个平凡人,早早地学会向他人表达自己的看法。

接着,我们突然像竹笋一样,日新月异地膨胀起来。不断地增长淘气的本事。爬高上低,没头没脑地疯跑,在自己的脸上糊上泥,把玩具肢解得遍地都是,从一块石头疯狂地跳上另一块石头,在水里溅起一连串的水花……这都是男孩子的特权啊!我要做个男孩,把身上的红色按钮死死揿下。做男孩可以把鞋子踢烂、把衣服刮破、把手指划出血、把膝盖磕掉皮而不遭家长的斥责。男孩在玩耍上享有天然的豁免权,当他们无意间伤害了别人的财产和自己的身体时,大人们多半会宽容地说,嗨!男孩子嘛,就是这个样子!

女孩子可要倒霉得多。几千年的观念像一张透明的娇柔的网,将你裹得紧紧。你时刻感到不能自由自在地呼吸和手舞足蹈。你看得见外面的一切,却不能随心所欲地飞翔。你抗议的时候,别人会莫名其妙地说,没有呀? 没有谁束缚你。真叫你有苦说不出。

开始上学了。我愿意回到女儿身。男孩子太顽劣了,屁股底下像有颗大滚珠,不会安安静静在椅子上待一刻。他们终究

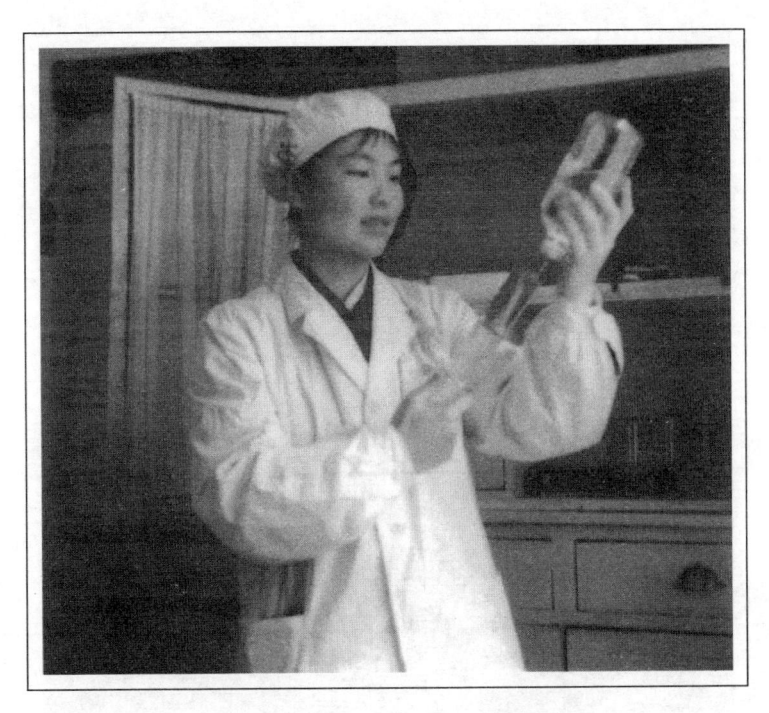

二十世纪七十年代，在西藏阿里军分区卫生科

1970年，在西藏冈底斯山

会意识到知识的重要,可是距那大彻大悟的关头,他们还要穿过漫长的隧道。在这个觉醒的过程中,他们恶劣的成绩,将被老师斥责,同学耻笑,家长软硬兼施,邻里议论纷纷……这种经历对一个人的心智是大考验。许多男孩就在这种挫折感中,失去了人最宝贵的自尊。而女孩,就比较的平顺,因为她们知道死用功。灵灵秀秀的女孩穿得干干净净,乖乖地举手发言。讨老师的喜欢。下了课,挟着平平整整的作业本回家,给爸爸妈妈一个好成绩。小学真是一个女孩的黄金时代,她们像新生的豆荚饱满和嫩绿,充满着勃勃的生气。

到了十一二岁的时候,我要赶快把绿色按钮变换成红色按钮,再迟就来不及了。那位将陪伴每一个女人青春时代的殷红色朋友就要来啦!她每月一次的造访你无法拒绝,陪着她,你困倦激动好哭爱发脾气……惹不起,我们躲得起。

去做男人。

男人此刻异军突起。他们在一夜之间变得强健英俊,仿佛蜕尽了最后一层躯壳的知了,高高地飞到了白杨树梢,向全世界发出尖锐的鸣叫。尽管歌声还不够老练,但他们终究会成熟起来的。这个时期的男性永远是一个谜,你不知道他们是在哪一个早上,突然从男孩变成了男子汉。老天爷的鬼斧神工,毫不留情地把他们大脑的沟壑凿深,雕刻出他们坚毅的下巴和眉宇,慷慨地在制造他们潇洒智慧的同时,随赠了一大包的幽默。仿佛在不经意之间,他们流露出勇气与旷达。当然啦,他们也脆弱,也孤独,也想入非非,也躁动不安,但鹿一般雄壮的气息缠绕着他们,他们在奔跑中不断完善。

岁月的炉火燃烧着,熔炼着男人和女人的金丹。

女人最美丽的季节到了。俗话说女大十八变,最动人的变化悄悄地发生着,我终于忍不住跑回去做女人了。

少女的头发像鸦羽一样闪亮,你盯着看久了,会闪出墨绿的光泽。瞳孔里因为蕴涵了过多的期望而显得秋水淋淋。肌肤像刚刚褙制出的白绸,细腻光滑无一丝波痕。柔曼的腰肢,玲珑的曲线,都带着稍纵即逝的精致。

她们的心绪,像一块绿毡似的秧田。看似平静,其实每一阵微风荡过,都引起所有的枝叶震颤。

草莓红了,芭蕉被雨淋湿。成熟的樱桃想飞到天上去,无所不在的万有引力又使它飘落黄土地。

无论女人有多少瑰丽的想象,她们一生中最重要的事,是寻找那个缺了肋骨的男人,重新嵌进他的胸膛。无论找到找不到,都有无尽的苦恼与欢乐。

男人和女人终于镶在一起了。

在女人行将破裂的那一瞬,我决定逸出她的躯壳,去做一个男人。因为此时的男人好威风啊!

婚后的男人。太累太累。好像追赶太阳的夸父,一头担着事业,一头担着家庭。出于怕苦怕累的天性,又使我翻回头去想做女人,但女人已开始孕育生命。这是充满创造也充满艰险的劳动,简直是女人一生中最大的劫难。

女人变得面目全非,身躯沉重,步履蹒跚,脸上趴着褐色的蝴蝶,曲线被圆弧毫不留情地替代。心脏汹涌地鼓荡着,供给着两个人的血脉。

那是生与死的循环啊。女人或者捧出两条生命,或者与她的婴孩一起沉没海底。

面对生命的链条,我怵懦地闭上眼睛。我真的不知该选择做男人还是做女人,也许人生就是无止境的苦难,无论怎样巧妙地在礁石上跳来跳去,我们还是得被巨浪浇得透湿。

也许在真正美妙的融合中,男人和女人是一堵砌在高坡上的墙。你不可能将他们分开,你不可能说自己是其中的砖还是泥水。墙矗立着,或者訇然倒塌;或者很有风度地站上一千年,依然像刚完工那般新鲜。

真的,我们不必区分得太分明。一个好的男人和一个好女人,在共患难的日子里,是一种奇怪的有四只脚和四只手的动物。他们虽然有两颗心,却只有一个念头——风雨同舟地向前。

新的生命诞生了。

从这儿以后,还是坚持做男人吧。哺育的担子太重,社会又对女人提出了太多的角色。在家是举案齐眉的贤妻良母,出外是叱咤风云的巾帼强人。父母膝下返璞归真的孝女,社交场合典雅华贵的夫人……一副副面具需要轮换着镶在脖颈上,深夜里女人会仰天叹息:我在哪里?

做男人的就简明扼要多了。他们缓缓地但是坚定不移地向着既定的目标前进,好像一艘巨大的航空母舰。他们的轮廓在岁月中渐渐模糊,但内心仍坚定如铁。失败的时候,他们在人所不知的暗处,揩干净创口的血痕。当他们重又出现在太阳下的时候,除了觉出他的脸色略显苍白以外,一切如常。他们也会哭泣,但流出来的是血不是水。血被风干了,就是美丽的玫瑰花,被他们不经意地夹在成功的证书里。

男人的自由多,男人的领域大。男人被人杀戮也被人原谅,男人编造谎言又自己戳穿它。男人可以抽烟可以酗酒可以大声的骂人可以随意倾泻自己的感情。历史是男人书写的,虽然在关键的时刻往往被一只涂了蔻丹的指甲扭转。那也是因为在那只手的后面,有一个男人微笑地凝视着她。

我懵懵懂懂疲倦地走过了许多年,频繁地选择着性别按钮,连自己也感觉厌烦。似乎每一次选择的动机都是避重就轻,人类的弱点在选择中暴露无遗。

选择的机会不是很多了,我们已经老迈。

时间是一个喜欢白色的怪物,把我们的头发和胡子染成他爱好的颜色。他的技术不是太好,于是我们就变得灰蒙蒙。孩子长大了,飞走了,留下一个空洞的巢穴。由于多年在一起生活,我们吃一样的饭,喝同一种茶叶沏成的水,甚至连枕头的高度也是一致的。我们变得很相像。像一对古老的花瓶,并肩立在博物架上,披着薄薄的烟尘。

我们不可遏制地走向最后的归宿。我们常常亲热地谈起它,好像在议论一处避暑的胜地。其实我们很害怕,不是害怕那必然的结局,是害怕孑然一身的孤独。

我们争论谁先离开的利弊。男人和女人仿佛在争抢一件珍贵的礼物,都希图率先享受死亡的滋味。

在这人生最后一轮的选择中,我选择女性。

我拈轻怕重了一辈子,这次挺身而出。男人,你先走一步好了。既然世上万事都要分出个顺序,既然谁留在后面谁更需要勇敢,我就陪伴你到最后。一个孤单的老翁是不是比一个孤单的老媪更为难?让我嚼这颗坚硬的胡桃到最后吧。

这是生命的分工,男人你不必谦让。

你病了,我会在你的床前,唱我们年轻时的歌谣。我会做你最爱吃的饭,因为你说过,除了你的母亲,这个世界上我做的饭最对你的口味。我们共同回忆以往的时光,把辛苦忙碌一辈子没来得及说的话,借病房的角落全部说完。

其实话是说不完的。

有一天,你突然说要告诉我一个秘密。你说男人都有自己的秘密,你对我这样好,其实我不值得你对我这样好……

你要用秘密回报我的真诚,这样使我在你死后不会太伤心。

我立刻用苍老的手,堵住你的嘴。我说,你别说,永远别说。我们之间没有秘密,最大的秘密就是我们怎样在茫茫人海中相识,从过去一直走到将来。

男人走了,带着他永远的秘密。

现在,我已无法再选择。

那两个红色绿色的按钮,已经剥脱了油彩,像两颗旧衣服上的扣子。

选择性别,其实就是选择命运。男人和女人的命运有那么多的不同,又有那么多的相同。

我最后将两颗按钮一起揿下,我不知道会发生什么样的事情。

它们破裂了。留下一堆彩色的碎片。

我作为一个女人,来到这个世界上。我又作为一个女人,离开这个世界。似乎所有的选择都是徒劳。

不。我用一生的时间,活出了两生的味道。

今世的五百次回眸

佛说，前世的五百次回眸，才换来今生的擦肩而过。顿生气馁，这辈子是没的指望了，和谁路遇和谁接踵，和谁相亲和谁反目，都是命定，挣扎不出。特别想到我今世从医，和无数病患咫尺对视。若干垂危之人，我手经治，每日查房问询，执腕把脉，相互间凝望的频率更是不可胜数，如有来世，将必定与他们相逢，赖不脱躲不掉。于是这一部分只有作罢，认了就是。但尚余一部分，却留了可以掌握的机缘。一些愿望，如果今生屡屡瞩目，就埋了一个下辈子擦肩而过的伏笔，待到日后便可再接再厉的追索和厮守。

今世，我将用余生五百次眺望高山。我始终认为高山是地球上最无遮掩的奇迹。一个浑圆的球，有不屈的坚硬的骨骼隆起，离太阳更近，离平原更远，它是这颗星球最勇敢最孤独的犄角。它经历了最残酷的折叠，也赢得了最高耸的荣誉。它有诞生也有消亡，它将被飓风抚平，它将被酸雨冲刷，它将把溃败的肌体化作肥沃的土地，它将在柔和的平坦中温习伟大。我不喜欢任何关于征服高山的言论，以为那是人的菲薄和短视。真正的高山是不可能被征服的，它只是在某一个瞬间，宽容地接纳了登山者，让你在他头顶歇息片刻，给你一窥真颜的恩赐。如同一只鸟在树梢啼叫，它敢说自己把大树征服了吗？山的存在，让我们永葆谦逊和恭敬的姿态，知道在这个世界上，有一些事物必须仰视。

今生，我将用余生一千次不倦地凝望绿色。我少年戍边，有十年的时间面对的是皑皑冰雪,看到绿色的时间已经比他人少了许多。若是因为这份不属于我选择的怠慢,罚我下辈子少见绿色,岂不冤枉死了?记得在千百个与绿色隔绝的日子之后,我下了喀喇昆仑山,在新疆叶城突然看到辽阔的幽深绿色之后,第一反应竟是悚然,震惊中紧闭了双眼,如同看到密集的闪电。眼神荒疏了忘却了这人间最滋润的色彩,以为是虚妄的梦境。就在那一瞬,我皈依了绿色。这是最美丽的归宿,有了它,生命才得以繁衍和兴旺。常常听到说地球上的绿地到了××年就全部沙化了,那是多么恐怖的期限。为了人类的长盛不衰,我以目光持久地祷告。

今生,我将一万次目不转睛地注视人群。如果有来生,我期望还将成为他们之中的一员,而不是其他的什么动物或是植物。尽管我知道人类有那么多可怕的弱点和缺陷,我还是为这个物种的智慧和勇敢而赞叹。我做过一次人类了,我知道了怎样才能更好地做人。做人是一门长久的功课,当我们刚刚学会了最初的运算,教科书就被合上。卷子才答了一半,抢卷的铃声就响了,岂不遗憾?

把自己喜欢的事一一想来,我还要看海看花,看健美的运动员看睿智的科学家,看慈祥的老人和欢快的少女当然还有无邪的小童,突然就笑了。想我这余生,也不用干其他的事了,每天就在窗前屋后呆呆地看山看树看人群吧,以求个来世的擦肩而过。这样一路地看下去,来世的愿望不知能否得逞,今生的时光可就白白荒废了。于是决定,从此不再东张西望,只心定如水,把握当前。

不为虚缈的擦肩而过,而把余生定格在回眸之中。喜欢山所表达的精神,就游历和瞻仰山的英拔和广博,期望自己也变的如许坚强。喜欢绿色和生命,喜爱人的丰饶和宝贵,就爱惜资源,尊重自己也尊重他人。

凝视崇高

毕淑敏散文

文学浮动于金钱与卑微之中,躯体已被淹没,只剩下一颗苍老的头颅。

这是一个崇尚"轻"的时代,从太太的体重到人生的信仰,从历史的评说到音乐的节奏,以"轻"为美已成为风范。

究其原因,我们的共和国虽说年轻,也经历了近半个世纪的和平。战争的瘢痕上已开满了鲜花,关于火与血的故事已羽化为神话。世界上两大阵营的消弭,使我们在瞬间模糊了某种长期划定的界限。当人们发现以往的沉重已无处附丽,调转头来寻觅久已遗失的"轻松",是反叛也是回归。更不要说"文化大革命"中的样板戏的"高"、"大"、"全",让许多人以为那就是崇高。

人心世道发生了大变化,人们在一个充满阴霾的早上发现金钱是那么可爱。中国人喜欢矫枉过正,因为我们的人口多,大家同时发现了一个真理,同心协力、人多力量大的结果就是把它逼近谬误。一位研究历史的长者对我说,这一次金钱大潮对知识分子信仰冲击的力度,甚于以往历次政治运动。那时是别人看不起你,这一回是叫你自己看不起自己……

于是蔑视崇高成为一种"时髦"。

人们不谈信仰,不谈友谊,不谈爱情,不谈永远。人欲横流、物欲横流被视为正常,大马路上出现了一位舍己救人的英雄,人们可以理解小偷,却要把救人者当做异端……

文学家们(请原谅我把一切舞文弄墨的人都归入其内)便有

了自己的选择。

于是我们的文学里有了那么多的卑微。文学家们用生花妙笔殚精竭虑地传达卑微,读者们心有灵犀浅吟低唱地领略卑微。卑微像一盆温暖而浑浊的水,每个人都快活地在里面打了一个滚儿。我们在水中荡涤了自身的污垢,然后披着更多的灰尘回到太阳底下。这种阅读使我们得到前所未有的满足,原来世界已一片混沌,我们不必批判自身的瘰疬,比起书中的人物,我们还要清洁得多哩!

崇高的侧面可以是平凡,绝不是卑微。

福克纳在接受诺贝尔文学奖时曾说,诗人和作家的特殊光荣就是"提醒人们记住勇气、荣誉、希望、自豪、同情、怜悯之心和牺牲精神,这些是人类昔日的骄傲。为此,人类将永垂不朽。"

这就是伟大作家的良知。

面对卑微,我们可以投降,向一股股浊流顶礼膜拜。写媚俗的文字,趋炎的文字,将大众欣赏的口味再向负面拉扯。一边交上粗劣甚或有毒的稗谷,换了商价沾沾自喜,一边羞羞答答地说一句"著书只为稻粱谋"。其实若单单为了换钱,以写字做商品是最慢而且利益菲薄。总觉得稿费的低廉未尝不是好事,在饿瘦了真正的文学家的同时,也饿跑了为数不少的混混儿,起到了某种清理阶级队伍的作用。

其实卑微并不是我们的新发现,它是祖先遗传给我们的精神财产,你要也得要,不要也得要,伴随我们整个历史。在文学作品中,它也始终存在,只是从未做过主角。好比鲁迅先生鞭挞过的"二丑艺术",就是一种形象的卑微。二丑什么都明白,表面上唯唯诺诺,背后里指点江山,但他依旧为虎作伥。

对抗卑微是人类生存的需要。人是一种构造精细又孱弱无比的生物,对大自然和对其他强大生物的惧怕,使人类渴望崇高。

我很小的时候到西藏当兵,面对广漠的冰川与荒原,我体验到个人的无比渺小。那里的冷寂使你怀疑自身的存在是否真实,我想地球最初凝结成固体的时候大概就是这样。山川日月都僵死一团,唯有人,虽然幼小,却在不停地蠕动,给整个大地带来活泼的生气。我突然在心底涌动奇异的感觉——我虽然草芥一般,却不会屈服,我一定会爬上那座最高的山。

当我真的站在那座山的主峰之上时,我知道了什么叫做崇高。它其实是一种发源于恐惧的感情,是一种战胜了恐惧之后的豪迈。

也许是青年时代给我的感受太深,也许我的血管里始终涌动军人的血液,我对于伟大的和威严的事物,有特殊的热爱。我在生活中寻找捕捉蕴涵时代和生命本质的东西,因为"崇高"感情的激发,有赖于事物一定的数量与质量。我们面对一条清浅的小河,可以赞叹它的清纯宁澈,却与崇高不搭界的。但你面对大海的时候感觉就完全不一样了,它的澎湃会激起你命运的沧桑感。我这里丝毫不是鄙薄小河的宁静,只是它属于另一个叫做"优美"的范畴。

我常常将我的主人公置于急遽的矛盾变幻之中。换一句话说,就是把人物逼近某种绝境,使他面临选择的两难困惑之间。其实我们每个人在他的一生中,都会遭遇无数次的选择。人们选择的标准一般是遵循道德习惯与法律的准则,但有的时候,情势像张开的剪刀刈割着神经,我们不知道该如何处置眼前的窘境。在这种犹疑彷徨中,时代的风貌与人的性格就凸显出来。人们迟疑的最大顾虑是害怕选择错了的后果,所以说到底,还是内在的恐惧最使人悲哀。假如人能够战胜自身的恐惧,做出合乎历史顺乎人性的抉择,我以为他就达到了崇高。日新月异的时代,为我们提供了层出不穷的"选择"场地,这是我们这一代作家的幸运。

我常常在作品里写到死亡。这不单是因为我做过多年的医生,面对死亡简直成了生活中的一部分,而且因为崇高这块燧石在死亡之锤的击打下,易于迸溅灿烂的火花。死亡使一切结束,它不允许反悔。无论选择是正确还是谬误,死亡都强化了它的力量。尤其是死亡之前,大奸大恶,大美大善,大彻大悟,大悲大喜,都有极淋漓的宣泄,成为人生最后的定格。中国有句古话,叫做"人之将死,其言也善",就是说人临死前,爱说真话,死亡是对人的最大考验。要是死到临头还不说真话,那这人也极有性格,挖掘他的心理,也是文学难得的材料。

　　我常常满腔热情地注视着生活,探寻我不懂的事物,对世界充满好奇。我并不拒绝描写生活中的黑暗与冷酷,只是我不认为它有资格成为主导。生活本身是善恶不分的,但文学家是有善恶的,胸膛里该跳动温暖的良心。在文学本语里,它被优雅地称为"审美"。现如今有了一个"审丑"的词,丑可以"审"(审问的审),却不可赞扬。

　　当年我好不容易爬上那座冰山,在感觉崇高的同时,极目远眺,看到无数耸立的高峰,那是喜马拉雅山、冈底斯山、喀喇昆仑山交界的地方。凝视远方,崇高给予我们勇气,也使我们更感觉自身的微不足道。因为山是没有穷尽的。

我 很 重 要

毕淑敏散文

　　当我说出"我很重要"这句话的时候,颈项后面掠过一阵战栗。我知道这是把自己的额头裸露在弓箭之下了,心灵极容易被别人的批判洞伤。

　　许多年来,没有人敢在光天化日之下表示自己"很重要"。我们从小受到的教育都是——"我不重要"。

　　作为一名普通士兵,与辉煌的胜利相比,我不重要。

　　作为一个单薄的个体,与浑厚的集体相比,我不重要。

　　作为一位奉献型的女性,与整个家庭相比,我不重要。

　　作为随处可见的人的一分子,与宝贵的物质相比,我们不重要。

　　当我在国外的一份刊物上看到"一个人的价值胜于整个世界"的口号时,曾大感不解。

　　我们——简明扼要地说,就是每一个单独的"我"——到底重要还是不重要?

　　我是由无数星辰日月草木山川的精华汇聚而成的。只要计算一下我们一生吃进去多少谷物,饮下了多少清水,才凝聚成一具美轮美奂的躯体,我们一定会为那数字的庞大而惊讶。平日里,我们尚要珍惜一粒米、一叶菜,难道可以对亿万粒菽粟亿万滴甘露濡养出的万物主灵,掉以丝毫的轻心吗?

　　当我在博物馆里看到北京猿人窄小的额和前凸的嘴时,我为人类原始时期的粗糙而黯然。他们精心打制出的石器,用今天的目光看来不过是极简单的玩具。如今很幼小的孩童,就能熟练地操纵语言,我们才意识到已经在进化之路上前进了多远。我们的头颅就是一部历史,无数祖先进步的痕迹储存于脑海深处。我们是一株亿万年苍老树干上最新萌发的绿叶,不单属于自身,更属于土地。人类的精神之火,是连绵不断的链条,作为精致的一环,我们否认了自身的重要,就是推卸了一种神圣的承诺。

回溯我们诞生的过程,两组生命基因的嵌合,更是充满了人所不能把握的偶然性。我们每一个个体,都是机遇的产物。

常常遥想,如果是另一个男人和另一个女人,就绝不会有今天的我……

即使是这一个男人和这一个女人,如果换了一个时辰相爱,也不会有此刻的我……

即使是这一个男人和这一个女人在这一个时辰,由于一片小小落叶或是清脆鸟啼的打搅,依然可能不会有如此的我……

一种令人怅然以致走入恐惧的想象,像雾霭一般不可避免地缓缓升起,模糊了我们的来路和去处,令人不得不断然打住思绪。

我们的生命,端坐于概率垒就的金字塔的顶端。面对大自然的鬼斧神工,我们还有权利和资格说我不重要吗?

对于我们的父母,我们永远是不可重复的孤本。无论他们有多少儿女,我们都是独特的一个。

假如我不存在了,他们就空留一份慈爱,在风中蛛丝般无法附丽地飘荡。

假如我生了病,他们的心就会皱缩成石块,无数次向上苍祈祷我的康复,甚至愿灾痛以十倍的烈度降临于他们自身,以换取我的平安。

我的每一滴成功,都如同经过放大镜,进入他们的瞳孔,摄入他们心底。

假如我们先他们而去，他们的白发会从日出垂到日暮，他们的泪水会使太平洋为之涨潮。

面对这无法承载的亲情，我们还敢说我不重要吗？

我们的记忆，同自己的伴侣紧密地缠绕在一处，像两种混淆于一碟的颜色，已无法分开。你原先是黄，我原先是蓝，我们共同的颜色是绿，绿得生机勃勃，绿得苍翠欲滴。失去了妻子的男人，胸口就缺少了生死攸关的肋骨，心房裸露着，随着每一阵轻风滴血。失去了丈夫的女人，就是齐斩斩折断的琴弦，每一根都在雨夜长久地自鸣……

面对相濡以沫的同道，我们忍心说我不重要吗？

俯对我们的孩童，我们是至高至尊的唯一。我们是他们最初的宇宙，我们是深不可测的海洋。假如我们隐去，孩子就永失淳厚无双的血缘之爱，天倾东南，地陷西北，万劫不复。盘子破裂可以粘起，童年碎了，永不复原。伤口流血了，没有母亲的手为他包扎；面临抉择，没有父亲的智慧为他谋略……面对后代，我们有胆量说我不重要吗？

与朋友相处，多年的相知，使我们仅凭一个微蹙的眉尖、一次睫毛的抖动，就可以明了对方的心情。假如我不在了，就像计算机丢失了一份不曾复制的文件，她的记忆库里留下不可填补的黑洞。夜深人静时，手指在揿了几个电话键码后，骤然停住，那一串数字再也用不着默诵了。逢年过节时，她写下一沓沓的贺卡。轮到我的地址时，她闭上眼睛……许久之后，她将一张没有地址只有姓名的贺卡填好，在无人的风口将它焚化。

相交多年的密友，就如同沙漠中的古陶。摔碎一件就少一件，再也找不到一模一样的成品。面对这般友情，我们还好意思说我不重要吗？

我很重要。

我对于我的工作我的事业,是不可或缺的主宰。我的独出心裁的创意,像鸽群一般在天空翱翔,只有我才捉得住它们的羽毛。我的设想像珍珠一般散落在海滩上,等待着我把它用金线拴起。我的意志向前延伸,直到地平线消失的远方……

没有人能替代我,就像我不能替代别人。

我很重要。

我对自己小声说。我还不习惯嘹亮地宣布这一主张,我们在不重要中生活得太久了。

我很重要。

我重复了一遍,声音放大了一点。我听到自己的心脏在这种呼唤中猛烈地跳动。

我很重要。

我终于大声地对世界这样宣布。片刻之后,我听到山岳和江海传来回声。

是的,我很重要。我们每一个人都应该有勇气这样说。我们的地位可能很卑微,我们的身份可能很渺小,但这丝毫不意味着我们不重要。重要并不是伟大的同义词,它是心灵对生命的允诺。

对于一株新生的树苗,每一片叶子都很重要。对于一个孕育中的胚胎,每一段染色体碎片都很重要。甚至驰骋寰宇的航天飞机,也可以因为一个密封橡皮圈的疏漏而凌空爆炸——你能说它不重要吗?

人们常常从成就事业的角度,断定我们是否重要。但我要说,只要我们在时刻努力着,为光明在奋斗着,我们就是在无比重要地生活着。

让我们昂起头,对着我们这颗美丽的星球上无数的生灵,响亮地宣布——

我很重要。

人生有三件事不可俭省

无论世界变得如何奢华,我还是喜欢俭省。这已经变得和金钱没有很密切的关系,只是一个习惯。我这样说,实在是因为俭省的机会其实很廉价,俯拾即是遍地滋生。比如不论牙膏管子多么丰满,但你只能在牙刷毛上挤出大约一点五到两厘米的膏条,而不是一尺长。因为你用不了那么多,你不能把自己的嘴巴变成螃蟹聚会的洞穴。再比如无论你坐拥多少橱柜的衣服,当暑气蒸人的时候,你只能穿一件纯棉的T恤衫。如果把貂皮大衣捂在身上,轻者长满红肿热痛的痱毒,重了就会中暑倒地一命呜呼。俭省比奢华要容易得多,是偷懒人的好伴侣——用最直截了当的方式和最小的花费直抵目标。

然而有三件事你不能俭省。

第一件事是学习。学习是需要费用的,就算圣人孔子,答疑解惑也要收干肉为礼。学习费用支出的时候,和买卖其他货物略有不同。你不知道究竟能得到多少知识,这不单决定于老师的水平,也决定于你自己的状态。这在某种情况下就有点隔山打牛的味道,甚至比股票的风险还大。谁也不能保证你在付出了学费之后一定能考上大学,你只能先期投入。机遇是牵着婚纱的小童,如果你不学习,新娘就永远不会出现在你人生的殿堂。

第二件事是旅游。每个人出生的时候都是蝌蚪,长大了都变作井底之蛙。这不是你的过错,只是你的限制,但你要想法弥补。要了解世界,必须到远方去。旅游是需要花钱的,谁都知道。旅游的好处却不是一眼就能看到的,常常需要日积月累潜移默化的蓄积。有人以为旅游只是照一些相片买一些小小的工艺品,其实不然。旅行让我们的身体感悟到不同的风和水,我们的头脑也在不同风情的滋养下变得机敏和多彩。目光因此老辣,谈吐因此谦逊。

　　第三件事情是锻炼身体。古代的人没有专门锻炼身体的习惯,饥一顿饱一顿全无赘肉。生存的需要逼得他们不停奔跑狩猎,闲暇的时候就装神弄鬼,在岩壁上凿画,在篝火边跳舞,都不是轻体力劳动,积攒不下多余的卡路里。社会进步了,物质丰富了,用不完的热量成了我们挥之不去的负担。于是要人为的在机器上跋涉,在充满氯气的池子里浮沉,在人造的雪花和冰面上打滚,在矫揉造作的水泥峭壁上攀爬……这真是愚蠢的奢侈啊,可我们没有办法,只有不间断地投入金钱,操练贫瘠的肌肉和骨骼,以保持最起码的力量和最基本的敏捷。

　　有没有省钱的方法呢?其实也是有的。把人生当做课堂,向一切人学习,就省了上学的钱。徒步到远方去,就省了旅游的钱。不用任何健身器械,就在家里踢毽子高抬腿做广播体操……就省了健身的钱。

　　然而,这也是破费,因为我们付出了时间。

精神的三间小屋

面对那句——人的心灵,应该比大地、海洋和天空都更为博大的名言,自惭形秽。我们难以拥有那样雄浑的襟怀,不知累积至那种广袤,需如何积攒每一粒泥土?每一朵浪花?每一朵云霓?

甚至那句恨不能人人皆知的中国古话——宰相肚里能撑船,也让我们在敬仰之余,不知所措。也许因为我们不过是小小的草民,即便怀有效仿的渴望,也终是可望而不可即,便以位卑宽宥了自己。

两句关于人的心灵的描述,不约而同地使用了空间的概念。人的肢体活动,需要空间。人的心灵活动,也需要空间。那容心之所,该有怎样的面积和布置?

人们常常说,安居才能乐业。如今的城里人一见面,就问,你是住两居室还是三居室啊?……喔,两居室窄巴点,三居室虽说并不富余,也算小康了。

身体活动的空间是可以计量的,心灵活动的疆域,是否也可有个基本达标的数值?

有一颗大心,才盛得下喜怒,输得出力量。于是,宜选月冷风清竹木潇潇之处,为自己的精神修建三间小屋。

第一间,盛着我们的爱和恨。对父母的尊爱,对伴侣的情爱,对子女的疼爱,对朋友的关爱,对万物的慈爱,对生命的珍爱……对丑恶的仇恨,对污浊的厌烦,对虚伪的憎恶,对卑劣的蔑视……这些复杂而对立的情感,林林总总,会将这间小屋挤得满满,间不容发。你的一生,经历过的所有悲欢离合喜怒哀乐,仿佛以木石制作的古老乐器,铺陈在精神小屋的几案上,一任岁月飘逝。在某一个金戈铁血之夜,它们会无师自通,与天地呼应,铮铮作响。假若爱比恨多,小屋就光明温暖,像一座金色池塘,有红色的鲤鱼游弋,那是你的大福气。假如恨比爱多,小屋就阴风惨惨,厉鬼出没,你的精神悲戚压抑,形销骨立。如果想重温祥和,就得净手焚香,洒扫庭除。销毁你的精神垃圾,重塑你的精神天花板,让一束圣洁的阳光,从天窗洒入。

无论一生遭受多少困厄欺诈,请依然相信人类的光明大于暗影。哪怕是只多一个百分点呢,也是希望永恒在前。所以,在布置我们的精神空间时,给爱留下足够的容量。

第二间小屋,盛放我们的事业。

一个人从二十五岁开始做工,直到六十岁退休,他要在工作岗位上度过整整三十五年的时光。按一日工作八小时,一周工作五天,每年就要为你的职业付出两千个小时。倘若一直干到退休,那就是七万个小时。在这个庞大的数字面前,相信大多数人都会始于惊骇终于沉思。假如你所从事的工作,是你的爱好,这七万个小时,将是怎样快活和充满创意的时光!假如你不喜欢它,漫长的七万个小时,足以让花容磨损日月无光,每一天都如同穿着淋湿的衬衣,针芒在身。

我不晓得一下子就找对了行业的人,能占多大比例?从大多数人谈到工作时乏味麻木的表情推算,估计这样的幸运儿不多。不要轻觑了事业对精神的濡养或反之的腐蚀作用,它以深远的力度和广度,挟持着我们的精神,以成为它麾下持久的人质。

适合你的事业,不靠天赐,主要靠自我寻找。这不但是因为相宜的事业,并非像雨后白桦林中的菌子一样,俯拾即是,而且因为我们对自身的认识,也是抽丝剥茧,需要水落石出的流程。你很难预知,将在十八岁还是四十岁甚至更沧桑的时分,才真正触摸到倾心的爱好。当我们太年轻的时候,因为尚无法真正独立,受种种条件的制约,那附着在事业外壳上的金钱地位,或是其他显赫的光环,也许会灼晃了我们的眼睛。当我们有了足够的定力,将事业之外的赘生物一一剥除,露出它单纯可爱的本质时,可能已耗费半生。然费时弥久,精神的小屋,也定需住进你所爱好的事业。否则,鸠占鹊巢,李代桃僵,那屋内必是鸡飞狗跳,不得安宁。

我们的事业,是我们的田野。我们背负着它,播种着,耕耘着,收获着,欣喜地走向生命的远方。规划自己的事业生涯,使事业和人生,呈现缤纷和谐相得益彰的局面,是第二间精神小屋坚固优雅的要诀。

第三间,安放我们自身。

这好像是一个怪异的说法。我们自己的精神住所,不住着自己,又住着谁呢?

可它又确是我们常常犯下的重大失误——在我们的小屋里,住着所有我们认识的人,唯独没有我们自己。我们把自己的头脑,变成他人思想汽车驰骋的高速公路,却不给自己的思维,留下一条细细的羊肠小道。我们把自己的头脑,变成搜罗最新信息网罗八面来风的集装箱,却不给自己的发现,留下一个小小的储藏盒。我们说出的话,无论声音多么嘹亮,都是别的喉咙嘟囔过的。我们发表的意见,无论多么周全,都是别的手指圈划过的。我们把世界万物保管得很好,偏偏弄丢了开启自己的钥匙。在自己独居的房屋里,找不到自己曾经生存的证据。

如果真是那样,我们精神的小屋,不必等待地震和潮汐,在微风中就悄无声息地坍塌了。它纸糊的墙壁化为灰烬,白雪的顶棚变作泥泞,露水的地面成了沼泽,江米纸的窗棂破裂,露出惨淡而真实的世界。你的精神,孤独地在风雨中飘零。

三间小屋,说大不大,说小不小。非常世界,建立精神的栖息地,是智慧生灵的义务,每人都有如此的权利。我们可以不美丽,但我们健康。我们可以不伟大,但我们庄严。我们可以不完满,但我们努力。我们可以不永恒,但我们真诚。

当我们把自己的精神小屋建筑得美观结实,储物丰富之后,不妨扩大疆域,增修新舍。矗立我们的精神大厦,开拓我们的精神旷野。因为,精神的宇宙,是如此的辽阔啊。

每只小狗都有一个目标

有一对夫妇有两个孩子,一个叫莎拉,一个叫克里斯蒂。当孩子还小的时候,父母决定为他们养一只小狗。小狗抱回来以后,他们想请一位朋友帮忙训练这只小狗。他们搂着小狗来到朋友家,安然坐下,在第一次训练前,女训狗师问:"小狗的目标是什么?"夫妻俩面面相觑,很是意外,他们实在想不出狗还有什么另外的目标,嘟囔着说:"一只小狗的目标?那当然就是当一只狗了。"女训狗师极为严肃地摇了摇头说:"每只小狗都得有一个目标。"

夫妇俩商量之后,为小狗确立了一个目标——白天和孩子们一道玩,夜里要能看家。后来,小狗被成功地训练成了孩子的好朋友和家中财产的守护神。

这对夫妇就是美国的前任副总统阿尔·戈尔和他的妻子迪帕。他们牢牢地记住了这句话——做一只狗要有目标。推而广之,做一个人也要有目标。

在现实生活中,却有太多太多的人,没有目标。其实寻找目标并不是一件太难的事,关键是你要知道天下有这样一件唯此为大的事,然后尽早来做。正是你自己你需要一个目标,而不是你的父母或是你的老师或是你的上级需要它。它的存在,和别人的关系都没有和你的关系那样密切。也就是说,它将是你最亲爱的伙伴,其血肉相连的程度,绝对超过了你和你的父母,你和你的妻子儿女,你和你的同伴和领导的关系。你可能丧失了所有的财产和所有的亲人,但只要你的目标还在,你就还有一个完整的系统存在,你就并不孤独和无望。

我们常常把别人的期待当成了自己的目标,在孩童的时候,这几乎是顺理成章的事情。但是,你会渐渐地长大,无论别人的期望是怎样的美好,它也不属于你。除非有一天,你成功地在自己的心底移植了这个期望,这个期望生根发芽,长成了你的目标。那时,尽管所有的枝叶都和原本的母本一脉相承,但其实它已面目全非,它的灵魂完完全全只属于你,它被你的血脉所濡养。

我们常常把世俗的流转当成自己的目标。这一阵子崇尚钱,你就把挣钱当成了自己的目标。殊不知钱只是手段而非目标,有了钱之后,事情远远没有结束。把钱当成目标,就是把叶子当成了根。目标是终极的代名词,它悬挂在人生的瀚海之中,你向它航行,却永远不会抵达。你的快乐就在这跋涉的过程中流淌,而并非把目标攫为己有。从这个意义上说,钱不具备终极目标的资格。过一阵子流行美丽,你就把制造美丽保存美丽当成了目标。殊不知美丽的标准有所不同,美丽是可以变化的,目标却是相当恒定的。美丽之后你还要做什么?美丽会褪色,目标却永远鲜艳。

有人把快乐和幸福当成了终极目标,这也值得推敲。快乐并不只是单纯的快感,类乎饮食和繁殖的本能。科学家们通过研究,发现最长远最持久的快乐,来自于你的自我价值的体现。而毫无疑问,自我价值是从属于你的目标感,一个连目标都没有的人,何谈价值呢!

一棵树的目标也许是雕成大厦的栋梁,也许是撑一把绿伞送人荫凉。也许是化作无数张白纸传递知识,也许是制成一次性筷子让人大快朵颐……还有数不清的可能性,我们不是树,我们不可能穷尽也不可能明白树的心思。我们是人,我们可以为自己确立一个目标,这是做人的本分之一。

你站在金字塔的第几层?

美国心理学家马斯洛有一段名言:"如果你有意地避重就轻,去做比你尽力所能做到的更小的事情,那么我警告你,在你今后的日子里,你将是很不幸的。因为你总是要逃避那些和你的能力相联系的各种机会和可能性。"每逢读到,我总是心怀颤栗的感动。

一个人就像是一粒种子,天生就有发芽的欲望。只要是一颗健康的种子,哪怕是在地下埋藏千年,哪怕是到太空遨游过一圈,哪怕被冰雪封盖,哪怕经过了鸟禽消化液的浸泡,哪怕被风剑霜刀连续宰杀,只要那宝贵的胚芽还在,一到时机成熟,它就会在阳光下探出头来,绽开勃勃的生机。

现代心理学有很多精彩的论证,这些论证不能像实证的物理化学,拿出若干铁一般的证据,心理学的很多假说,建立在对人的行为的推断和研究之上,被千千万万的人所证实。

马斯洛先生所创建的人的基本需要的"金字塔"理论,就是这样一个伟大的学说。他研究了很多人的行为和动机,特别是那些自我实现程度很高的人,之后得出了一个结论。简言之,就是在我们人类的精神内核中,存在着一个内在需要的金字塔,分成了五个台阶。

在第一个台阶上,是我们的温饱需要——最基本的生存之道。饥肠辘辘,你今晚吃什么饭?是人的第一考虑。寒冬腊月的,你今夜睡在哪里?是火车站的长凳还是马路上的水泥管?

这都是头等大事。

当这个需要满足之后,紧接着就是安全的需要了。你有了吃有了住,你今天的生命是有了保障了,可是如果你被其他的人或是动物或是自然界的恶劣条件所侵犯,你远期的生命就陷在水深火热之中了。因此,一旦温饱不成问题之后,人马上就考虑安全系数。这一点,如果你不相信,尽可以放眼看去。马上能看到富人区森严的保安和世上风行的形形色色的自卫器械。当你从一个熟识的环境换到一个新环境,那不安和紧张,与陌生人交谈时的畏葸和不自在……都从另一个方面证实了安全对人的重要性。

现在我们已经到了金字塔的第三阶梯。在这个阶梯上大大地写着"爱"。这不仅是男女之爱,亲子之爱,手足之爱……这些源于血缘和繁衍的爱意,还有同伴之爱、集体之爱、祖国之爱、民族之爱、文化之爱……总之,这里所提到的"爱",有着宽泛的含义,但它是那样不可或缺,是人类精神活动的高级需要。我们常常说,一个不懂得爱的人,是灰暗和孤独的。就是说人的精神需要如果不能完成这种超越和提升,就是饱含瑕疵的半成品。

爱之高处,就是尊严感了。人是一种特殊的动物,人是有尊严感的。一条虫子可以没有尊严,一株树木可以没有尊严,但是一个人,不是这样。如果丧失了尊严感,那就不是一个完整的人了。中国的古话里有"不食嗟来之食",有"士可杀不可辱",有"君子一言,驷马难追"等等,讲的都是尊严的问题。

在金字塔的最高点,屹立着自我价值的体现和追求。什么是自我价值的最高体现——那就是充满了创造性的劳动。我以为劳动是有高下之分的,不是指在价值层面上,而是指在带给人的由衷喜悦程度上。你可以想象并同意一个科学家,在得不到任何报酬的情形下,不倦地研究某一个与现实相隔十万八千里的学术问题,比如"歌德巴赫猜想",为自己换不到一块窝头,但毫无疑问陈景润乐在其中。你基本上不能同意一位老农在得知三年没人收购麦子的情况下，除了自己够吃之外还会不辞劳苦地广撒麦种。在前者，创造性的劳动里面蕴涵着强大的挑战和快乐；在后者，则充斥着重复性劳动的艰辛和疲惫。

人类精神需要的金字塔，在某种意义上讲，是一种铁律，几乎是不可逃避。

当然，我们不能想象一个人在自己的温饱都得不到保障的时候，能够像斯蒂芬·霍金那样去研究宇宙大爆炸这样的问题。这也就是鲁迅先生所说的：年轻人，一是要生存，二是要发展。有一个顺序，有孰先孰后的问题。在解决了温饱和安全这些最基本的生存需要之后，你必定要不满足，你必定要有新的追求。人类精神发育的法则你是绕不过去的。你吃的饱了，你睡的暖了，你有大房子了，你安居乐业了，你很有安全的保障了。可是，我敢说，你在心底最深邃的地方，你有火焰一样的躁动，你如果无法满足它，你就没有恒久的快乐。

让我们回到本文开端所引用的马斯洛的那段话。你以为你逃避了风险，你以为你躲避了责任，你以为你成功地掩饰了自己的才华，你以为你心甘情愿地收敛包裹自己，你就可以在人们的艳羡之中，安安稳稳地过此一生了吗？我相信你可以用奢华的装备和风流倜傥的举止，成功地欺骗几乎所有的人，包括和你至亲至爱之人，但是，每每月朗星稀之时，你永远欺骗不了的一个人，就会在你独处的时候，顽强地站在你的面前，拷问你、鞭挞你、谴责你、纠正你……这个人不是别人，正是你自己！由于每一个人都是那样的与众不同，由于你所具有的内在生命力一直在熊熊燃烧，所以，当你完成了自己人生的台阶之后，你就要向上攀登。你只有在这种不倦的探索中，才能丰富自己的人生，才能得到生命的欢愉，才感到自己内在的充实和价值。

人是追求创造性快乐的动物，如同飞越大洋的候鸟的脑内罗盘,掌控着我们的一系列选择和决定。你一生将成为怎样的人?在你的价值体系里,是怎样的顺序?这些看起来很浩大很空茫的标准,实际上很细致地决定着我们的工作学习生活的各个层面。

记得我在北大讲演的时候,递上来一个纸条,上面写着:"我智商很高,从小到大一直是班干部,考上北大更证明了我的实力。只要我愿意,继续读硕士和博士都不成问题。你说我选择金钱作为我一生奋斗的大目标,你看怎样?"

我把这个纸条念了。我说我很感谢这位同学对我的信任,我说人生的价值是多元的,以金钱为自己终生的奋斗目标,也大有人在。但我以为,金钱只是手段,在它之后,还有更为深在的目标在导引着你。如果你唯钱是图,那么,你的周围将没有真正的朋友。因为古往今来,已经无数次地证明了,在金钱的旗帜下,会聚拢来很多无耻小人。同时,你很可能得不到真正的爱情。因为爱情可以被金钱所出卖,却不可被金钱所购买。那个爱上你的人,有可能不是爱你本人,而是爱上了你的信用卡。如果你把金钱当成了证明你的自我价值的工具,我要说,除了单一和狭隘,还有一种盲从。你用世俗的标准代替了内在的准星。

我翻阅了几期《华融之声》,看到华融人的志气和理想。谈到从工商行调到华融来的理由,最主要的是期望自己的能力得到更好的发展。我觉得这是很好的理由,是内心和外在的统一,是朝着自我实现路上的迈进。当然了,自我实现的路,绝不会是一帆风顺的。我们常常会遭遇到挫折和失败。但人生的价值并不在永远是胜利和成功,而在于这个过程当中,我们得到了独一无二的属于自己的体验。

在生存之道解决之后,在工作中得到乐趣,就是一个极好的选择。要知道,我们每个人,一生用于工作之中的时间,大于七万个小时。可不要小瞧了这七万个小时,如果你是在快乐和创造中,你是在自我寻找价值的挑战中,你的人生就会过得很充实。如果你只是为了更多的钱,更宽敞的房子,更多的应酬和名声上的虚荣,你将在七万个甚至更多的时间里,委屈着自己,扼杀着自己,毁灭着自己的自由。

我在美国印第安人的保留地,遇到一位印第安族的心理学家。她说,在我们古老的印第安人那里,有一个风俗,即使是自己的温饱没有解决,我们也会用自己的食物拯救他人。因为,对我们来说,帮助别人是精神的传统。

她说,我并不是要挑战马斯洛,我只是说,精神有时比肉体更重要。这是那位印第安族心理学家最后留给我的话。

拍卖你的生涯

朋友参加过一堂很别致的讲座,对我详细地描绘了一番。

她说:讲座叫做"拍卖你的生涯"。外籍老师发给每人一张纸,其上打印着数十行字。

1．豪宅

2．巨富

3．一张取之不尽用之不竭的信用卡

4．美貌贤惠的妻子或英俊博学的丈夫

5．一门精湛的技艺

6．一个小岛

7．一座宏大的图书馆

8．和你的情人浪迹天涯

9．一个勤劳忠诚的仆人

10．三五个知心朋友

11．一份价值五十万美元并每年可获得25％纯利收入的股票

12．名垂青史

13．一张免费旅游世界的机票

14．和家人共度周末

15．直言不讳的勇敢和百折不挠的真诚

……

大家先是愣愣地看着这些项目,之后交头接耳地笑,感觉甚

好,本来嘛,全世界的美事和优良品质差不多都集中在此了。

老师拿起一把小槌子,轻敲讲台,蜂房般的教室寂静下来。老师说(他能讲不很普通的普通话),我手里是一把旧槌子,但今天它有某种权威——暂时充当拍卖槌。我要拍卖的东西,就是在座诸位的生涯。

课堂顿起混乱。生涯?一个叫人生出沧桑和迷茫的词语。我们大致明白什么是生存,什么是生活,但不很清楚什么是生涯。我们只是一天天随波逐流地过着,也许七十岁的时候,才恍然大悟,生涯已在蒙眬中越来越细了。

老师说,一个人的生涯,就是你人生的追求和事业的发展。它可以掌握在你自己手中。性格就是命运。生涯从属于你的价值观。通常当人们谈到生涯的时候,总觉得有太多的不可把握性,埋藏在未知中。其实它并非想象中那般神秘莫测。今天,我想通过这个游戏,让大家比较清晰地看到自己的爱好,预测自己的生涯。

大家听明白了,好奇地跃跃欲试。

我相信在每一个成人的内心深处,都潜伏着一个爱做游戏的天真孩童,只不过随着时光流逝,蒙上了世故的尘土。成年以后的我们,远离游戏,以为那是幼稚可笑的玩闹。其实好的游戏,具有开蒙人的智慧,通达人的思维,启迪人的感悟,反省人的觉察的力量。当我们做游戏的时候,就更接近了真我。

老师说,我现在象征性地发给每人一千块钱,代表你一生的时间和精力。我会把这张纸上所列的诸项境况,裁成片,一一举起,这就等于开始了拍卖。你们可以用自己手中的积蓄,购买我的这些可能性。一百块钱起价,欢迎竞价。当我连喊三次,无人再出高价的时候,槌子就会落下,这项生涯就属于你了。注意,我说的是可能性,并非真正的事实。它的意思就是——你用九百九十九元竞得了豪宅,但并不等于你真的拥有了一片仙境般的别墅,只是说你是将穷尽一生的精力,来为自己争取。相信只要你竭尽全力,把目标当成整个生涯的支撑点,达至的可能性甚大。

教室里的气氛,骚动之后有些沉凝。这游戏的分量举轻若重,它把我们人生的繁杂目的,约分并形象化了——拼此一生,你到底要什么?

老师举起了第一项拍卖品——拥有一个岛。起价一百元。

全场寂静。一个小岛?它在哪里?南半球还是北半球?大西洋还是太平洋?面积若何?人口多少?有无石油和珊瑚礁?风光怎样?

疑声鹊起,大家迫切希望提供更详尽的资料,关于那个小岛,关于风土人情。老师一脸肃然,坚定地举着那个纸片,拒绝做更进一步的解说。

于是,我们明白了。小岛,就是小小的平平凡凡的一个无名岛。你愿不愿以一生作赌,去赢得这块海洋中的绿地?

终于,一个平日最爱探险、充满生命活力的女生,大声地喊出了第一个竞价——我出二百!

一个男生几乎是下意识地报出:五百!他的心思在那一瞬很简单,买下荒凉岛屿这样的事件,就该是男子汉干的勾当。

但那名个子不高但意志顽强的女生志在必得了。她涨红着脸,一下子喊出了……一千!

这是天价了。每个人只有一千块钱的贮备,也就是说,她已定下以毕生的精力,赢得这个小岛的决心。别的人,只有望洋兴叹了。

那个男生有些悻悻地,说,竞价应该一点点攀升,比如她要出六百,我喊七百……这样也可给别人一个机会。

老师淡然一笑说,我们只是象征性地拍卖,所以可能不合规矩。大家要记住,生涯也如战场,假如你已坚定地确认了自己的目标,就紧紧锁定它。机遇仿佛闪电的翎毛。

大家明白了竞争的激烈,肃静中有了潜藏的紧迫和若隐若现的敌意。

拍卖的第二项是美貌贤惠的妻子或英俊博学的丈夫。

我原以为此项会导致激烈的竞拍,没想到一时门可罗雀。也许因为它太传统和古板,被其他更刺激的生涯吸引,大伙不愿在刚开场不久,就把自己的一生拴入伴侣的怀抱。好在和和美美的家庭,终对人有不衰的吸引力,在竞争不激烈的情形下,被一位性情温和的男子以七百元买去。

我把指关节攥得紧紧,如果真有一把钞票,会滴下浑浊的水来。到底用这唯一的机会,买回怎样的生涯?扒拉一下诸样选择中,自己中意的栏目有限,和同志们所见略同也说不准。定谋贵决,一旦确立了自己的真爱,便须直捣黄龙,万不可游移吝惜。要知道,拍的过程水涨船高步步为营。倘稍一迟缓,被他人横刀夺爱,就悔之莫及了。

拍到"取之不尽用之不竭的信用卡"时,引起空前激烈的争抢。聪明人已发现,所列的诸项,某些外延交叉涵盖,可互相替代。有同学小声嘀咕,有了信用卡,巨富不巨富的,也不吃紧了,想干什么,还不如探囊取物?于是信用卡成了最具弹性和热度的饽饽。一时群情激昂,最后被一奋勇女将自重围中掳走。

其后的诸项拍卖,险象环生。有些简直可以说是个人价值取向甚至隐秘的大曝光。一位众人眼中极腼腆内向的男同学,取走了免费旅游世界的机票,让人刮目相看。一位正在离婚风波中的女子,选择了和情人浪迹天涯,于是有人暗中揣测,她是否已有了意中人?一位手脚麻利助人为乐的同学,居然选了勤劳忠诚的仆人,让全体大跌眼镜,细一琢磨推算,可能他总当一个勤快人,已经厌烦,但又无力摆脱这约定俗成的形象,出于补偿的心理,干脆倾其所有,买下对另一个人的指挥权吧。一旦咀

二十世纪七十年代，当军医

二十世纪七十年代，和战友在新疆喀什香妃墓前

嚼出这选择背后的韵味,旁观者就有些许酸涩。

一位爱喝酒的同仁,一锤定音买下了"三五个知心朋友",让我在想象中,立即狠狠捆了自己一掌。从前,我劝过他不要喝那么多的酒,他笑说,我喜欢和朋友在一起。我不死心,便再劝,他却一直不改。此番看了他的选择,我方晓得朋友在他的心秤上如此沉重。我决定——该闭嘴时就闭嘴吧。

光顾了看别人的收成,差点耽误了自己地里的活计。同桌悄悄问,你到底打算买何种生涯?

我说,没拿定主意啊。我想要那座图书馆。

同桌说,傻了不是?我看你不妨要那张价值五十万美元且年年递增25%的股票,要知道这可是一只会下金蛋的火鸡。只要有了钱,什么图书馆置办不出来呢?你要把图书馆换成别的资产,就很困难了。如今是信息时代,资料都储藏在光盘里,整个大英博物馆也不过是若干张碟的事。图书馆是落后的工业时代的遗物了……

他话还没说完,老师举起了新的一张卡片。他见利忘友,立刻抛开我,大喊了一声:嗨!这个我要定了。一千!

我定睛一看,他倾囊而出购买回来的是:一门精湛的技艺。

我窃笑道,你这才是游牧时代的遗物呢,整个一小农经济。

他很认真地说,我总记着老爸的话,家有千金,不如薄技在身。

我暗笑,哈,人啊,真是环境的产物。

好了,不管他人瓦上霜了,还是扫自己门前的雪吧。同桌的话也不无道理。有了足够的钱,当然可以买下图书馆或是任何光碟。但你没有这些钱之前,你就干瞪眼。钱在前?还是图书馆在前?两者的顺序便有了原则的不同。我愿自己在两鬓油黑耳聪目明之时,就拥有一座窗明几净汗牛充栋庭院深深斗拱飞檐的图书馆。再说,光碟和图书馆哪能同日而语?我不仅想看到那些古往今来的智慧头脑留下的珍珠,还喜欢那种静谧幽深的空间和气氛,让弥漫在阳光中的纸张味道鼓胀自己的肺……这些,用钱买来的新书和光碟,仿得出来吗?正这样想着,老师举起了"图书馆",我也学同桌,破釜沉舟地大喊了一声:一千!

于是,宏大的图书馆就落到了我的手中。那一刻,虽明知是个模拟的游戏,心中还是扩散起喜悦的巨大涟漪。

拍卖一项项进行下去,场上气氛热烈。我没有参加过实战,不知真正的拍卖行是怎样的程序,但这一游戏对大家心灵的深层触动,是不言而喻的。

当老师说,游戏到此结束。教室一下静得不可思议,好像刚才闹哄哄的一千人,都吞炭为哑或羽化成仙去了。

老师接着说,有人也许会在游戏之后,思索和检视自己,产生惊讶的发现和意料外的收获。有一个现象,不知大家发现没有,有三项生涯,当我开价一百元之后,没有人应拍,也就是说,不曾成交。这种卖不出去的物品,按规矩,是要拍卖行收回的。但我决定还是把它们留下。也许你们想想之后,还会把它们选作自己的生涯目标。

这三项是:

1. 名垂青史
2. 和家人共度周末
3. 直言不讳的勇敢和百折不挠的真诚

同学大眼瞪小眼,刚才都只专注于购买自己的生涯,不曾注意被遗落冷淡的项目。听老师这样一说,就都默然。

我一一揣摩,在心中回答老师。

和家人共度周末。

老师别恼。不曾购买它以作自己的生涯,原因可能是多方面的。有人以为这是很平淡的事,不必把它定做目标。凡夫俗子们,估摸着自己就是不打算和家人共度周末,也没有什么地方可去。一件被迫的几乎命中注定的事,何必要选择?还有的人,是一些不愿归巢的鸟,从心眼里不打算和家人共度周末。现今只有没本事的人,才和家人共度周末。有本事的人,是专要和外人度周末的。

青史留名?

可叹现代人(当然也包括我),对史的概念已如此脆弱。仿佛站在一个修鞋摊子旁边,只在乎立等可取,只在乎急功近利。当我们连清洁的水源和绵延的绿色,都不愿给子孙留下的时候,拥挤的大脑中,如何还存得下一块森严的石壁,以反射青史遥远的回声。

勇敢和真诚?

它固然是人类曾经自豪和骄傲的源泉,但如今怯懦和虚伪,更成了安身立命的通行证。预定了终生的勇敢和真诚,就把一把利刃悬在颅顶,需要怎样的坚忍和稳定?!我们表面的不屑,是因为骨子里的不敢。我们没有承诺勇敢的勇气,我们没有面对真诚的真诚。

游戏结束了,不曾结束的是思考。

在弥漫着世俗气息的"我"之外,以一个"孩子"的视角,重新剖析自己的价值观和生存质量,内心就有了激烈的碰撞和痛苦的反思。

在节奏纷繁的现代社会,我们一天忙得视丹成绿,很难得有这种省察自我的机会。这一瞬让我们返璞归真。

人生的重大决定,是由心规划的,像一道预先计算好的框架,等待着你的星座运行。如期改变我们的命运,请首先改变心的轨迹。

火车内外的风景

与一位经济学者聊天。他说,我以前是很喜好文学的,看过很多世界名著。但是,我已经很长时间不看任何文学刊物了,现在的小说不好看。你能告知我,好的小说家都干什么去了呢?

我说,依你这话,好像有一些天生的好小说家,躲在什么地方,等着人们去把他挖掘出来,仿佛多年的老山参似的。

他笑了,说,不管怎么样,文学家和经济学家是很不同的。

我说,愿听其详。

他说,整个社会就好像是一列火车。经济学家考虑的就是火车怎样开得更快,又不致颠覆。比如效率和公平,如同两根肋骨,对立着,缺了谁也不行。是支撑也是矛盾。当我们太强调公平的时候,就牺牲了效率。但是,如果社会的冲突太尖锐了,就会引起混乱……经济学家是最讲平衡的。

我说,我同意你这个有趣的比喻。但是,有一点我想和你澄清一下有关概念。

那就是我们的这列火车,它是什么样的车呢?

经济学者说,这有什么特别重要的意义吗?总之就是一列火车罢了,有车头和车厢。高速的火车,现代的火车。坐满了人,很拥挤,在前无古人的路上运行着。

我说,原谅我,我是女人,又是搞形象思维的,所以我习惯具体化。火车和火车,当然是不一样的。我在国外坐过那种很先进的火车,速度之快先不说,单是那份舒适,就令人流连忘返。

还有便捷与豪华,座椅旁有电脑上网的插孔,车厢顶部是全玻璃幕的,看得见星斗和云霞。列车夜晚在旷野上行进,宛如一尾发光的炮弹壳。我也坐过中国东北和西南那种恨不能每五分钟就停一站的慢车,整个车厢都弥漫着多年粪便沤积出的阿摩尼亚气,其浓烈程度几乎可令一个中度昏迷的人骤然清醒。地上的瓜子皮或是甘蔗渣能没过脚面,人与人摩肩接踵,只有置身在那种氛围里,你才能深刻地体验到什么是——"血肉筑成的长城"……

经济学者打断了我,说,咱们的车,当然不是那种苦难陈旧的列车了,是新的车,基本上是夕发朝至的那种类型。

我说,太优越了点吧?你我乘坐的这列火车可没法夕发朝至,路漫漫其修远兮啊。话说到这里,我猛地想起一个极要紧的问题,忙着追问:有卧铺吗?

这很重要吗?朋友对我的穷追猛打有点烦了。

当然了。把整个国家比做一列列车,又是昼夜兼程万里迢迢的,一个人是坐着还是躺着,这几乎是头等重要的事了。我不依不饶。

朋友苦笑道,好了,我们就定下来,这列车上有一部分人是坐着有一部分人是躺着。坐着的多,躺着的少。

我说,这就比较地符合当前实际情况。

轮到朋友反攻,他说,我特别想知道的就是——当列车行进的时候,文学家在哪里呢?

我说,我个人可没资格判断文学家如何如何。我只是这个庞大古老的行业中的一个从业人员。依我粗浅了解,斗胆推断,当列车行进的时候,文学家也是在这列火车上的。他们中的绝大多数,肯定不是在车下,骑着毛驴或是躺在草丛中。

经济学者说,好吧,我相信文学家的大多数在车上。只是,他们在做什么呢?

我说,在看风景。看车窗外的风景和车窗内的百态。车子平稳运行的时候,他们也会欣赏音乐,但是通常不会打盹。也许会常常到餐车看看,民以食为天嘛。当然了,如果餐车座位太拥挤或是菜肴钱太贵,就只有呆在自己的硬座席上,乖乖地等着吃盒饭。他们不会太好脾气,如果送的饭质次价高或是不卫生不新鲜的话,没准会大声叫屈。车子开得太快,车身剧烈颠簸的时候,他们会发出呼唤和抗议,那不仅是他们自己感到很不舒服了,更是看到车上的妇孺病残需要呻吟,以期引起整个人群的关注。日出或是日落的时候,窗外的风光格外美丽,他们会痴痴地趴在窗户上,看人类亘古不变的景色,想一些和速度之类无关的问题。入夜以后,也许整列火车上的绝大部分人都睡着了,但是他们不睡。不是忧国忧民,是自己神经衰弱,睡不着觉。这种时刻,他们虽在人群中,却是异常的孤独,许久许久,他们在迷惘与思索中蒙眬睡去。突然听到有人啼哭,他们会披衣起身,来到那个老媪或是孤儿身边,倾听他们的故事,或许还会流下眼泪。当黎明到来的时候,他们就下了决心,把这个故事写下来……还有很多的时间,文学家也在为自家的事操心,比如屋子和孩子,比如职称和金钱,当然了,还有文人最常见的感情纠葛。

经济学者点点头说,好了,我大致知道文学家在车上会做些什么了。但是,你想过没有,文学家要站到车头上去,看司机怎样执掌方向,看司炉怎样添煤烧水,听呼啸的风声,看弥漫的大雾。

我说,文学家通常是在想象和判断中,完成这些工作的。对于一个社会来说,强者的声音总是响亮的。而弱者,那些卑微和细碎的生命的权利,容易被忽视和淡忘。但整个人类的质量,是一个整体。记得看过一种团队的比赛,并不是以第一名到达目的地的时间来决胜负,而是以最后一名的到达时间为整个团体的成绩。文学家的目光,因此会永远特别的眷顾那些平凡如草的生命。

那天和经济学家朋友的谈话,只是私人之间的闲谈。两人都是各自职业中的沧海一粟,谈的自然是一孔之见。冲撞和交锋,使我发现了职业的差异是如此的显著。

欢迎文学家到车头来。经济学者的朋友这样说。

行进的列车上,总要有人看车窗内外的风景。我说。

你究竟说了些什么？

某天，一位朋友给我打电话，说，你到哪里去了？我找得你好苦啊！因为是很好的朋友，我也和她开玩笑说，你是不是要请我吃饭啊？我欣然前往。她着急地说，吃饭有什么难啊，事成之后，我一定大宴于你。只是我们现在要把事情做完，每拖延一天损失就太大了。

我听出她语气中的急迫，也就收敛起调侃，问道，到底出了什么事？

她不容置疑地说，我要请你做心理咨询。我松了一口气，说，你要做心理咨询，这很好啊。看来大家是越来越重视自己的心理健康了。只是我们是朋友关系，我不能给你做心理咨询。我会为你介绍一位很好的心理咨询师，由她给你做。

朋友说，这个病人不是我，是我的一位同事的亲戚的朋友的孩子。说实话，我并不认识这个病人，和我也没有多密切的关系，人家信任我，我才来穿针引线。

我说，你真是古道热肠，拐了这么多的弯，还把你急成这样。给你个小小的纠正，来做心理咨询的人不是病人，我们通常称他们为来访者。

朋友说，这有什么很大的不同吗？叫病人比较顺嘴。

我说，很多人来做心理咨询，并不是因为有了心理疾病，而是寻求更好的发展潜能和更亲密的人际关系。

朋友说，但我说的这个孩子确确实实是病了。当然不是身体上的病，他的身体棒得能参加奥运会，但却不肯去上学。再有两个月就要高考了，这是多么关键的时刻，可他说不上就不上了，谁劝也没用。一家人急得爸爸要跳楼妈妈要上吊，他却无动于衷，整天把自己关在屋里玩电脑，任谁都不见。家里人急着要找心理医生，但这个孩子主意太大了，根本就不答应去。后来，他家里人找到我，让我跟你联系。那孩子说如果是毕淑敏亲自接待他，他就前来咨询。现在总算联系上了，你万不能推托。你什么时候有时间呢？让他父母带着他来见你……

我一边听着朋友的述说，一边查看工作日程表。最近的每一个时段都安排的满满的，只有七天后的傍晚有一小时的空闲。

我把这个时间段告知了朋友，请她问问那位中学生届时有没有空？

朋友大包大揽道：只要你能抽出时间，那边还有什么好说的？他们一定会来的。

我很严肃地对她说，请你一定把我的原话传过去。首先要再次确认那位中学生是自己愿意来谈谈他的想法，而不是被父母强迫而来。第二征询那个时间对他合不合适？如果他有重要的事情，我们还可以再约另外的时间。第三句话就不必传了，只和你有关。

朋友说，前两件我都会原汁原味地传达到。只是这第三句话是什么，我很想知道。怎么把我这个穿针引线的人也包括进去了？

我说，第三句话就是，你的任务就到此为止了。因为这种特殊的就诊方式，你已经卷入了开头部分。关于进展和结尾，恕我保密。你若是好奇或是因其他原因追问我下文，我会拒绝回答。到时候，请你不要生气。不是我拿搪不理睬你，友情归友情，工作是工作，保密是原则问题，祈请见谅。

朋友说，好，我把你的话传到就算使命截止。我会尊重你们的工作规定。

一周后的傍晚,一对衣着光鲜的夫妻押着儿子来了。我之所以用了"押"这个词,是因为夫妇俩一左一右贴身守候那个高大的年轻人,好像怕犯人逃跑的衙役。年轻人走进咨询室的时候,他俩也想一并挤入。

接待人员递给我咨询表格,轻声对他们说,你们并不是整个家庭接受咨询。

年轻人说,对,这是我一个人的事。说完懒懒散散走进了咨询室,一屁股坐在沙发上,目光直率地打量着我。我也打量着他。

他叫阿伦,身高大约一米八三,双脚不是像旁人那样安稳地依着沙发腿放置,而是笔直地躺出去,运动鞋像两只肮脏的小船翘在地板当央。他身上和头发里发出浓烈的腌臜汗气,让人疑心置身于一家小饭馆的烂鸡毛和果皮堆的混合物旁。我抑制住反胃的感觉,不动声色地等着他。

你为什么不先说话?他很有几分挑衅地开始了。

我说,为什么我要先说话呢?这里是心理咨询室,是你来找的我,当然需要你先说出理由了。

他突然就笑了,露出很整齐但却一点也不白的牙齿说,你说得也有几分道理啊。不过,是他们要我来见你的。

我问,他们是谁?

阿伦歪了歪鼻子,用鼻尖点向候诊室的方向,在墙的那一边,走动着他焦灼不安的父母。

我表示明白他的所指,把话题荡开,问道:你好像比他们的个子都要高?

他好像受到了莫大的夸奖,说:是啊。我比他们都高。

我说,力气好像也要比他们大啊?

阿伦很肯定地点头说,那是当然啦!我在三年前,掰腕子就可以胜过我父亲了。

我把话题一转:如果你不愿意来,你的父母是无法强迫你到心理咨询师这里来的。

阿伦愣了一下,说,对。我是自愿的。

我说,既然你是自愿来的,那你有什么问题要讨论呢?

阿伦说,我其实没有问题。是他们觉得我有问题。我不过是上上网,玩玩电子游戏,有什么了不起的?

我不想跟阿伦在到底是谁有问题的问题上争执不休。因为第一次咨询的任务,最主要是咨询师要和来访者建立起良好的关系,培养起信任感并了解情况。我说,你一天上网的时间是多少呢?

他说,大约十八个小时吧。

我无法掩饰自己的惊讶,问道,那你何时吃饭何时睡觉呢?

阿伦说,饿了就吃,一顿饭大约用三分钟。实在熬不住了,就睡,每次睡十五分钟再起来战斗。我发现人一天睡五个小时就足够了,说睡八个小时那是农耕时代的懒惰。

我说,首先恭喜你……

我的话还没有说完,就被阿伦打断了。您不是在说反话吧?

我很惊奇地反问他,你从哪里觉得我是在说反话呢?

阿伦说,所有的人知道我这样的作息时间之后,都说我鬼迷心窍,哪能一天只睡五小时呢?

我说,我要恭喜你的也正是这一点。因为通常的人是需要每天睡眠八小时,如果你进行了正常的工作学习而只需要五小时睡眠就能恢复精力,这当然是值得庆贺的事情。每天能节约出三小时,一辈子就能节约出若干岁月,你要比别人富裕出很多时间呢,当然可喜可贺。

阿伦点点头,看来相信我说的是真心话。我紧接着问道,那你何时上学做功课呢?

阿伦皱起眉头说,您是真不知道还是假装不知道呢?我已经整整二十八天不去上学了。

我发现当他说到二十八天这个日子的时候,眼睫毛低垂了下去。我说,看来,你还是非常在意上学这件事的。

他立刻抗议道,谁说的?我再也不想回到学校了,那是我的伤心之地。

我说,你连每一天都计算的这样清楚,当然是重视了。只是我不知道,在二十八天以前,发生了什么重大的事情,让你做出了不再上学的决定,直到今天还这样愤怒伤感?

阿伦很警觉地说:你到学校调查过我了?

这回轮到我笑起来说,你真是高估了我。你以为我是克格勃?我哪有那个本事!

阿伦还是放不下他的戒心,说那你怎么知道二十八天以前发生过什么重大的事情?

我收起笑容说,能让你这么一个身高体壮智力发达反应灵敏的年轻人做出不上学的决定,当然是一件重大的事情啦!

阿伦说,你猜得不错。二十八天之前,正好是我们模拟报高考志愿的时候。我看到发下来的报名表,想也没想就填上了"清华大学"。当然了,我的成绩距离上清华还有很大的差距,但我想,距离考试还有几个月的时间,谁说我就不能创造出点奇迹呢?再有,士可鼓而不可泄呢,这也是兵法中常常教导我们的策略吗!

没想到代课老师走到我面前,斜了一眼我的志愿说,就你这德性也想报清华,你以为清华是自由市场啊?

那天正好我们的班主任因病没来,要是班主任在,也许就不会出事了。这位代课老师因为我有一次打篮球没看见她,忘了问好,就被她记了仇。

我说,怎么啦,清华就不能报了?

老师说，也不看看自己的成色，别给学校丢人了，这样的报考单送到区里做摸底统计，人家不说你不知天高地厚，反倒说是老师没教会你量力而行……

如果老师单单说到这里就停止，我也就忍气吞声了。学校里，老师挖苦学生是天经地义的事，我们都麻木了，我低下了头。老师不依不饶，她撇着嘴说，就凭这样的人还想为校争光，那我就大头朝下横着走！

听到这里，我忍不住插话道，这位老师如此伤害你的自尊心，我听了很生气。

阿伦没理我，自顾自说下去。

不知为什么，老师这句话强烈地刺激了我，我一想起面目可憎的老师能像个螃蟹似的，头抵着土在地上爬行，就不由自主地哈哈大笑，老师摸不到头脑，但是能感觉到我的笑声和她有关，就厉声命令我不要笑。但我依旧大笑不止，她束手无策。那天我笑得天昏地暗，从学校一直笑回了家，闹得父母很吃惊，以为我考了100分。

我走火入魔似的陷入了这种想象之中，但是要让老师真的趴在地上，是有条件的，我必得为校争光。真的考上清华吗？我没有这个把握，若是考不上，岂不验证了老师对我的评判？我就滋生了放弃高考的念头。一场考试，如果我根本就没有参加，就像武林高手不曾刀光剑影华山论剑，你就无法说谁就是武林第一。但是放弃了高考，我用什么来证明自己呢？我想到了网络游戏……

说到这里，阿伦抬起头，问道，您玩网络游戏吗？

我老老实实地回答，不玩。我老眼昏花的，根本就反应不过来。

阿伦同情加惋惜叹口气说，那您也一定不知道魔兽、部落、联盟这些术语了？

我说，真的很遗憾，我不知道。但我很想向你学习。

我说的是真心话。既然我的来访者是这方面的高手，既然他沉迷于网络不能自拔，我当然要向他请教，我要走入他的世界，我要感同身受地体验到他的快乐和迷惘，我必须要了解到第一手的资料和感受。

阿伦说，那我就要向您进行一番普及教育了。他说着，有点似信非信地看着我。

我马上双手抱拳，很恭敬地说，阿老师，请你收下我这个学生。只是我年纪大了，脑瓜也不大好使，还请老师耐心细致地讲解，不要嫌弃我笨。如果有不明白的地方，我会提出来，也请老师深入浅出地回答。

他快活地笑起来，说，我一定会耐心传授的。说完，就一本正经地向我解释起经典游戏的玩法。我非常认真地听他讲授，重要的地方还做个笔记。说实话，专心致志的劲头，只有当年在医学院做学生听教授讲课的时候，才有这般毕恭毕敬。

交流平稳地推进着，离结束只有十分钟时间了。按照咨询的惯例，我要进入到"包扎"阶段。也许在不同的流派里，对于这段时间的掌握和命名各有不同，但我还是很喜欢用"包扎"这个术语。咨询的过程，在某种程度上就是打开了来访者的创伤，当来访者离去之前，一个负责任的心理咨询师要把这伤口消毒与缝合，让来访者在走出咨询室的时候，不再流血和呻吟。心理创伤和生理创伤一样，陈年旧疾和深在的刀口，都不是一朝一夕可以愈合如初。心理咨询师要有足够的耐性和准备，第一次咨询主要是建立起真诚的信任关系和了解情况，其余的工作来日方长。

我说，谢谢你如此精彩的讲解，现在，我对网络游戏多了了解。

阿伦轻快地笑起来，说，能和您这样谈话，真是很愉快啊。

我还要再告诉您一个重要的秘密,我就要代表中国和韩国的选手比赛,如果我们赢了,那就真是为国争光了!

我伸出手来祝贺他说,你在游戏中充满了爱国精神。

他紧紧地握住了我的手,说,您说的是真心话吗?

我说,当然,你可以使劲握住我的手,你可以感觉到我的手的力量。如果我是假的,我会退缩。

阿伦真的握住了我的手,我感觉到他的手在轻轻地发抖。

分手的时间到了,我对阿伦,谢谢你对我的信任,告知我那么多的知心话,我会为你保守秘密的。也谢谢你耐心地为我这样一个游戏盲讲解游戏,让我对此有了一定的了解。我希望在下个星期的这个时间能够看到你来,咱们还要讨论为国争光的问题呢!

阿伦脸上的神色突然变的让人琢磨不透。他对我说,原谅我下周的这个时间不能来到您这里了。

我尊重阿伦的意见,因为如果来访者自己不愿意咨询了,无论咨询师多么有信心也无法继续施行帮助计划了。

我表示理解的点点头。

阿伦突然扬起了眉毛,说,下个星期的这个时候,我想我是在学校上晚自习吧?您知道,毕业班的功课是非常吃紧的。

我大吃一惊。说实话,在整个咨询过程里,不曾探讨上课的事,我认为时机未到。

阿伦是个无比聪明的孩子,他看出了我的困惑,说,我知道爸爸妈妈领我来的意思,谢谢您没有说过一句让我回去上课的话。在来的路上我就想好了,如果您也千篇一律地劝我的话,我会扭头就走。谢谢您,什么也没说。您向我讨教游戏的玩法,我很感动。从小到大,还没有一个成年人如此虚心地向我求教过,这样耐心地听我说话。还有,您最后祝愿我为国争光,我非常高兴,您终于理解我的不上学,其实只是想证明自己是有能力做一些事情,并且能做好的。对了,你还表示了对那个老师的愤慨,让我觉得很开心,觉得自己不再孤独和愚蠢……现在,我不需要再用网络游戏来证明什么给那个老师看了,我要回到书本中去了。我知道这也是您希望我的,只是您没有说出来。

我们紧紧握手,这一次,他的手掌都是汗水,但不再抖动。

过了暑假,那位朋友跟我说,你用了什么法子,让那个网络成瘾的孩子改邪归正的?他的父母非常感谢你,因为他考上了重点大学,真是考出了最好的成绩呢!他们想请你吃饭,邀我作陪。

我说,咱们可是有言在先的,我不能向你透露任何相关的信息,也不能赴宴。如果你馋虫作怪,我来请你吃饭好了。

朋友说,我看他们感谢你还不是最主要的目的,主要是想探听出你究竟跟他们的儿子说了点什么,能有这么大的功效?

我说,那一天,我说的很少,伦说的很多。其余的,无可奉告。

青色 T 恤

记得接到湖南卫视邀我做嘉宾，飞赴上海采访陆幼青的电话时，踌躇犹豫。因为一个星期后，我就要到美国去，临走之前，百废待兴。更主要的是心中忐忑。在大众传媒上展示死亡和面对死亡的接纳，我知道这在中国，是一个新的课题。以画面表现一个濒临死亡的人的生存状态和精神思索，是沉重和令人惊惧的。我佩服湖南卫视的勇气，如果我是一个观众，我期待着看到这样发人深省的节目。但我自己可不想参与其中。死亡话题，轻了重了都会出问题，分寸感非常重要。实话说，我对采访没把握，我对自己没信心。

我把这份顾虑对着话筒说了。在感谢湖南卫视"有话好说"对我的高度信任之后，坚决婉拒出任这一使命。电话那一头的王骏很有韧性，毫不气馁，对我说，毕老师，我读过您的"预约死亡"。我在互联网上以"死亡"为题查找资料，所得甚少。我们再三考虑，觉得您还是一个合适的人选。我们等着您。

那一瞬，我沉默。我能体会到他查找资料的那一份艰辛。

也许是因为自己做过医生的经历，我对死亡的研究十分关注。几年前，当我决定以临终关怀医院的题材创作一部小说的时候，为了补充自己的学养，临时抱佛脚，到处搜寻有关死亡学的资料，也是遭遇到了显著的困难。我惊异地发现，对于这样一个每个人都必定完结的归宿，我们的文化忌讳深深。王骏的话，使我更加感到了陆幼青的勇敢和可贵。他是一个孤独的斗士，在死亡的不归之路上疾行,留下串串脚印。无论是从哪个角度讲。他都是值得钦佩的。我们活着的人,难道不能和他一道走过一程吗?在这种关头,迟疑地斟酌自己的得失,不仅仅是怯懦,更是一种不仁慈。

这样将了自己一军之后,我答应了王骏,即日飞赴上海。

心立刻坠沉了起来。去美国的衣物还来不及购买和准备,外汇也没有换,还有诸多的事物也未梳理,统统放下了。先从网上荡下来陆幼青的日记,一篇篇细细阅读。然后把家中能找到的关于死亡学的资料,快速复习浏览。最后开始打点行装。

带什么样的衣服呢?让我费了心思。正是夏末秋初的日子,北京的早晚已有些微的冷。上海比这里南,该是热的。但是,若是赶上风雨,是不是也有凉意呢?旅途辛苦,回来后马上又要渡重洋,可不能感冒。再者,衣服的颜色非常重要。因为这次采访非同寻常,面对的是这样一个聪明而特别的人,一栏视角独特氛围凝重的节目。我作为采访嘉宾,着装的色彩就不能凭着自己的喜好,而应以符合整个情境为妥。

我为自己选了两件白色的长短衬衣带上,心想白色总是不会出大错的。又在衣橱里挑了一件淡荷粉色的短袖衫,压在旅行箱的最底层。我对这件衣服到底用得着用不着,没多少把握。衣衫的粉色虽然极淡,毕竟偏向暖和红,不知陆幼青的心境和这一份色彩系统是否吻合。有备无患吧。又找出一件米黄色夹杂黑纹路的旧短袖衫,留着自己路上穿。它柔软舒适,摸爬滚打都相宜,随身方便。

马东和王骏与我在电话里探讨如何将这期节目筹划更有分量,大家都感到压力很大。国内同样的节目几乎未曾有过,对观众的接受程度,也有几分不摸底。网上已经有人在嘀咕陆幼青作秀,节目的分寸感就更显凸出。既要充分显示出陆幼青思考的力度,肯定这一直面死亡的勇气,又不能光是空洞的赞扬,要更深地挖掘人性中的多个侧面。

电话打得很长,思绪还是未曾理清。关键是对陆幼青本人的状态不是很明晰。古话说知己知彼百战不殆,我们现在只是半知。从电话里听,马东是视野开阔思维敏捷的主持人,有一种从善如流的气度。王骏更是好学有为的青年。这使得我们之间的谈话,从一开始就是坦率和富有建设性的。我说,在正式的节目录制之前,我们是否可以和陆幼青本人有一个接触。我虽然当过多年的医生,也接触过很多濒临死亡的人,但每一个人都是不同的。陆幼青更是一个非凡的人。这是一期引人深思的节目,为了对广大的观众负责,咱们尽量把准备工作做得细致些。马东说,他很理解我的想法。只是为了保持现场的新鲜感,这档节目的惯例,是在录制之前,嘉宾和主持人都只是研究书面的资料,并不同接受访谈者直接见面。

我坚持了一下自己的主张,主要是从医生的角度考虑。我说,我从陆幼青在网上发布的日记来看,他的身体已出现缺氧和短时间窒息的情况。拍摄过程是很辛苦的,光照很强,时间也很难控制。对一个晚期癌症的病人,人道与尊重是非常重要的。我们不能只是从自己工作圆满的角度考虑,而忽视了陆幼青的权利。正因为他已视死如归,正因为他会强忍自己的痛苦,全力配合节目的录制,我们更要替他想得周到。况且,依我的经验,这种关于死亡的讨论,有时会深刻地搅动思维最底层的记忆,也需通盘设计。再者,我不知陆幼青对某些话题是否有特殊的爱好或是禁忌,准备工作多多益善。

马东思忖片刻说,这样吧,毕老师,咱们分头从长沙和北京动身。到达上海的当天,我们同陆幼青先生的夫人时牧言女士见个面。如此,我们就可比较详尽地了解到有关陆幼青方方面面的情况,又能保持正式拍摄时的新鲜感。

就这样约定了。

买机票的时候,我特地选了浦东机场。虽说下了飞机后的路途比较远,但因为知道了陆幼青所工作的单位,和浦东的开发有关,心想这样走一走,顺便也可对陆幼青工作时每日看到的景象,多一点感性的体验。

通常我上飞机,会穿着随体赋形的旧衣服蒙眬入睡。这一次不行了,目光炯炯,心中充满焦虑和不安。

见了马东和王骏,果然和预想的一样,是勤勉聪慧机警博识的年轻人。且有很好的教养,不愠不躁。我们找了住处周围的一间很小的酒吧,坐下开始讨论。已是下午时分,马东还没有吃午饭,要了一点简单的食品,边吃边说。我在飞机上吃了少许东西,便点了一杯矿泉水,边喝边说。

我们谈得很投机,设想得很全面。提出了种种的假设,特别是把陆幼青的日记逐日逐段地阅读,探讨在这些文字后面的那颗灵魂,在怎样思索和表达。我敢说,在那时的中国,将陆幼青的文字读到如此细致深入的程度的人,不敢说绝无仅有,肯定是不多的。

我们的身体,被上海的八月末的下午潮热的暑气蒸腾着。我们的大脑,被生命行将终结的严峻的冷气凝滞着。当一个我们所尊敬的人,正在每分钟地远去,我们又需挖掘出他内心的隐秘甚至隐痛的时候,挑战的力度和选择的艰难是那样矛盾。

最后,我们统一在"真诚和真实"。我们要向世人展示一个真实的陆幼青,展示他的现状和他的内心世界。马东希望我能就死亡学的研究和进展,谈一点学理上的东西,我在本子上做了记录和整理。

讨论之后,稍事休息,我们赶往一处饭店,和陆幼青的夫人时牧言女士会面。

晶莹热闹的大堂,喧哗中弥漫着鼎沸的人气。我们到的比较早,枯坐在一张餐桌旁,静静地等待着。在这一瞬,时牧言会是一个怎样的人,强烈地引发我们的想象。如果说,陆幼青的心脉还可以在他的文字中摸到搏动,那他的妻子,在这样的生离死别面前,将是怎样的心态和举止,更令人猜测。因为餐桌位于餐厅中段,来客几乎可以从任一方向走过来,我不时地四处张望,期待着能在众多的客人中认出她来。

我甚至在想,她会穿着怎样的衣服呢?在这样的时刻,她的服装表达着她的愿望和信心,她会为自己和丈夫的心情而穿衣吧?

时牧言来了,沉稳而憔悴。她穿着橙色的衣服,鲜艳夺目。我悄悄环顾,因为这色彩太暖了,类乎海难时的救生衣,整个餐厅没有一个人着这个颜色的服装,她就显出特别的光彩,悲怆而明亮。

那天和时牧言的谈话,令我非常钦佩和感动。同为女人,我可以感受到她的痛楚和坚韧,她的大度和勇气。我知道在这艰难的时刻,她竭尽全力,要协助自己所爱的人,完成生命中最后的飞跃。

我们就第二天下午所要进行的采访,反复讨论,确定哪些话题深入讨论,哪些点到为止。我们还讨论了很多细节,比如提前在何时应用止痛剂,以便在药物疗效的峰值时进行采访,这样陆幼青感受到的痛苦较小。

将近尾声的时候,马东问道,陆先生可有什么禁忌吗?

没有。你们什么都可以问。时牧言坦然答道。

我说,在我们的衣服穿着颜色方面,你家有什么讲究吗?

时牧言迟疑了一下,还是很直率地说道,绿色。我们家喜欢绿色。那是生命的颜色。你们明天到我家去,就可以看到,到处是我种的花草,紫红的喇叭花,非常鲜艳美丽。黄色也好。黑色和白色,最好不用。

我们用力地点点头。

回饭店的路上,马东说,我平常最喜欢穿黑色的衣服,此次到上海来,带的也是黑衣服。明天一大早,我到商店去买新衣服。

我这时又在心里埋怨自己那件粉色的衣服太淡了,在强光照耀之下,恐近乎白色。忙说,我也去吧。

第二天,我和马东直奔商店。进了店门,在标志牌下站住,马东说,男装在三楼,女装在四楼,咱们分头去买衣服,半小时以后,咱们还在这里汇合。

匆匆上楼。买过无数次衣服,都不似此次单刀直入。不在意款式质地,只求颜色。看到绿色的,特别是那种生机勃勃的绿,简直就是扑上去,忙不迭地说,小姐,请拿一件我能穿的……

也许因为上海人多纤巧玲珑,连连看中的衣服,都没有我能穿的型号。只得退其次,去买T恤衫。想这种衣服,弹性较大,也许能找到色彩和尺码都相宜的。改变战术之后,很快就见了效。我在一家专卖店里,找到了基本符合要求的衣服。只是那绿色不很纯粹,近乎青柏色,翠中有一份苍老,实为美中不足。我相中了一款黄色T恤衫,黄得振作而昂扬,仿佛葵花瓣揉出汁液染成的,欣欣向荣。想来想去,我买下这件黄色衣服,又对小姐说,也许我会来换,先和你打个招呼。小姐态度很好,说,没关系的,只要不弄脏,你随时可来换的。

果不其然,在汇合处,马东亮宝似的拿出的衣服,正是明亮的嫩黄色,他说,我从来没穿过这种颜色的衣服,好像是一把太阳伞。他说,你买的是什么颜色呢?我对他说,对不起,你还得等我一会儿。

我赶忙跑回刚才的柜台,对小姐说,不好意思啊,还要麻烦你。我要换成刚才的那件绿色。小姐说,为什么不喜欢这件了呢?我看还是黄色的比较配合你的脸色的。我说,因为我有一个同伴,他已经买了黄色,我要和他配合,所以要调换。

换了绿T恤衫,我和马东回到住处。当我把自己买的衣服拿给大家看的时候,没想到他们说,唔,这个不好。我们看毕老师就穿你下飞机时那件黄色条纹的衣服好了。很亲切。

　　我就听从了年轻人们的建议。

　　那一天,我穿着旧的柔软朴素的衣衫,同陆幼青直率地交谈着。我感到生命正抽丝剥茧般的离他而去,他的痛苦和挣扎,他的失落和创造,他的生命之泉的枯竭和最后一搏的绚烂……

写下你的墓志铭

毕淑敏散文

那一年,我和朋友应邀到某大学演讲。关于题目,校方让我们自选,只要和青年的心理有关即可。朋友说,她想和学生们谈谈性与爱。这当然是一个极为重要的问题,只是公然把"性"这个词,放进演讲的大红横幅中,不知校方可会应允?变通之法是将题目定为"和大学生谈情与爱",如求诙谐幽默,也可索性就叫"和大学生谈情说爱"。思索之后,觉得科学的"性",应属光明正大范畴,正如我们的老祖宗说过的"食色性也",是人的正常需求和青年必然遭遇之事,不必遮遮掩掩。把它压抑起来,逼到晦暗和污秽之中,反倒滋生蛆虫。于是,朋友就把演讲题目定为"和大学生谈性与爱"。这期间我们也有过小小的讨论,是"性"字在前,还是"爱"字在前?商量的结果是"性"字在前,不是哗众取宠,觉得这样更符合人的进化本质。

感谢学校给予我们的信任和支持,朋友的演讲题目顺利通过了。但紧接着就是我的题目怎样与之匹配?我打趣说,既然你谈了性与爱,我就成龙配套,谈谈生与死吧。半开玩笑,不想大家听了都说"OK",就这样定了下来。

我就有些傻了眼。不知道当今的年轻人对"死亡"这个遥远的话题是否感兴趣?通常人们想到青年,都是和鲜花绿草黑发红颜联系在一起,与衰败颓弱委顿凄凉的老死似乎毫不相干。把这两极牵扯一处,除了冒险之外,我也对自己的能力深表怀疑。

死是一个哲学命题,有人戏说整个哲学体系,就是建立在死亡的白骨之上。我深知自己不是一个哲学家,思索死亡,主要和个人惧怕死亡有关。在我四五岁时,一次突然看到路上有人抬着棺材在走,我问大人,这个盒子里装着什么?人家答道,装了一个死人。当时我无法理解死亡,只觉得棺材很小,一个人躺在里面,蜷起身子像个蚕蛹,肯定憋得受不了……于是小小的我,产生了对死亡的惊奇和混乱。这种惊奇和混乱使我在相当一段时间内对死亡很感兴趣。我个人有着数十年从医经历,在和平年代,医生是一个和死亡有着最亲密接触的职业。无数次陪伴他人经历死亡,我不能不对这种重大变故无动于衷。还有很重要的一点,就是我十几岁就到了西藏,那里严酷的自然环境和孤寂的旷野冰川,让我像个原始人似的,思索着人从哪里来,要到哪里去这类看似渺茫的问题。

反正由于我脱口而出的一句话,演讲题目就这样定了下来,无法反悔。我只有开始准备资料。

正式演讲的时候,我心中忐忑不安。会场设在大礼堂,两千多座位满满当当,过道和讲台上都有学生席地而坐。题目沉重,我特别设计了一些互动的游戏,让大家都参与其中。

演讲一开始,我做了一个民意测验。我说大家对"死亡"这个题目是不是有兴趣,我心里没底。我不知道有多少人在看到这个题目之前,思索过死亡?

此语一出,全场寂静。然后,一只只臂膀举了起来,那一瞬,我诧异和讶然。我站在台上,可以综观全局,我看到几乎一半以上的青年人举起了手。我明白了有很多人曾经认真地想过这个问题,比我以前估计的比率要高很多。后来,我还让大家做了一个活动——书写自己的墓志铭。有几分钟的时间,整个会堂安静极了,谁要是那一刻从外面走过,会以为这是一间空室,其实莘莘学子正殚精竭虑思考人生。从讲台俯瞰下去,(我其实很不喜欢这种高高在上的讲台,给人以压迫之感。我喜欢平等的交谈,不单在态度上,而且在地理位置上,大家也可平视。但校方说没有更合适的场地了。)很多人咬着笔杆,满脸沧桑的样子。我很抱歉地想到,这个不祥的题目,让风华正茂的青年人提前——老了。

大约五分钟之后,台下的脸庞如同葵花般地仰了起来。我说:"写完了吗?"

齐声回答:"写完了。"

我说:"好,不知有没有哪位同学,愿意走上台来,面对着老师和同学,念出自己的墓志铭?"

出现了一片海浪中的红树林。我点了几位同学,请他们依次上来。但更多的臂膀还在不屈地高举着,我只好说:"这样吧,愿意上台的同学就自动地在一旁排好队。前边的同学讲完之后,你就上来念。先自我介绍一下,是哪个系哪个年级的,然后朗诵墓志铭。"

那一天,大约有几十名同学念出了他们的墓志铭,后来,因为想上台的同学太多,校方不得不出动老师进行拦阻。

这次讲演,对我的教育很大。人们常常以为,死亡是老年人才需要考虑的问题,这是误区。人生就是一个向着死亡的存在,在我们赞美生命的美丽、青春的活力的时候,我们其实就是肯定了死亡的必然和老迈的合理性。试想一下,如果没有死亡,地球上早就被恐龙霸占着,连猴子都不知在哪里哭泣,更遑论人类的繁衍!

从我们每个人一出生,生命之钟的倒计时就开始了。当我写下这些字迹的时候,我就比刚才写下题目的时刻,距离自己的死亡更近了一点。面对着我们生命有一个大限存在这样一个残酷的事实,无论是年老或年轻,都要直面它的苛求。

现代生活节奏越来越快,我们独处的空间越来越逼仄,思索的时间越来越压缩。但死亡并不因为我们的忙碌而懈怠,它步履坚定地、持之以恒地向我们走来。现代医学把死亡用白色的帏帐包裹起来,让我们不得而知它的细节,但死亡顽强前进,它是无所不能的,没有任何力量能够抗拒它。

一个人年轻的时候就思索死亡,和他老了才思索死亡,甚至知道死到临头都不曾思索过死亡,这是完全不同的境界。知道有一个结尾在等待着我们,对生命的宝贵,对光明的求索,对人间温情的珍爱,对丑恶的扬弃和鞭挞,对虚伪的憎恶和鄙夷,都要坚定很多。

那天在礼堂的讲台上,有一段时间,我这个主讲人几乎完全被遗忘了,一个又一个年轻的生命为自己设计的墓志铭,将所有的心震撼。

有一个很腼腆的男孩子说,在他的墓志铭上将刻下——这里长眠着一位中国籍的诺贝尔奖获得者。

台下响起了热烈的掌声。我想,不管他一生是否能够真正得到这个奖,但他的决心和期望,已经足够赢得这些掌声。

一个清秀的女孩子说,她的墓志铭上将只有一行字:一位幸福的女人。

还有一个男生说:"我的墓志铭上会写着——我笑过,我爱过,我活过……"

这些年轻的生命,因为思索死亡而带给了自己和更多人力量。

无数生命的演变,才有了我们的个体。在这一点上,我们不单要感谢我们的父母,而且要感谢我们的祖先,感谢地球,感谢进化所走过的漫漫历程。当我们有了生命之后,我们在性的基础之上,繁衍出了爱。爱情是独属于人类的精神瑰宝,它已从单纯的生殖目的,变成了两性身心融会的最高境地。然而在这一切之上,横亘着死亡。死亡击打着生命,催促着生命,使我们必须审视生命的意义。

后来,我还在一些场合做过相关的演说。我在这里抄录一些年轻人留下的墓志铭,他们让我进一步认识到了,讨论死亡对于一个健康心理的建设是多么重要。

"这里安息着一个女子,她了结了她人生的愿望,去了另外的世界,但在这里永生。她的一生是幸福的一生,快乐的一生,也是贡献的一生,无憾的一生。虽然她长眠在这里,但她永远活着,看着活着的人们的眼睛。"

"高尚是高尚者的通行证。"

"我不是一颗流星。"

"生是死的开端,死是生的延续。如果我五十岁后死去,我会忠孝两全。为祖国尽忠,为父母尽孝。如果我五年后死去,我将会为理想而奋斗。如果我五个月后死去,我将以最无私的爱善待我的亲人和朋友。如果我五天后死去,我将回顾我酸甜苦辣的人生。如果我五秒钟后死去,我将向周围所有的人祝福。"

怎么样?很棒,是不是?

按照哲学家们的看法,死亡的发现是个体意识走向成熟的必然阶段。一个人的心理健康,更是和他的生命观念、死亡观念息息相关。你不能设想一个对自己没有长远规划的人,会有坚定健全慈爱的心理。如果说在以上有关死亡的讨论中,我对此还有什么遗憾的话,就是年轻人普遍把自己的生命时间定得比较短。常有人说,我可不喜欢自己活太大的年纪,到了四五十岁就差不多了。包括现在有些很有成就的业界精英,撰文说自己三十五岁就退休,然后玩乐。因为太疲累,说说气话,是可以理解的。但认真地策划自己的一生,还是要把生命的时间定得更长远一些,活得更从容,面对死亡的限制,把自己的一生渲染得瑰丽多彩。

请为你的夸奖道歉

朋友同我讲过这样一个故事。

她到北欧某国做访问学者,周末到当地教授家中做客。一进屋,问候之后,看到了教授五岁的小女儿。这孩子满头金发,眼珠如同纯蓝的蝌蚪顾盼生辉,极其美丽。朋友带去了中国礼物,小女孩有礼貌地微笑道谢。朋友抚摸着女孩的头发说,你长得这么漂亮,真是可爱极了!

教授等女儿退走之后,很严肃地对朋友说,你伤害了我的女儿,你要向她道歉。朋友大惊,说我一番好意,夸奖她,还送了她礼物,伤害二字从何谈起?教授说,你是因为她的漂亮而夸奖她,而漂亮这件事,不是她的功劳,这取决于我和她的父亲的基因遗传,与她个人基本上没有关系。你夸奖了她,孩子很小,不会分辨,她就会认为这是她的本领。而她一旦认为天生的美丽是值得骄傲的资本,她就会看不起长相平平甚至丑陋的孩子,这就成了误区。而且,你未经她的允许,就抚摸她的头,这使她以为一个陌生人可以随意抚摸她的身体而可以不经她的同意,这也是不良引导。不过你不要这样沮丧,你还有机会弥补。有一点,你是可以夸奖她的,这就是她的微笑和有礼貌。这是她自己努力的结果。

请你为你刚才的夸奖道歉。教授这样结束了她的话。

后来呢?我问。

后来我就很正式地向教授的小女儿道了歉,同时表扬了她的礼貌。朋友说。从那以后,每当我看到美丽的孩子,我都会对自己说,忍住你对他们容貌的夸赞,从他们成长的角度来说,这件事要处之淡然。孩子不是一件可供欣赏的瓷器或是可供抚摸的羽毛。他们的心灵像很软的透明皂,每一次夸奖都会留下划痕。

寻觅优秀的女人

寻觅优秀的女人。

女人占了人类的一半。这个数字是多少？假定人类有六十亿，广义的女人（从垂垂老妪到嗷嗷待哺的女婴）就有三十亿。假如我们把女孩的年龄界定在十五至三十岁，大约占女人总人数的五分之一吧，那也有六个亿了。

望漫天霞霓，俯苍茫人寰，常常想，这其中最优秀的女人该有多少？

优秀的女人首要该是善良的。

之所以把善良排得唯此为大，是因为这个世界残酷太多。权力场，金钱场，情场，战场……到处弥漫着硝烟，到处流淌着血污。在温文尔雅的面纱下，潜伏着充满杀机的眼睛。优秀的女孩赋有净化灵魂的使命，她们像明矾一样，使世界变得澄清。她们的血像油一般润滑了车轮，历史艰难地向前滚动。女人的善良是人类温情的源泉。

善良的女人知多少？

这个比例实在是不敢高估。女性其实是极不易保持善良的。她们遭受的屈辱多，她们自身的负担重。在被伤害之后，易滋生出火焰一样的报复。在悲伤之余，常在凄冷的黑夜咬牙切齿，对整个生活发出女巫般的诅咒。

原谅我，女人们。虽然我很想说出一个有关你们善良的高比例，犹如我们面对一块待检的金石，报出它是十金足赤。但事实是,历经磨难而终不改善良本性的女人,像一道穿流污浊仍清澈见底的小溪,其实是很罕见的。苍老的夫人多见狞恶之色,琐碎之色,猥琐之色,就是明证。

优秀的女人其次应该是智慧的。

女人比男人更需要智慧,因为她们是更柔软的动物。智慧是优秀女人贴身的黄金软甲,救了自身才可救旁人。没有智慧的女人,是一种通体透明的藻类,既无反击外界侵袭的能力,又无适应自身变异的对策,她们是永不设防的城市。智慧是女人纤纤素手中的利斧,可斩征途的荆棘,可斩身边的赘物。面对波光诡谲的海洋,智慧是女儿家永不凋谢的白帆。优秀的智慧的女性,代表人类的大脑半球,对世界发出高亢而略带尖锐的声音,在每一面山壁前回响。

但女人难得智慧。她们多的是小聪明,乏的是大清醒。过多的脂粉模糊了她们的眼睛,狭隘的圈子拘谨了她们的想象。她们的嗅觉易在甜蜜的语言中迟钝,她们的脚步易在扑朔的路径中迷离。智慧不单单是天赋的独生女,她还是阅历、经验、胆魄三位共同的学生。智慧是一块璞,需要雕琢。而雕琢需要机遇。

不是每一块宝石都会璀璨,不是每一粒树种都会挺拔。

我是一个保守的农人。面对一块贫瘠土地上的麦苗,实在不敢把收成估计得太好。智慧的女人通常比我们想象的要少。

优秀的女人还需要勇气。在这颗小小的星球上,什么矛盾都不存在了,男人和女人的矛盾依然欣欣向荣。交战的双方永远互相争斗,像绳子拧出一个个前进的螺纹。假如你是一个优秀的女人,无论你朝哪个领域航行,或迟或早你将遭遇这个世界上最优秀的男人。不要奢望有一处干燥的麦秸可供你依傍,不要总在街上寻找古旧的屋檐避雨。当你不如一个男人的时候,他会宽宏大量地帮助你,当你超过一个男人的时候,他会格外认

1972年，和爸爸妈妈弟弟合影

二十世纪八十年代,全家福

真地对抗你。这不知是优秀女人的幸与不幸？善良的智慧的有勇气的女人，要敢在黑暗的旷野独自唱着歌走路，要敢在没有桥没有船也没有乌鸦的野渡口，像美人鱼一般泅过河。

这个比例有多少？

望着越来越稀疏的队伍，我真不忍心将筛孔做得太大。但女人天性胆小，就像含羞草乐意把叶子合起来一样。你不能苛求她们。

现在，在漫长阶梯上行走的女人已经不多了。

最后让我们来说说美丽吧。

在这样艰苦的跋涉之后再来要求女人的美丽，真是一种残酷。犹如我们在暴风雨以后寻找晶莹的花朵。

但女人需要美丽。美丽是女人最初也是最终的魅力。不美丽的女人辜负了造物主的青睐，她们不是世上的风景，反倒成了污染。

何为美丽？一千个人有一千种说法。我只能扔出我的那一块砖。

美丽的女人首先是和谐的。面容的和谐，体态的和谐，灵与肉的和谐。美丽并非一些精致巧妙的零件的组合，而是一种整体的优美。甚至缺陷也是一种和谐，犹如月中的桂影。那不是皓月引发无数遐想最确实的物质基础吗？和谐是一种心灵向外散发的光辉，它最终走向圣洁。

美丽其次应该是柔和的。太辛辣太喧嚣的感觉不是美，而是一种刺激。优秀女人的美丽像轻风，给世界以潜移默化的温馨。当然它也容纳篝火一般的热情。可是你看，跳动的火苗舒卷的舌头是多么的柔和，像嫩红的枫叶，像浸湿的红绸。激情的局部仍旧是细致而绵软的。

美丽的女人应该是持久的。凡稍纵即逝的美丽都不是属于人的，而是属于物的。美丽的女人少年时像露水一样纯洁，青年时像白桦一样蓬勃,中年时像麦穗一样端庄,老年时像河流的入海口,舒缓而磅礴。

美丽的女人经得起时间的推敲。时间不是美丽的敌人,而只是美丽的代理人。它让美丽在不同的时刻呈现出不同的状态,从单纯走向深邃。

女人的美丽不是只有一根蜡烛的灯笼,它是可以不断燃烧的天然气。时间的掸子轻轻扫去女人脸上的红颜,但它是有教养的,还女人一件永恒的化妆品——叫做气质。可惜有的女人很傻,把气质随手丢掉了。

也许可以说,所有美好的女人都是美丽的。

我在女性的群体里砌了一座金字塔。它是我心目中的女性黄金分割图。

这样一路算下来,优秀的女人多乎哉?不多也。

是不是我的比例过于苛刻?是不是我对世界过于悲观?是不是我看女人的暗影太多?是不是优秀和平庸原不该分得太清?

现代的世界呼唤精品。女士们买有一个提包都要求质量上乘,为什么我们不寻求自身的优秀?

优秀的女人也像冰山,能够浮到海面上的只有庞大体积的几十分之一。精品绝不会太多,否则就是赝品或是大路货了。

难道女人不该像拥有眼睛一样拥有善良吗?难道没有智慧的女人不是像没有翅膀的鸟儿一样无法翱翔?难道坚韧不拔果敢顽强对于女人不是像衣衫一般重要?难道女人不是像老媪爱惜自己最后一颗牙齿一样爱惜美丽?

让我们都来力争做一个优秀的女人吧。为了世界更精彩,为了自身更完美,为了和时间对抗,为了使宇宙永恒。

淑女书女

假若刨去经济的因素,比如想读书但无钱读书的女子,天下的女人,可分成读书和不读书两大流派。

我说的读书,并不单单指曾经上过小学中学大学硕士博士,读过一本本的教材。严格地讲起来,教材不是书。好像司机的学驾驶和行车,厨师的红白案和刀工一样,是谋生的预备阶段,含有被迫操练的意味。

我说的读书,基本上也不包括报纸和杂志,虽然它们上头都印有字,按照国人"敬惜字纸"的传统,混进了书的大范畴。那些印刷品上,多是一些速朽的讯息,有着时尚和流行的诀窍。居家过日子的实用性是有的,但和书的真谛,还有些差异。

好书是沉淀岁月冲刷的砂金,很重,不耀眼,却有保存的价值。它是地球上曾经生活过的那些智慧的大脑,在永远逝去之前自立下的思维照片。最精华的念头,被文字浓缩了。好像一锅灼热久远的煲汤,濡养着后人的神经。

书对于女人的效力,不像睡眠。睡眠好的女人,容光焕发。失眠的女人,眼圈乌青。读书的女人和不读书的女人,在一天之内是看不出来的。

书对于女人的效力,也不像美容食品。滋润得好的女人,驻颜有术。失养的女人,憔悴不堪。读书的女人和不读书的女人,在三个月之内,也是看不出来的。

日子是一天天地走,书要一页页地读。清风朗月水滴石穿,一年几年一辈子地读下去。书就像微波,从内向外震荡着我们的心,徐徐地加热,精神分子的结构就改变了,成熟了,书的效力凸显出来。

读书的女人,更善于倾听,因为书训练了她们的耳朵,教会了她们谦逊。知道这世上多聪慧明达的贤人,吸收就是成长。

读书的女人,更乐于思考。因为书开阔了她们的眼界,拓展了原本纤细的胸怀。明白世态如币,有正面也有反面。一厢情愿只是幻想。

读书的女人,更勇于决断。因为书铺排了历史的进程,荟萃了英雄的业绩。懂得万事有得必有失,不再优柔寡断贻误战机。

读书的女人,更充满自信。因为书让她们明辨自己的长短,既不自大,也不自卑。既然伟人们也曾失意彷徨,我们尽可以跌倒了再爬起来,抖落尘灰向前。

读书的女人,较少持续地沉沦悲苦,因为晓得天外有天乾坤很大。读书的女人,较少无望地孤独惆怅,因为书是她们招之即来永远不倦的朋友。读书的女人,较少怨天尤人孤芳自赏,因为书让你牢记个体只是恒河沙粒沧海一粟。读书的女人,较少刻毒与卑劣,因为书中的光明,日积月累浸染着节操鞭挞着皮袍下的"小"……

"淑"字,温和善良美好之意。好书对于女人,是家乡的一方绿色水土。离了它,你自然也能活。但与书隔绝的日子,心无家园。半生过下来,女人就变得言语空虚眼神恍惚心地狭窄见识短浅了。

淑女必书女。

友情：这棵树上只有一个果子，叫做信任

现代人的友谊，很坚固又很脆弱。它是人间的宝藏，需我们珍爱。

友谊的不可传递性，决定了它是一部孤本的书。我们可以和不同的人有不同的友谊，但我们不会和同一个人有不同的友谊。友谊是一条越掘越深的巷道，没有回头路可走。刻骨铭心的友谊也如仇恨一样，没齿难忘。

友情这棵树上只结一个果子，叫做信任。红苹果只留给灌溉果树的人品尝。别的人摘下来尝一口，很可能酸倒了牙。

友谊之链不可继承，不可转让，不可贴上封条保存起来而不腐烂，不可冷冻在冰箱里永远新鲜。

友谊需要滋养。有的人用钱，有的人用汗，还有的人用血。友谊是很贪婪的，绝不会满足于餐风饮露。友谊是最简朴同时也是最奢侈的营养，需要用时间去灌溉。友谊必须述说，友谊必须倾听，友谊必须交谈的时刻双目凝视，友谊必须倾听的时分全神贯注。友谊有的时候是那样脆弱，一句不经意的言辞，就会使大厦顷刻倒塌。友谊有的时候是那样容易变质，一个未经证实的传言，就会让整盆牛奶变酸。

这个世界日新月异。在什么都是越现代越好的年代里，唯有友谊，人们保持着古老的准则。朋友就像文物，越老越珍贵。

礼物分两种，一种是实用的，一种是象征性的。

我喜欢送实用的礼物。

不单是因为它可为朋友提供立等可取的服务功能,更因为我的利己考虑。

此刻我们是朋友,十年以后不一定是朋友。

就算你耿耿忠心,对方也许早已淡忘。

速朽的礼物,既表达了我此时此刻的善意,又给予朋友可果腹可悦目可哈哈一笑或是凝神端详的价值,虽是一次性的,也留下美好的瞬间。我心足矣。

象征久远意义的礼物,若是人家不珍惜这份友谊了,留着就是尴尬。或丢或毁,都是物件的悲哀,我的心在远处也会颤抖。

若是给自己的礼物,还是具有象征意义的好。比如一块石子一片树叶,在别人眼里那样普通,其中的美妙含义只有自己知晓。

电话簿是一个储存朋友的魔盒,假如我遇到困难,就要向他们发出求救信号。一种畏惧孤独的潜意识,像冬眠的虫子蛰伏在心灵的旮旯。人生一世,消失的是岁月,收获的是朋友。虽然我有时会几天不同任何朋友联络,但我知道自己牢牢地粘附于友谊网络之中。

利害关系这件事,实在是交友的大敌。我不相信有永久的利益,我更珍视患难与共的友谊。长留史册的,不是锱铢必较的利益,而是肝胆相照的情分。和朋友坦诚的交往,会使我们留存着对真情的敏感,会使我们的眼睛抹去云翳,心境重新开朗。

孝 心 无 价

听一位研究古文字的教授讲,"孝"这个字在甲骨文里的写法,是一个少年人牵着一位老人的手,慢慢地在走。"孝"字从右上到左下那长长的一撇,便是老人飘荡的胡须……

不知这说法是否为史学家定论,是否无懈可击,但它以一种恒远的温馨,包含着淡淡的苦楚沉淀我心,感到一种人类对自身生命的感怀,一种更为年轻的个体对即将逝去的年华无微不至的关顾与挽留。

"孝"是东方文化灿烂的遗产,但在我们这个国度里,身份却很有几分可疑。和它们比肩的"忠"的地位,则要光辉伟大得多。国家、民族、政党、军队……都是需要"忠"的,而在"忠孝不能两全"这句话的阴影下,"孝"好像成了"忠"的对立面,冰炭不相容。

和忠比起来,孝的范围似乎比较窄。前者面对的是众人,后者大约只包含自己的家人。回顾中国的近代史,国家民族奋战的艰难历程,在浸透血与火的车辙里,难得有"孝"的位置。先驱的革命者,从域外窃得种子,带回这块苦难的大地。他们是有知识的年轻人,之所以曾受到良好的教育享有文化,多半和富裕的家境不可分,但他们义无反顾地向父辈的剥削阵营开火了。在黑暗的日子里,他们一定经历了心灵的分裂与决斗,最终决定背叛自己的阶级。于是在漫长的革命生涯中,他们缄口,不再谈"孝"。

参加革命的穷苦人,投了红军,当了八路,上了战场……他们走了,永不回头,但他们的父母留在饥寒交迫之中,饱受欺凌压迫,许多人被敌人残酷地杀害了。革命者不会后悔自己的选择,只有战斗才有胜利,这是唯一正确的道路。但我相信生者在每年中秋,仰望圆圆的明月,低下头都会黯然神伤。尽管有无数的理由,尽管责任完全不在个人,但在潜意识里,他们永不为自己辩解,苛刻地认定自己不孝。于是,他们也拒不谈"孝"。

新中国成长起来的这一代人,在他们风华正茂的时候,开始了"文化大革命"。几乎每一个人都向自己的父母造过反。在青春勃发期关心国家大事的同时,意外地从家里找到了火山的爆发口,以自己的父母为第一目标,那时曾多么兴高采烈,遗下的却是永久的悔恨。待到狂潮退去,知识青年上山下乡,凄凉地告别父母,远赴边陲,有的是身不由己的流放感,再没了丝毫选择的余地。即使有谁想到"父母在,不远游",在那样的日子里,几乎相当于一句反动口号了。

后来他们返城。没有地方住,龟缩在父母的小屋,给已经年迈的父母更添一份烦乱。不要说尽孝了,还要垂垂老矣的父母为自家操心不已。薪水低少,需要父母补贴。没有房子住,和父母挤在一起。无人做饭,父母就是当然的炊事员。孩子无人照管,父母就是最好的保姆⋯⋯多少次悄悄接过父母接济的银钱,理智上惭愧,手心却跃跃欲试地潮湿。太多的贫困,吞噬掉了儿女的自尊心,如果我们注定得接受馈赠,还是接受来自父母的施舍吧。在我们的内心深处,尚潜伏着一个善良坚定的愿望,爸爸妈妈,终有一天,一切都会好起来。我会将你们付给我的爱,加倍地偿还,让我们一道期待那一天吧。

现在天下太平,人间和睦,世道安宁,人们大胆地可以言孝了。"孝"里当然有糟粕,有可笑以至可恨的迂腐气息,但其合理的内核却值得我们长久咀嚼。

我不喜欢一个苦孩求学的故事。家庭十分困难,父亲逝去,弟妹嗷嗷待哺,可他大学毕业后,还要坚持读研究生,母亲只有去卖血……我以为那是一个自私的学子。求学的路很漫长,一生一世的事业,何必太在意几年蹉跎?况且这时间的分分秒秒都苦涩无比,需用母亲的鲜血灌溉!一个连母亲都无法挚爱的人,还能指望他会爱谁?把自己的利益放在至高无上的位置的人,怎能成为为人类献身的大师?

我也不喜欢父母重病在床,断然离去的游子,无论你有多少理由。地球离了谁都照样转动,不必将个人力量夸大到不可思议的程度。在一位老人行将就木的时候,将他对人世间最后的期冀斩断,以绝望之心在寂寞中远行,那是对生命的大不敬。

我相信每一个赤诚忠厚的孩子,都曾在心底向父母许下"孝"的宏愿,相信来日方长,相信水到渠成,相信自己必有功成名就衣锦还乡的那一天,可以从容尽孝。

可惜人们忘了,忘了时间的残酷,忘了人生的短暂,忘了世上有永远无法报答的恩情,忘了生命本身有不堪一击的脆弱。

父母走了,带着对我们深深的挂念。父母走了,遗留给我们永无偿还的心债。你就永远无以言孝。

有一些事情,当我们年轻的时候,无法懂得。当我们懂得的时候,已不再年轻。世上有些东西可以弥补,有些东西永无弥补。

"孝"是稍纵即逝的眷恋,"孝"是无法重视的幸福。"孝"是一失足成千古恨的往事,"孝"是生命与生命交接处的链条,一旦断裂,永无连接。

赶快为你的父母尽一份孝心。也许是一处豪宅,也许是一片砖瓦。也许是大洋彼岸的一只鸿雁,也许是近在咫尺的一个口信。也许是一顶纯黑的博士帽,也许是作业簿上的一个红五分。也许是一桌山珍海味,也许是一只野果一朵小花。也许是花团锦簇的盛世华衣,也许是一双洁净的旧鞋。也许是数以亿万计的金钱,也许只是含着体温的一枚硬币……

在"孝"的天平上,它们等值。

只是,天下的儿女们,一定要抓紧啊!趁你父母健在的光阴。

家　　问

家是什么？

家会很小很小,螺蛳壳是蜗牛的家。家会很大很大,宇宙是星星的家。

家会很轻很轻,像一粒浮尘,被人一指掸掉,不留一丝痕迹。家会很重很重,像一座铅山,压在脊上,寸步难行。

家会很快乐很幸福,像一眼不老的喜泉。家会很凄楚很悲凉,像一汪深不可测的泪潭。

问年轻人:家是什么？

他们回答:家是粉红色的玫瑰,有刺更有蕾。家是甜蜜的吻,热烈的拥抱、柔情似水的情话和思念时的邮票。

问中年人:家是什么？

他们回答:家是心灵与肉体的港湾,能停泊万吨巨轮也能栖息独木小舟。家是无私的付出与接纳,家是脱去疲劳的热水澡。家是一个苹果,你一大口,我一小口。家是一副重担,我愿这边的力臂短,你那边的力臂长。

问老年人:家是什么？

他们说:家是一种能力,一种学习。我自忖无力从那里毕业,就中途逃亡了。

问无家的人:家是什么？

他们回答:家是黄昏湖边的搀扶,家是灯下互相剪去丝丝白发。家是一件旧风衣,风也是它雨也是它。家是虽非一见钟情,却望白头偕老的漫漫旅程。家是墓前的一枝黄菊。

问孩子:家是什么?

他们回答:家是妈妈柔软的手和爸爸宽阔的肩膀,家是一百分时的奖赏和不及格时的斥骂。家是可以耍赖撒谎当皇帝,也是俯首听命当奴隶的地方。家是既让你高飞又用一根线牵扯的风筝轴。

问情人:家是什么?

他们回答:家是舔着伤口的两只狼,家是荷尔蒙的汹涌分泌。家是一日不见,如隔三秋。家是猜忌、争执、思恋、指责的杂耍场。家是枕边泪窗前月,家是今夜你会不会来?

问养家的人:家是什么?

他说,家不是勋章,你挂在胸前,别人也看不见。家是一条暗地里逼你不断挣钱的鞭子,直抽得你遍体鳞伤。

问弃家的人:家是什么?

他说:家是羁绊,家是约束,家是熄灭人创造激情的沼泽地,家是一种奢侈的糜费。

问恋家的人:家是什么?

她说:家是树上的喜鹊窝。纵然世界毁灭了,只要家在,依然有一切。

问恨家的人:家是什么?

他说,家是爱情的终点,家是英雄的坟墓。家是累赘,家是负担。家是挂在你项上的枷锁,家是你出卖自身的契约。

我不知世上还有另外的场所,会如此众说纷纭,褒贬不一。

综观家庭,是大千世界的缩影。人们在家中卸去重重角色的面具,露出天然嘴脸,最坦率最赤裸。人性的善与丑,方寸之间,纤毫毕现。一代伟人,能治理好一个国家,未必能调理好一个家。能统帅千军万马的将军,可能是妇孺裙钗下的败将。

有人以为家是最自由最放任的所在,可以放荡不羁。其实,家是最考验责任感的圣坛。对一个你所挚爱的人,都不忠诚,你还能为世人所信吗?对一个托付终身的人,都无法负起责任,你还能承诺他人的期嘱吗?连自己的一脉血缘都不能照料和抚育,你还能爱国爱民吗?在家中,我们看到了太多的丑恶。对亲人施暴的人,不可能对他人仁慈。在家中阴郁的人,不可能对太阳微笑。在家中诡计多端的人,不可能真诚对待友人。在家中粉饰虚伪的人,不可能直面惨淡人生。

如果没有准备好,请不要撕下走进家庭的门票。如果没有爱自己也爱他人的能力,请不要构造家庭的地基。

很多抱着从家庭掠取支援的动机,匆匆为自己寻一个可供汲取能量的后勤仓库,殊不知,家庭不是无中生有变出魔力的黑斗篷。家庭的温暖先要无私无偿的培养和付出,然后才像春草,毛茸茸地生长起来,一旦失去爱情的滋养,再稳固的家也会很快风化。爱的力量,有时很巨大,有时很贫瘠,全看你是否以心血灌溉。

家庭里如果没有神圣感和勇气,请别要孩子。家庭缔结之时,并不是简单男女人数相加,而是诞生了另样的结构,一个崭新的物种。这个物种的花朵和果实,就是孩子。

一花一世界,一家一宇宙,婴儿降临世上,家是包裹他的蛹壳。倘若家中注满健康的爱的花粉,他就吸吮着它,用爱滋养构建着自己的听觉嗅觉知觉,渐渐地酿成心中小小的蜜盏。在爱中长大的孩子,爱是他的羽衣,爱是他的长矛。在爱中蓬勃成长的孩子,他看天下,就比较地明朗。他看人性,就比较地乐观。他看自身,就比较地尊严。他看他人,就比较地客观。他看丑恶,就比较地勇敢。他看前途,就比较地光明。他看事物,就比较地冷静。他看死亡,就比较地泰然。

在纷乱和丑恶的气氛中成长的孩子,是伪劣家庭的痛苦产品。他们在家中最先看到并习得的待人处世经验,是破碎疏离和粗暴残酷。他们是那样幼小,缺乏分辨的能力,以为这就是人世间的模型。当他们走进社会的时候,会不由自主地以不良家庭的模式对待他人。将紊乱与不协传染到更远的范畴。更令人惊惧的是,来自不完美家庭的孩子们,彼此具有病态的吸引力,仿佛冥冥中有一块恶作剧的磁石,牵引性格有缺憾的男女,使他们格外同病相怜,迫不及待地走到一起。病态中建立的家庭,如履薄冰,全是悲剧。如果不能卓有成效地打断绞链,这种会伤人的家庭,就像顽强的稗草,代代相传,贻害无穷。

家可以很单纯,一个人也是一个完整的家。家可以很复杂,整个地球是一个共同的屋顶。

家啊,是理解奉献思念呵护,是圣洁宽容接纳和谐,是磨合欣赏忠诚沟通,是心心相印浪漫曲折生死相依海角天涯。

爱怕什么?

爱挺娇气挺笨挺糊涂的,有很多怕的东西。

爱怕撒谎。当我们不爱的时候,假装爱,是一件痛苦而倒霉的事情。假如别人识破,我们就成了虚伪的坏蛋。你骗了别人的钱,可以退赔,你骗了别人的爱,就成了无赦的罪人。假如别人不曾识破,那就更惨。除非你已良心丧尽,否则便要承诺爱的假相,那心灵深处的绞杀,永无宁日。

爱怕沉默。太多的人,以为爱到深处是无言。其实,爱是很难描述的一种情感,需要详尽的表达和传递。爱需要行动,但爱绝不仅仅是行动,或者说语言和温情的流露,也是行动不可或缺的部分。我曾经和朋友们做过一个测验,让一个人心中充满一种独特的感觉,然后用表情和手势做出来,让其他不知底细的人猜测他的内心活动。出谜和解谜的人都欣然答应,自以为百无一失。结果,能正确解码的人少得可怜。当你自觉满脸爱意的时候,他人误读的结论千奇百怪。比如认为那是——矜持、发呆、忧郁……

一位妈妈,胸有成竹地低下头,做出一个表情。我和另一位女士愣愣地看着她,相互对视了一下,异口同声地说:你要自杀!她愤怒地瞪着我们说,岂有此理!你们怎么那么笨?!我此刻心头正充盈温情!愚笨的我俩挺惭愧的,但没等我们道歉的话出口,那妈妈恍然大悟道:原来是这样!怪不得我每次这样看着儿子的时候,他会不安地说:妈妈,我又做错了什么?你又在发什么愁？

爱是那样的需要表达,就像耗竭太快的电器,每日都得充电。重复而新鲜地描述爱意吧,它是一种勇敢和智慧的艺术。

爱怕犹豫。爱是羞怯和机灵的,一不留神它就吃了鱼饵闪去。爱的初起往往是柔弱无骨的碰撞和翩若惊鸿的引力。在爱的极早期,就敏锐地识别自己的真爱,是一种能力更是一种果敢。爱一桩事业,就奋不顾身地投入。爱一个人,就斩钉截铁地追求。爱一个民族,就挫骨扬灰地献身。爱一桩事业,就呕心沥血。爱一种信仰,就至死不悔。

爱怕模棱两可。要么爱这一个,要么爱那一个,遵循一种"全或无"的铁则。爱,就铺天盖地,不遗下一个角落。不爱就抽刀断水,金盆洗手。迟疑延宕是对他人和自己的不负责任。

爱怕沙上建塔。那样的爱,无论多么玲珑剔透,潮起潮落,遗下的只是无珠的蚌壳和断根的水草。

爱怕无源之水。沙漠里的河啊,即便不是海市蜃楼,波光粼粼又能坚持几天？当沙暴袭来的时候,最先干涸的正是泪水积聚的咸水湖。

爱怕假冒伪劣。真的爱也许不那么外表光滑,色彩艳丽,没有精致的包装,没有夸口的广告,但是它有内在的质量保证。真爱并非不会发生短路与损伤,但是它有保修单,那是两颗心的承诺,写在天地间。

爱是一个有机整体,怕分割。好似钢化玻璃,据说坦克轧上也不会碎,可惜它的弱点是宁折不弯,脆不可裁。一旦破碎,就裂成了无数蚕豆大的渣滓,流淌一地,闪着凄楚的冷光。再也无法复原。

爱的脚力不健,怕远。距离会漂淡彼此相思的颜色,假如有可能,就靠得近一点,再近一点,直到水乳交融亲密无间。万万不要人为地以分离考验它的强度,那你也许后悔莫及。尽量地创造并肩携手天人合一的时光。

爱像仙人掌类的花朵,怕转瞬即逝。爱可以不朝朝暮暮,爱可以不卿卿我我,但爱要铁杵磨针,恒远久长。

爱怕平分秋色。在爱的钢丝上不能学高空王子,不宜做危险动作。即使你摇摇晃晃,一时不曾跌落,也是偶然性在救你,任何一阵旋风,都可能使你飘然坠毁。最明智最保险的是赶快从高空回到平地,在泥土上留下深深脚印。

爱怕刻意求工。爱可以披头散发,爱可以荆钗布裙,爱可以粗茶淡饭,爱可以餐风宿露。只要一腔真爱,爱就有了依傍。

爱的时候,眼珠近视散光,只爱看江山如画。耳是聋的,只爱听莺歌燕舞。爱让人片面,爱让人轻信。爱让人智商下降,爱让人一厢情愿。爱最怕的,是腐败。爱需要天天注入激情的活力,但又如深潭,波澜不惊。

说了爱的这许多毛病,爱岂不一无是处?

爱是世上最坚固的记忆金属,高温下不融化,冰冻不脆裂。造一艘爱的航天飞机,你就可以驾驶着它,遨游九天。

爱是比天空和海洋更博大的宇宙,在那个独特的穹隆中,有着亿万颗爱的星斗,闪烁光芒。一粒小行星划下,就是爱的雨丝,缀起满天清光。

爱是神奇的化学试剂,能让苦难变得香甜,能让一分钟永驻成永远,能让平凡的容颜貌若天仙,能让喃喃细语压过雷鸣电闪。

爱是孕育万物的草原。在这里,能生长出能力、勇气、智慧、才干、友谊、关怀……所有人间的美德和属于大自然的美丽天分,爱都会给赠予你。

在生和死之间,是孤独的人生旅程。保有一份真爱,就是照耀人生得以温暖的灯。

爱情没有快译通

我和朋友做过一个游戏,很有趣。

你说你也想做,好啊,我希望大家都有机会参与,别看我们都已是成人,其实每个人心底都埋着一颗喜爱玩耍的种子。我先来讲一讲规则,所有的游戏都是有规则的,要想玩得好,就得守纪律,要不就乱了套了。

那规则就是——找一张白纸,写上你的一个常常出现的情绪,比如说——愤怒、怀念、孤独、忧郁等等。哦,看到这里,你可能要说,都是让人懊丧的情绪啊?正面的可不可以写呢?当然可以啦,比方高兴、喜悦、慈爱、关切等等,都行。

好了,现在你已写好了自己的想法。把那张藏着你的秘密的纸条对折,然后让它安安稳稳地平躺在桌上,一副大智若愚的模样,暂时谁也不让看。

此刻它就像一个沉睡的蚕宝宝,一动不动地眠着,只有到了揭开谜底的时分,才带着长长的思绪,飞出美丽的白蛾。

然后你找一个人,最好是对你比较了解,你把他当做知心朋友的人。你对他或她说,此刻我正被一种情绪缠绕着,满心念的都是它。现在,你猜猜看,那是一种什么思绪?

他或她肯定会说,我又不是你肚子里的虫,我怎么会知道?

你说,别急啊,我会给你线索,这就是我的表情。平日当我被这种情绪笼罩的时候,我就做出这副模样,你猜猜看。

说完以上的话以后,你就坐到他对面(为了叙述方便,我就不论男女,都用"他"字了),最好找一个光线明媚的地方,让你的一颦一笑,都让他尽收眼底。好啦,现在你心里默念着刚才写在纸上的字,脸上做出你沉浸在这种思绪中时对应的表情,也可以辅助身体的语言。比如,你平日愁苦的时候,蛾眉紧锁,杏眼低垂,再加上挂着腮帮子,耷拉着头……总之,不要刻意表演,越自然,越像生活中真实的你越好。

你保持如此的表情和姿势一分钟后,就可以恢复常态了。然后让你的朋友说出,刚才你在想什么?

他或许会沉默,会思索,会疑惑……注意啊,你一定要有足够的耐心,并且有克制力,不可提示,不可启发,不可诱导。否则咱们就前功尽弃啦。

依我和朋友玩过多次的经验,此时绝大多数的人会沉思良久,好像他们面对的不是一个朝夕相处耳濡目染的大活人,而是恐龙什么的,然后久久不吭声。最后在大家都等得你不耐烦的时候,才迟迟疑疑地吐出一个词,比如"苦闷……""孤单……"等等,然后忙不迭地打开桌上的纸条。一看之下,半晌不语,那答案和猜测往往风马牛不相及。

比如一个美丽的女孩子,做出眺望远方的模样。她的男友猜测——你是在想家!想父母!她哑了一声说,糊涂虫,我是在想你!男友说,我不就在你身边吗?当你出现这种神态的时候,我总是吓得屏气息声,不敢打破沉默。我不知道自己哪点没有做好,惹得你不满意,你才如此凄楚地思念他人……女孩子说,你怎么会这么笨呢?你既然爱我,就该懂得我的心。男孩子说,爱,只能解决一部分问题,并不能解决所有的问题。该说的你还得说出来,沉默不是金,是土是空气。女孩子说,我像革命先烈一样,我就是不说,我非要你猜。猜得出来我就嫁你,猜不出来我就离开你……男孩子就愁眉苦脸地说,如果今后的几十年,天天都在灯谜和哑语中生活,累不累啊?!

另一个男子汉眼睛特别大。他做出第一个表情的时候,看着那铜铃一般圆睁的双眸,大家异口同声地说,噢,你在愤怒!

他一脸失望地说,才不是呢。好了,这个不算,我再做一次。他做出的第二个表情,又是如法炮制,瞪起双眼。大家稍微犹豫了一下,还是口径一致地说,你在发火!

他不甘心,又来了第三次。这一次的结果就更令人惆怅了。大家没精打采地说,你换个新内容让我们也好抖擞精神,干嘛又做出打架的样子?!

男子汉后来沮丧地告知我们:他的纸条上,第一次写下的是"幸福",第二次写下的是"喜爱",第三次写下的是——"慈祥"!

你肯定要说,差得这般十万八千里,我才不信呢!你一定是没选好对象,或者是围观的人太弱智,才如此指鹿为马。

我一点也不生气你的这种指责,我很希望你能亲自试一试。找自己最亲爱的人,最好。假如能百发百中地猜对,那真是人间少有的幸福伴侣。

我耐心地等待着你的试验……怎么样?做完了吧?你不仅仅做了一次,而是做了许多次。桌上的纸条叠起又打开,打开又写下,好像一只只归巢后又被驱赶而出的信鸽。你很希望能打破我的预言。但你做完后,为什么长久地沉默不语?还透出淡淡的忧伤?你的手指把纸条扯成一缕缕,任它飘荡,好似破碎的思绪。

是的,真正的现实就是这般冷静而无商榷。最厚重的隔膜,就在咫尺之遥。在你以为肌肤相亲的帷幔当中,横亘着无法穿越的海峡。

科学技术是越来越发达了,但迄今没有一种仪器,可以测量出人类情感的进行状态,可以预计出人的情绪指数。当我们能够探知遥远星球的一次轻微地震的时候,我们不知道自己的同床伴侣,是否辗转反侧。爱情没有快译通,心灵的交流如此细腻朦胧。当我们以为自己洞察他人心扉的时候,其实往往隔靴搔痒南辕北辙。

不要怨天尤人,不要动不动就上纲到爱与不爱。爱不是万能钥匙,爱不能在每一个瞬间都摧枯拉朽。爱无法破译人间所有的符码,爱纵是金属,也会有局限和疲劳。增进了解可以加固爱,误会错怪可以动摇爱,这是我们每个人都曾有过的体验。

隔膜往往是双层的。当我们无法正确地表达的时候,我们首先就失却了被人悟知的前提。所以,训练我们明快简捷准确平和的表达能力,是人生的重要课题。不要以为说出自己的心思是一件很简单的事情,在很多的时候,我们先是不敢说,再之是不肯说,然后是不屑说,最后就成了不会说。尤其是当我们软弱的时候,我们没有勇气说。当我们悲哀的时候,我们被文化的传统训导为不可说,说了就显懦弱,说了就是渺小。当我们痛苦的时候,我们以为不当说,说了就遭人耻笑。当我们孤独的时候,我们想不起说。

其实,一个人的坚强与否,不在于他是否说出自己的苦难,而在于他如何战胜自己的苦难。说的本身,也是一种描述和正视,当我们能够直视那些令人痛楚的症结的时候,力量也就随之产生了。

既不夸大,也不缩小;既不言过其实,也不矫饰虚掩,直面惨淡的人生,逼视淋漓的鲜血,该是人生勇敢和智慧的大境界。

其次我们要会听。有人说,听谁还不会啊,是个人都带着自己的耳朵,想不听还办不到呢!

了解和交流,在于两颗心的同一律动,在于你深深地明了对方向你描述的那一切。从这个意义上说来,"会听",也许是人生另一番需要修炼的深远功夫。坦诚说出自己的感受,即便艰难,好歹还有自我的内心世界可以参照,只需勇气和描述的技术,基本就可完成。但听的功力,除了有一双好耳朵,还需有一颗擦试干净不畸形不变异的心。如果自心是哈哈镜,把人家的话听得变了形,那责任就不在说者,而在听者。

会听的心,要有大的空间,除了容纳自身,还能接纳他人。会听的心,要有对人的真诚,因为听的那一刻,你将把心灵至尊的位置,让给你的朋友。会听的心,是柔软和温暖的,让人感到茸茸的温馨。会听的心,是坚强的,因为它有自己顽强的意志,不会在袭来的痛苦之中摇摆淹没……

有一个可以救命的外科手术,叫做"心脏搭桥",说的是在堵塞了血管的心脏上,再造一条新的流畅的脉路,让新鲜的充足的血液,流入衰弱的心脏。我很喜欢这个手术的名称,借来一用。我们除了在自己的心脏上搭桥,也需在不同的心脏之间搭桥,以传达我们彼此间的感觉和友谊。

提 醒 幸 福

我们从小就习惯了在提醒中过日子。天气刚有一丝风吹草动,妈妈就说,别忘了多穿衣服。才相识了一个朋友,爸爸就说,小心他是个骗子。你取得了一点成功,还没容得乐出声来,所有关切着你的人一起说,别骄傲!你沉浸在欢快中的时候,自己不停地对自己说:千万不可太高兴,苦难也许马上就要降临……

我们已经习惯于提醒,提醒的后缀词总是灾祸。灾祸似乎成了提醒的专利,把提醒也染得充满了淡淡的贬义。

我们已经习惯了在提醒中过日子,看得见的恐惧和看不见的恐惧始终像乌鸦盘旋在头顶。

在皓月当空的良宵,提醒会走出来对你说:注意风暴。于是我们忽略了皎洁的月光,急急忙忙做好风暴来临的一切准备。当我们大睁着眼睛枕戈待旦之时,风暴却像迟归的羊群,不知在哪里徘徊。当我们实在忍受不了等待灾难的煎熬时,我们甚至会恶意地祈盼风暴早些到来。

在许多夜晚,风暴始终没有降临。我们辜负了冰冷如银的月光。

风暴终于姗姗地来了。我们怅然发现,所做的准备多半是没有用的。事先能够抵御的风险毕竟有限,世上无法预计的灾难却是无限的。战胜灾难靠的更多的是临门一脚,先前的惴惴不安帮不上忙。

当风暴的尾巴终于远去,我们守住零乱的家园。气还没有喘匀，新的提醒又智慧地响起来，我们又开始对未来充满恐惧的期待。

人生总是有灾难。其实大多数人早已练就了对灾难的从容，我们只是还没有学会灾难间隙的快活。我们太多注重了自己警觉苦难，我们太忽视提醒幸福。

请从此注意幸福！

幸福也需要提醒吗？

提醒注意跌倒……提醒注意路滑……提醒受骗上当……提醒荣辱不惊……先哲们提醒了我们一万零一次，却不提醒我们幸福。

也许他们认为幸福不提醒也跑不了的。也许他们以为好的东西你自会珍惜，犯不上谆谆告诫。也许他们太崇尚血与火，觉得幸福无足挂齿。他们总是站在危崖上，指点我们逃离未来的苦难。

但避去苦难之后的时间是什么？

那就是幸福啊！

享受幸福是需要学习的，当幸福即将来临的时刻需要提醒。人可以自然而然地学会感官的享乐，人却无法天生地掌握幸福的韵律。灵魂的快意同器官的舒适像一对孪生兄弟，时而相傍相依，时而南辕北辙。

幸福是一种心灵的震颤，它像会倾听音乐的耳朵一样，需要不断的训练。

简言之，幸福就是没有痛苦的时刻。它出现的频率并不像我们想象的那样少。人们常常只是在幸福的金马车已经驶过去很远，捡起地上的金鬃毛说，原来我见过她。

人们喜爱回味幸福的标本，却忽略幸福披着露水散发清香的时刻。那时候我们往往步履匆匆，瞻前顾后不知在忙着什么。

世上有预报台风的，有预报蝗虫的，有预报瘟疫的，有预报地震的。没有人预报幸福。

其实幸福和世界万物一样，有它的征兆。

幸福常常是朦胧地，很有节制地向我们喷洒甘霖。你不要总希冀轰轰烈烈的幸福，它多半只是悄悄地扑面而来。你也不要企图把水龙头拧得更大，使幸福很快地流失。而需静静地以平和之心，体验幸福的真谛。

幸福绝大多数是朴素的。它不会像信号弹似的，在很高的天际闪烁红色的光芒。它披着本色的外衣，亲切温暖地包裹起我们。

幸福不喜欢喧嚣浮华，常常在黯淡中降临。贫困中相濡以沫的一块糕饼，患难中心心相印的一个眼神，父亲一次粗糙的抚摸，女友一个温馨的字条……这都是千金难买的幸福啊。像一粒粒缀在旧绸子上的红宝石，在凄凉中愈发熠熠夺目。

幸福有时会同我们开一个玩笑，乔装打扮而来。机遇、友情、成功、团圆……它们都酷似幸福，但它们并不等同于幸福。幸福会借了它们的衣裙，袅袅婷婷而来，走得近了，揭去帏幔，才发觉它有钢铁般的内核。幸福有时会很短暂，不像苦难似的笼罩天空。如果把人生的苦难和幸福分置天平两端，苦难体积庞大，幸福可能只是一块小小的矿石。但指针一定要向幸福这一侧倾斜，因为它有生命的黄金。

幸福有梯形的切面，它可以扩大也可以缩小，就看你是否珍惜。

我们要提高对于幸福的警惕，当它到来的时刻，激情地享受每一分钟。据科学家研究，有意注意的结果比无意要好很多。

当春天的时候，我们要对自己说，这是春天啦，心里就会泛起茸茸的绿意。

幸福的时候，我们要对自己说，请记住这一刻！幸福就会长久地伴随我们。

那我们岂不是拥有了更多的幸福!

所以,丰收的季节,先不要去想可能的灾年,我们还有漫长的冬季来得及考虑这件事。我们要和朋友们跳舞唱歌,渲染喜悦。既然种子已经回报了汗水,我们就有权沉浸幸福。不要管以后的风霜雨雪,让我们先把麦子磨成面粉,烘一个香喷喷的面包。

所以,当我们从天涯海角相聚在一起的时候,请不要踌躇片刻后的别离。在今后漫长的岁月里,有无数孤寂的夜晚可以独自品尝愁绪。现在的每一分钟,都让它像纯净的酒精,燃烧成幸福的淡蓝色火焰,不留一丝渣滓。让我们一起举杯,说:我们幸福。

所以,当我们守候在年迈的父母膝下时,哪怕他们鬓发苍苍,哪怕他们垂垂老矣,你都要有勇气对自己说:我很幸福。因为天地无常,总有一天你会失去他们,会无限追悔此刻的时光。

幸福并不与财富地位声望婚姻同步,它只是你心灵的感觉。

所以,当我们一无所有的时候,我们也能够说,我很幸福。因为我们还有健康的身体。当我们不再享有健康的时候,那些最勇敢的人可以依然微笑着说:我很幸福。因为我还有一颗健康的心。甚至当我们连心都不再存在的时候,那些人类最优秀的分子仍旧可以对宇宙大声说:我很幸福。因为我曾经生活过。

常常提醒自己注意幸福,就像在寒冷的日子里经常看看太阳,心就不知不觉暖洋洋亮光光。

幸福和不幸永在

我不认为幸福与科学有什么成比例的关系。也就是说,它们分属于两个系统。一个是情感的范畴,属于精神的领域。一个是物质的范畴,属于无生命的领域。(这样划分不严谨,对生命科学有点不敬,请原谅。我说的生命指的是变幻万千的活体感觉。)在科学产生之前很久,幸福就存在于我们的感知之中。后来科学出现了,但幸福感并没有出现相应的增长,它们是两股道上跑的车,虽然有的时候,轨道会发生小小的交叉。

我相信在原始人那里,远在科学的胚胎还裹于子夜的黑暗襁褓之中,幸福就顽强地莅临刀耕火种的山洞。证据之一就是那个时候的人,快乐地唱歌和跳舞,还创造出玄妙的神话和精美的文字。你不能说在通红的篝火旁手舞足蹈的那些裸人,不知道什么是幸福。如果谁硬要这么说,以为只有现代人方知晓和能够享受幸福,因而看不起我们的祖先,那倘若不是出于无知,就是赤裸的现代沙文主义。

在某种物质十分匮乏的时候,当它一旦出现,可能会在短暂的时间内帮助引发幸福的感觉。比如,一名男子十分思念热恋中的女友,如果在古代,他只有骑上一匹马,在草原上驰骋三天三夜,才能一睹女友的芳颜,当他看到女友眸子的那一瞬,我相信荡漾在他内心的感觉,就是幸福。如今,当同样的思念袭来的时候,他可以买上一张机票,两个小时之后就平安到达上海,当看到女友眸子的那一瞬,我相信他的幸福感同样强烈和震撼。

我们可以简单地说,飞机是和科学有重要关联的物件。因此,好像科学帮助了幸福。但接下来的问题是,这种幸福感是来源于马匹还是飞机?抑或是草原上的风还是空中的白云?我想,可能众说纷纭。即便问当事人,也会有不同的答案。会有人说,幸福当然和马匹和飞机有关了。如果没有马匹和飞机,这对相爱的恋人如何聚到一起?从马匹到飞机,这就是科技的进步和力量,使幸福的感觉提前出现,并变得比以前要省事容易。

我不同意这种意见。理由很简单,马匹和飞机只是这个人通往幸福的工具,而非幸福的理由和必然。在那架飞机上有很多乘客,有的人是例行公事,有的人还可能是奔丧。幸福和飞机的翅膀无关,只和当事人的心情有关。幸福是一种心灵深层的感觉,在最初的温饱和生殖的快感解决之后,它主要来源于人的精神体系的满足。

我知道我的观点可能会遭到很多人的质疑。比如有人会说,当你生病的时候,突然有了特效的药品,难道你和你的亲人不浮现出幸福的感觉吗?这死里逃生的光芒难道不是直接来源于科学的太阳吗?

我当过很多年的医生,我知道科技的进步对生命的延续是怎样的重要和宝贵。但生命延续的本身,并不一定达致幸福的彼岸。生命只是幸福感得以附丽的温床,生命本身是一个中性的存在。它是既可以涂写痛苦也可以泼洒快乐的一幅白绢。当病人和他的家属为某种特效药喜极而泣的时候,那种幸福的感觉主要源自骨肉间的深情。如果没有这种生死相依的情感,任何药物都无法发动快乐和幸福的过山车。

科学使粮食的产量增高,但这个世界上依然有吃不饱的穷人。既然引发贫困的源头不是科学,那么由贫穷所导致的痛苦,也不是科学的创可贴所能抚平。科学使交通工具的速度更快,人们可以更迅捷地从甲地到乙地。但时间的缩短和幸福的产出，并不成正比。君不见朝夕相处近在咫尺的夫妻，往往并不充溢幸福，而是满怀深仇？科学使人类升上太空，得以了解遥远的宇宙发生的变化。但我看到一位宇航员的回忆录说，他在太空中最深刻的想念是——回到地球。科学发现了原子能巨大的力量，但核武器的堆积，把人类推到了亘古未有的灾祸之中。科学延长了老年人的生命，但如果没有亲情的滋润和生存的尊严，这份延长的时间便与幸福毫不相干。

科学提供了产生幸福的新的机遇，但科学并不导致幸福的必然出现。我看到国外的一份心理学家的报告，在地铁卖唱为生的流浪者和千万富翁对于幸福的感知频率与强度，几乎是一样的。当一个人晚饭没有着落的时候，一个好心人给的汉堡就能给他带来幸福的感觉。但千万富翁就丧失了得到这份幸福的缘分。幸福是不嫌贫爱富的，我们至今没有办法确知某一种情况将必然导致幸福，同样，也无法确认某一种情况将必然导致不幸。

妈妈看到婴儿的出生，想来是天下的大幸福。但对于一个未婚母亲或是遭夫遗弃的妻子来说，这幸福的强度就可能要打折扣。生命消失之际按说和幸福不搭界，但我确实听到过一个人在他生命垂危之际，说他——很幸福——这个人就是我的父亲。这是他所给予我的最宝贵的精神财富之一，令我知道即使是面对永恒的消失，人也可以满怀幸福地沉稳走去。

说到这儿，离科学就有些远了，而是和人性有了更多的链接。科学要发展，人性要完善，幸福和不幸永在。

婚　姻　鞋

婚姻是一双鞋。

先有了脚,然后才有了鞋。幼小的时候光着脚在地上走感觉沙的温热,草的润凉,那种无拘无束的洒脱与快乐,一生中将我们从梦中反复唤醒。

走的路远了,便有了跋涉的痛苦。在炎热的漠地被炙得像鸵鸟一般奔跑,在深陷的沼泽被水蛭蜇出肿痛……

人生是一条无涯的路,于是人们创造了鞋。

穿鞋是为了赶路,但路上的千难万险,有时倘不如鞋中的一粒砂石令人感到难言的苦痛。

鞋,就成了文明人类祖祖辈辈流传的话题。

鞋可由各式各样的原料制成。最简陋的是一朵新鲜的芭蕉叶,最昂贵的是仙女留给灰姑娘的那只水晶鞋。

无论什么鞋,最重要的是合脚;不论什么样的姻缘,最美妙的是和谐。

切莫只贪图鞋的华贵,而委屈了自己的脚。别人看到的是鞋,自己感受到的是脚。脚比鞋重要,这是一条真理。许许多多的人却常常忘记。

我做过许多年医生,常给年轻的女孩子包脚。锋利的鞋帮将她们的脚踝砍得鲜血淋淋。粘上雪白的纱布,套好光洁绸丝袜,她们袅袅地走了。但我知道,当翩翩起舞之时,也许会有人冷不防地抽搐嘴角,那是因为她的鞋。

婚姻鞋

看到过祖母的鞋,没有看到过祖母的脚。她从不让我们看她的脚,好像那是一件秽物。脚驮着我们站立行走,脚是无辜的,脚是功臣。丑恶的是那鞋,那是一副刑具,一套铸造畸形残害天性的模型。

每当我看到包办而蒙昧的婚姻,就想到了祖母的三寸金莲。

幼时我有一双美丽的红皮鞋,但鞋窝里潜伏着一只夹脚趾的虫。每当我不愿穿红皮鞋时,大人们总把手伸进去胡乱一探,然后说:"多么好的鞋,快穿上吧!"为了不穿这双鞋,我进行了一个孩子所能爆发的最激烈的反抗。我始终不明白,一双鞋好不好,为什么不是穿鞋的人具有最后的否决权?

旁的人不要说三道四,假如你没有经历过那种婚姻。

滑冰要穿冰鞋,雪地要穿雪靴。下雨要穿雨鞋,旅游要有运动鞋。大千世界,有无数种可供我们挑选的鞋,脚却只有一双。朋友,你可要慎重!

少时参加运动会,临赛的前一天,老师突然给我提来一双橘红色带钉跑鞋,祝愿我在田径比赛中如虎添翼。我褪下平日训练的白网鞋,穿上像橘皮一样柔软的跑鞋,心中的自信也突然溜掉了。鞋钉将跑道锲出一溜齿痕,我觉得自己的脚被人换成了蹄子。我说我不穿跑鞋,所有的人都说我太傻。发令枪响了,我穿着跑鞋跑完全程。当我习惯性地挺起前胸,去冲撞冲刺线的时候,那根线早已像授带似的悬挂在别人的胸前。

橘红色的跑鞋无罪,该负责任的是那些劝说我的人。世上有很多很好的鞋,但要看适不适合你的脚。在这里,所有的经验之谈都无济于事,你只需在半夜时分,倾听你脚的感觉。

看到那位赤着脚参加世界田径大赛的南非女子的风采,我报以会心一笑:没有鞋也一样能破世界纪录!脚会长,鞋却不变。于是鞋与脚,就成为一对永恒的矛盾。鞋与脚的力量,究竟谁的更大些?我想是脚。只见有磨穿了的鞋,没见有磨薄了的脚。鞋要束缚脚的时候，脚趾就要把鞋面挑开一个洞，到外面去凉快。

　　脚终有不长的时候，那就是我们开始成熟的年龄。认真地选择一种适宜自己的鞋吧！一只脚是男人，一只脚是女人，鞋把他们联结为相似而又绝不相同的一双。从此，世人在人生的旅途上，看到的就不再是脚印，而是鞋印了。

　　削足适履是一种愚人的残酷，郑人买履是一种智者的迂腐；步履维艰时，鞋与脚要精诚团结；平步青云时切不要将鞋儿抛弃……

　　当然，脚比鞋贵重。当鞋确实伤害了脚，我们不妨赤脚赶路！

二十世纪九十年代,在海南

妈妈和儿子在故宫

二十一世纪,我们死在哪里?

新的世纪来了,人们对这个世纪有很多预言。假如记录在案,将来统计一下,看有多少命中率?我有一个小小的预言,估计猜中的概率是很高的,那就是——从上个世纪跨入这个世纪的人,绝大部分无法再跨越到下个世纪去。

你必将死于这个世纪。这不是一个咒语,是一个现实。

哪怕是出生在上个世纪的最后一天,他或她要进入下个世纪,年龄也将超过一百岁,老寿星毕竟是有限的。

我们将死在哪里呢?

首先我不希望自己死于战场,我希望世界持久和平。其次是不希望自己死于恐怖事件。再其次是不希望自己死于交通事故。最后是不希望自己死于天灾和瘟疫。我可以欣然接受自己死于自然规律,死于理智选择过的自我终结,死于我认为有必要付出自己生命的事业。

我的爷爷生于十九世纪,死于二十世纪的农村。他是死在自己的家里,死的时候很平静。我的父亲死于二十世纪的末期,他是死在城市的医院里,全家人围绕在他的身边。

在过去的一个世纪里,死亡悄悄地从家中转移到了医院。如果一个病人,死在家里,人们会遗憾地说:还没来得及送到医院,人就……

人需要到医院里去死,几乎成了文明进步的重要指示剂。现代社会的成就之一就是让死亡从日常的家居中消失,医院的白大衣如同魔法师的黑斗篷,铺天盖地罩住了死亡,死亡变得日益神秘和遥远。

然而,死亡没有走开。它静静地坐在城市的长椅上,耐心地等待着某个适当的时机,把你悄悄地领走。

于是想:面对每个人都必然遭逢的死亡,医院是否是我们最好的终点驿站?

如果有人问,你希望死在哪里?我一定会毫不犹豫地说,死在家里。

死在家里,其实是一件奢侈的事情。世界变了,和早年间不一样了。那时,一个孩子,从很小的时候,就看到了老人和动物的死亡,他们接受死亡,并不大惊小怪。谁家有人死了,大家都来帮忙。摘下一块门板,把死去的人放在上面,并不恐惧。各种有关丧仪的习俗,寄托着哀思,也稀释了痛楚。

如今,大家住在密不透风的钢筋水泥森林里,失去了田园的宽阔和农舍的疏朗。如果有一个濒临死亡的人执意要死在家里,估计大家都会不知所措。茫然和惊吓还有无尽的焦灼,会使活着的人煎熬在巨大的混乱中。

需要普及关于死亡的知识。我希望有人告诉我,死亡来临之时,如果我不曾昏迷,我将遇到怎样的麻烦?有何种应对的方案?我不希望对自己生命的最后阶段,稀里糊涂一无所知。我希望像出国旅游之前,先发我一张到达国的地图,以便心中有数。

我希望我的家人对我的死亡有比较充分的准备。他们首先在精神上接受这件事情的必然性,不悲戚和惊惶。在我最后的时刻,保持温和的平稳与冷静。如果实在忍不住,就轻轻地哭泣几声,以示告别。如果在我远行时分,回头看到他们捶胸顿足泪眼滂沱,我会感到无能为力并因此深深的不安和愧疚。

我希望不要抢救我,不单是为了节省药品,而是因为这样做违背了我的意志。为了让我有短暂的苟延残喘而劳民伤财,实在得不偿失。

我已无怨无悔地度过了整个人生,当应该画上句号的时候,迟迟不落笔,这个尾结的不好,是为憾事。

临死之前,我希望当我不想喝水的时候,就不要喂我水了。当我不想吃饭的时候,就不必劝我吃饭了。我不喜欢某部电视剧中的情节,一位老太太马上就要咽最后一口气了,一位晚来的孝子扑到她跟前说,孩儿来晚了,还没来得及孝顺您老人家。您一定要把孩儿给您带来的这块点心吃了……说着就把一块硬硬的糕饼塞到老人嘴里。结果老人头一歪,死了,饼子也从嘴里掉出来。我觉得这个孝子在母亲最后的时候,考虑的不是老人的实际情况,而是他自己的情感需求。这就不是真孝,不是大孝。当然,可能也和无知有关。国人常常以为只要能吃就是好的。其实大谬。当死亡驾临的时候,能量就是有毒的东西了。

死亡是生命成长的最后阶段。闲暇之时,不妨为自己设计一下死亡,如同一个读书郎,盘算着上哪所大学哪个专业?

你我的记忆

在我们的身体里面,居住着某些连我们自己都莫名其妙的客人——记忆。没有人能说清楚记忆是从什么时间开始驻扎进来的,它们比江河的源头还要难以寻找。长江源是一些翻滚的水泡,好似透明的蝼蛄钻出地表,记忆的源头是什么呢?是一些鲜艳同时支离破碎的毛线团,五彩杂糅,有一种喜洋洋的生命力。顽强的记忆耐酸碱和腐蚀,岁月无法将它们漂洗。

我们为什么会对某人一见钟情?我们为什么热爱一份他人无法接受的工作?我们为什么对某些事物滋生厌倦?我们为什么会在某种场合不可理喻?我们爱恨的理由是什么?……

凡此种种心灵的奥秘,都和记忆有着千丝万缕的关联。

记忆是人体中最不服从命令的一位世袭的将军,相信很多人在求学考试之时,都有惨痛印象。记忆顽皮,不知暗中遵循的是何种规律,有些事件,一点也不重要,可它偏偏就记得镂骨蚀魂,连当进的一声蝉鸣一朵浮云,都毫发不爽。不良的情绪,好像一袋携带终生的垃圾,即使你把它埋葬在潜意识里,但它如古尸的指甲,依然锋利。有些极为重要的瞬间,你不停地对自己说,记住它记住它,万万不能忘啊!可惜,记忆常常充满阴谋地背叛你。

重复多少次,人就可以记住某些事物了呢?这可能是人类永远的秘密了。但在实际生活中,好像很有一些人是掌握了这个谜底的。比如,老师罚小学生把某个字词书写多少遍……他的理论基础就是以为重复会有奇效。又比如,那些撒谎的人,可能也相信口吐白沫就能潜入他人的记忆。还有热恋当中的爱人,一遍又一遍地重复"我爱你"……想来也是不很明了记忆神鬼莫测的品格。

　　比起记忆的存在,记忆的销蚀更是不可捉摸。我在雪山服兵役时,认识一位搞保密工作的参谋。他一贯很忙,不苟言笑、步履匆匆。后来突然就散淡起来,四处逛着,抱着手,没事就找别人侃聊。聊到山穷水尽时,众人都无反应了,他还挑起新的话题,后来人们见了他就要躲着走。我问他,嗨,你还有没有什么正经事要做啊？他说,我做的事是再正经没有的了。我说,你一天究竟干什么呢？他说,我干的事就是不干什么。我说,天下还有这样舒服的工作吗？他说,这是工作,可是并不舒服,因为我要干的事,就是忘记。我说,忘记,也配叫一种工作吗？他说,忘记这件工作比什么事都难办呢。我以前知道很多秘密。我现在要转业了,我就要把以前的都忘记。我拼命地找别人谈话,是想加速这个过程。这就好比要在一张写满了铅笔字的纸上,再写满钢笔字,这样以前的字迹就看不清了。完全遗忘后,我就可以到新的岗位去了。

　　我说,你什么时候才能知道自己已经忘记了呢？

　　他苦笑了一下说,当我专注于忘记的时候,我就比什么时候都记得更清楚。

　　是的,我们都有这样痛不欲生的经验。当我们越想忘记一件事情的时候,其实反倒是把它放到记忆的密码箱里面了。这种时刻非常常见,同时也是非常倒霉。事情一进入了这样的恶性循环,几乎就是记忆的癌症了。那些我们期待忘却的记忆,甚至在幽暗的骨灰匣子里,依旧像一块冥顽的弹片熠熠闪光。

　　记忆不属于生理,记忆是心理的。我们的历史,就是我们的记忆。丧失记忆,将不知道自己是谁。经验就是一种心理记忆。

当遭遇陌生的境遇和挑战,我们飞快地检索,以期从记忆中找到可资借鉴的经验。感情,更是心理记忆的无价之宝。童年是记忆的滥觞之地。无论走到哪里,哪怕一无所有,因为有记忆,我们就不孤单。我们的知识,更是我们的记忆了。我们的友谊,也是记忆。没有记忆的友谊,是现代社会人际交往中的速食面,蜷曲着,散发着防腐剂的可疑味道。情感的温暖和光芒,都浓缩在记忆里面,在寒凉中弹射出金色。

记忆又是独立的。它刚直不阿,不卑躬屈膝。它兀自地游走着,不看任何人的脸色,不顾忌世态炎凉。有些人企图修改自己的记忆,但你骗得了别人,你骗不了自己。记忆在重重的谎言覆盖之下,依然保持着耿直生命的姿态,等待着复苏的时候。甚至由于这种压迫,它更清醒和更明晰了。在人所具有的所有功能之中,记忆有一种我们尚不能完全明了的强硬品格。即使是一个懦弱而充满欺诈的人,我依然相信,在他大脑的极地下,活着晴朗的记忆苔藓。它们无法长成大树,但它们有着灰绿色的生命。

记忆是诚实的。如果没有一个快乐的童年,你不可能回到从前,涂抹粉红的颜色。你需要接纳你的记忆,如同接纳你与生俱来的一切。

由于记忆的这种非凡的品格,所以,世界上很多罪恶,都是为了和记忆作对才产生的。为了对抗痛苦和迷惘,人们酗酒吸毒沉迷于种种感官的刺激。记忆丧失,是很可怕的事情。我们爱什么恨什么,喜欢什么厌恶什么,都是由我们的记忆组成的,甚至可以说是由我们的记忆控制的。记忆是我们的无冕之王,记忆是我们体内的暴君。记忆主宰着我们却又不动声色。当我们以为自己是在书写新的篇章的时候,记忆在一边暗笑。所有草稿早已打好,你不过是在一字一词地誊清。

我们活在我们的记忆里。这是一个事实。这个事实,让我们对我们的记忆肃然起敬,又心生畏惧。我们的记忆是隐形的,又是无所不在的。我们的记忆是柔软的,又是钢铁般坚硬。记忆这个东西,大象无形地左右着我们,又销声匿迹满脸无辜。

心理的记忆是无法修改的,只有重组。重组不是覆盖记忆,只是对某一特定的记忆有了新的解释。记忆是需要解释的,记忆只是一个事实。对一个司空见惯的事实,有着怎样的解释,是沉迷往事还是奋起向前的分野。

我们的记忆,不仅仅是属于每位自己的。也就是说,它不但是我这个生命存在的期间的产物,而且在我出生以前很久的势态,也深刻地影响着我的记忆。这种集体无意识,弥散在周围的空气里,分散在文化的颗粒中,被我融入自己的血液,流过生命的过程。

有一部分记忆改头换面,潜藏在心灵的地下室。它们可以沉睡多年,却不会永远甘于寂寞。当它们一旦释放出来,那可怕的能量滚滚而下,摧枯拉朽淹没一切。那时候,我们是记忆的主人,又是记忆的奴隶。在饱受记忆惠泽的同时,也会领教它出其不意的危害。记忆伴随着情感。没有情感的记忆是不牢靠和不持久的。情感是记忆的盐。机械的记忆是枯燥和干瘪的,它们轻飘飘地极易随风而逝。伴随情感的记忆是饱满和长着触角的,它们灵动地滑翔着,无数的联想就如同萤火虫似的聚拢过来。当我们以为自己是在创新的时候,只不过是记忆发生了新的组合,一些原本酣睡的记忆跳起了圆舞曲,它们如同万花筒内的玻璃晶,勾搭粘连,幻化出了莫测的图案。

如此说来,记忆既是古老的妖婆,也是婴儿的产床。记忆是兼容并蓄又是一意孤行的。人类至今无法操纵自己的记忆,这是遗憾也是福气。人类在遗忘中筛选自己最宝贵的一切。记忆特立独行的品格,是人类良知最后栖居的湿地。这里飞翔着黑白天鹅也潜伏着毒虫。

我们了解自己的记忆吗？唔，不了解。我们看不到它，只能看到它飞过天空的影子。我们由它组成，受它役使。它是国王又是仆人。它时而懒惰异常时而又伶俐无比。试问还有什么比优异的记忆力更令人羡慕的？那不仅仅是一种天赋，更是学历和坦途的保修证。还有什么比丧失记忆力更令人恐惧的？那不仅仅意味着人将混同于一株植物，更是怜悯和被抛弃的代名词。记忆就这样君临人类的天下，让我们在它的石榴裙下臣服。

　　当你为什么热泪盈眶，为什么沉默不语，为什么拔刀相助，为什么长夜无眠……凡此种种，都是你的心理记忆浮出海面的时候。搜索海下那庞大的坚冰，是你永远的工作之一。

切开忧郁的洋葱

忧郁是一只近在咫尺的洋葱,散发着独特而辛辣的味道,剥开它紧密黏黏的鳞片时,我们会泪流满面。

一位为联合国工作的朋友告诉我,她到过战火中的难民营,抱起一个小小的孩子。她紧紧地搂着这幼小的身躯,亲吻她枯燥的脸颊。朋友是一位博爱的母亲,很喜爱儿童,温暖的怀抱曾搂过无数孩子,但这一次,她大大地惊骇了。那个婴孩软得像被火烤过的葱管,萎弱而空虚。完全不知道贴近抚育她的人,没有任何欢喜的回应,只是被动地僵直地向后反张着肢体,好似一块就要从墙上脱落的白磁砖。

朋友很着急,找来难民营的负责人,询问这孩子是不是有病或是饥寒交迫,为什么表现得如此冷漠?那负责人回答说,因为有联合国的经费救助,孩子的吃和穿都没有问题,也没有病。她是一个孤儿,父母双亡。孩子缺少的是爱,从小到大,从没有人抱过她。因她不知"抱"为何物,所以不会反应。

朋友谈起这段往事,感慨地说,不知这孩子长大之后,将如何走过人生?

不知道。没有人回答。寂静。但有一点可以预见,她的性格中必定藏有深深的忧郁。

我们都认识忧郁。每一个人,在一生的某个时刻,都曾和忧郁狭路相逢。

自然界的风花雪月,人生的悲欢离合,从宋玉的悲秋之赋到绿肥红瘦的喟叹,从游子的枯藤老树昏鸦到弱女的耿耿秋灯凄凉,忧郁如同一只老狗,忠实而疲倦地追着人们的脚后跟,挥之不去。随着现代社会的发达,忧郁更成了传染的通病。"忧郁症"已经如同感冒病毒一般,在都市悄悄蔓延流行。

忧郁像雾,难以形容。它是一种情感的陷落,是一种低潮感觉状态。它的症状虽多,灰色是统一的韵调。冷漠,丧失兴趣,缺乏胃口,退缩,嗜睡,无法集中注意力,对自己不满,缺乏自信……不敢爱,不敢说,不敢愤怒,不敢决策……每一片落叶都敲碎心房,每一声鸟鸣都溅起泪滴,每一束眼光都蕴满孤独,每一个脚步都狐疑不定……

一个女大学生给我写信,说她就要被无尽的忧郁淹没了。因为自己是杀人凶手。那个被杀的人就是她的妈妈。她说自己从三岁起双手就沾满了母亲的鲜血,因为在那一天,妈妈为了给她买一支过生日的糖葫芦,横穿马路,倒在车轮下……

"为此,我怎能不忧郁?忧郁必将伴我一生!"信的结尾处如此写着,每一个字,都被水洇得像风中摇曳的蓝菊。

说来这女孩子的忧郁,还属于忧郁中比较谈得清的那种,因为源于客观,重要人物的失落而引起,在某种程度上,是我们不得不面对的痛苦反应。更有那说不清道不明的忧郁,树蚕一样噬咬着我们的心,并用重重叠叠的愁丝,将我们裹得筋骨蜷缩。

忧郁这种负面情感的源头,是个体对于失落的反应。由于丧失,所以我们忧郁。由于无法失而复得,所以我们忧郁。由于从此成为永诀,所以我们忧郁。由于生命的一去不返,所以我们忧郁。

从这种意义上讲,忧郁几乎是人类这种渺小的动物,面对宇宙苍穹时,与生俱来的恐惧,所以我们无法从根本上消除忧郁。我相信凡有人类生存的日子,我们就要和忧郁为朋,虽然我们不喜欢,但我们必须学会与忧郁共舞。

正因为这种本质上的忧郁,所以我们才要在有限的生存岁月中,挑战忧郁,让我们自己生活得更自由,更欢愉,更勃勃生气。

失落引发忧郁。当我们分析忧郁的时候,首先面对的是失落。细细想来,失落似可分为不同性质的两大类。一是目前发生的真实与外在的失落,可以被我们确认并加以处理的。比如失去父母,失去朋友,失去恋人,失去工作,失去金钱,失去股票,失去名声,失去房产,失去自信等等,惨虽惨矣,好歹失在明处,有目共睹。

二是源自自我发展的早期便被剥夺,或严重的失望经验,导致内在的深刻失落感觉。这话说起来很拗口,其实就是失在暗地,失得糊涂,失得迷惘,失在生命入口端的混沌处。你确切无疑地丢失了,却不知遗落在哪一地驿站?

这可怕的第二种失落,常常是潜意识的,表明在我们的儿童期,有着不同程度的缺憾和损失。因为我们未曾得到醇厚的爱,或因这爱的偏颇,使我们的内心发展受阻。因为幼小,我们无法辨析周围复杂的社会,导致丧失了对他人的信任,并在这失望中开始攻击自己。如同联合国那位朋友所抱起的女婴,她已不知人间有爱,她已不会回报爱与关切。在这种凄楚中长大的孩子,常常自我谴责与轻贱,认为自己不可爱,无价值,难以形成完整高尚的尊严感。

过度的被保护和溺爱,也是一种失落。这种孩子失落的是独立与思考,他们只有满足的经验,却丧失了被要求负责的勇气,丧失了学会接受考验和失败的能力,丧失了容纳失望的胸怀。一句话,他们在百般呵护下,残障了自我的成长性和控制力的发展。他们的脑海深处永远藏着一个软骨的啼哭的婴孩,因为愤怒自己的无力,并把这种无能感储入内心,因而导致无以名状的忧郁。

人的一生，必须忍受种种失落。就算你早年未曾失父失母失学失恋，就算你一帆风顺平步青云，你也必得遭遇青春逝去韶华不再的岁月流淌，你也必得纳入体力下降记忆衰退的健康轨道，你也必有红颜易老退休离职的那一天，你也必得遵循生老病死新陈代谢的铁律。到了那一刻，你是否有足够的弹性，抵御忧郁？

　　还有一种更潜在的忧郁，是因为我们为自己立下了不可达到的高标准，产生了难以满足的沮丧感。这种源自认定自我罪恶的忧郁症状，是与外界无关的，全需我们自我省察，挣脱束缚。

　　忧郁的人往往是孤独的，因为他们的自卑与自怜。忧郁的人往往互相吸引，因为他们的气味相投。忧郁的人结为夫妻，多半不得善终，因为无法自救亦无力救人。忧郁的人往往易于崩溃，因为他们哀伤更因为他们羸弱绝望。

　　难民营的婴儿，不知你长大后，能否正视自己的童年？失却的不可复来，接受历史就是智慧。记忆中双手沾着血迹的女大学生，你把那串猩红的糖葫芦永远抛掉吧，你的每一道指纹都是洁白的，你无罪。母亲在天国向你微笑。

　　不要嘲笑忧郁，忧郁是一种面对失落的正常。不要否认我们的忧郁，忧郁会使我们成长。不要长久地被忧郁围困，忧郁会使我们萎缩。不要被忧郁吓倒，摆脱了忧郁的我们，会更加柔韧刚强。

呵 护 心 灵

那一年我十七岁,在西藏雪域的高原部队当卫生兵,具体工作是做化验员。

雪山上的条件很差,没有电,许多医学仪器都不能用。化验血的时候,只有凭着眼睛和手做试验,既辛苦,也不易准确。

一天,一个小战士拿了一张化验单找我,要求做一项很特别的检查。医生怀疑他得了一种很古怪的病,这个试验可以最后确诊。

试验的做法是:先把病人的血抽出来,快速分离出血清。然后在五十六摄氏度的情形下,加温三十分钟。再用这种血清做试验,就可以得出结果来了。

我去找开化验单的医生,说,这个试验我做不了。

医生问:为什么?

我说,你想啊,整整半个小时,要求五十六摄氏度分毫不差。要是有电暖箱,当然简单了。机器的指针旋钮一应俱全,把温度和时间定死,一按电钮,就开始加温。时间到,红色指示灯就亮了,大功告成。但是没有电,你就抓瞎没办法。我又不能像个老母鸡似的把血标本揣在身上加温。就算我乐意干,人的体温也不到五十六摄氏度啊。

医生说,化验员,想想办法吧。要是没有这个化验的结果,一切治疗都是盲人摸象。

我是一个好心加耳朵软的女孩。听了医生的话,本着对病人负责的精神,仔细琢磨了半天,想出一个笨法子,就答应了医生的请求。

那个战士的胳膊比红蓝铅笔粗不了多少,抽血的时候面色惨白,好像是把他的骨髓吸出来了。

前面的步骤都很顺利,我开始对血清加热。

我点燃一盏古老的印度油灯,青烟缭绕如丝,好像有童话从雪亮的玻璃罩子里飘出。柔和的茄蓝色火焰吐出稀薄的热度,将高原严寒的空气炙出些微的温暖。我特意做了一个铁架子,支在油灯的上方。架子上安放一只盛水的烧杯,杯里斜插一根水温计,红色的汞柱好像一条冬眠的小蛇,随着水温的渐渐升高而舒展身躯。

当烧杯水温到达五十六摄氏度的时候,我手疾眼快地把盛着血清的试管放入水中,然后双眼一眨不眨地盯着温度计。当温度升高的时候,就把油灯向铁架子的边缘移动。当水温略有下降的趋势,就把火焰向烧杯的中心移去,像一个烘烤面包的大师傅,精心保持着血清温度的恒定……

说实话,这个活儿真是乏味透顶。凝然不动的玻璃器皿,枯燥单调地搬移油灯,好像和一个三岁小孩下棋,你既不能赢又不能输,只能像木偶一样机械动作……

时间艰难地在油灯的移动中前进,大约到了第二十八分钟的时间,一个好朋友推门进了化验室。她看我目光炯炯的样子,大叫了一声说:你不是在闹鬼吧,大白天点了一盏油灯!

我瞪了她一眼说,我是在全心全意地为病人服务,正像孵小鸡一样地给血清加温呢!

她说,什么血清?血清在哪里?

我说,血清就在烧杯里啊。

我用目光引导着她去看我的发明创造。当我注视到水银计的时候,看到红线已经膨胀到七十摄氏度的范畴,劈手捞出血清试管。就在我说这一句话的工夫，原本像澄清茶水一般流动的血清，已经在热力的作用下，凝固得像一块古旧的琥珀。

完了！血清已像鸡蛋一样被我煮熟，标本作废，再也无法完成试验。

我恨不得将油灯打得粉碎。但是油灯粉身碎骨也于事无补，我不该在关键的时刻信马由缰。现在面临的问题是我该怎么办？空白化验单像一张问询的苦脸，我不知填上怎样的答案。

最好的办法是找病人再抽上一管鲜血，一切让我们重新开始。但是病人惜血如命，我如何向他解释理由？就说我的工作失误了吗？那是多么没有面子的事情！人人都知道我是一个尽职尽责的好化验员，这不是自己抹黑吗？

想啊想，我终于设计出了如何对病人说。

我把那个小个子兵叫来，由于对疾病的恐惧，他如惊弓之鸟战战兢兢。

我不看他的脸，压抑着自己的心跳，用一个十七岁女孩可以装出的最大严肃对他说：我已经检查了你的血，可能……

他的脸刷地变成霜地，颤抖着嗓音问，我的血是不是有问题？我是不是得了重病？

等待检查结果的病人都如履薄冰。我虽然年轻，也很懂得利用这种心理。

这个……你知道像这样的检查，应该是很慎重的，单凭一次结果很难下最后的结论……

说完这句话，我故意长时间地沉吟着，一副模棱两可的样子，让他在恐惧的炭火中慢慢煎熬。直到相信自己已罹患重疾。

他瘦弱的头颅点得像啄木鸟，说，我给您添了麻烦，可是得了这样的病，没办法……

我说，我不怕麻烦，只是本着对你负责，对你的病负责，还要为你复查一遍，结果才更可靠。

他苍白的脸立刻充满血液,眼里闪出星星点点的水斑。他说,化验员,真是太谢谢啦,想不到你这样年轻,心地这样好,想得这么周到。

小个子兵说着,几乎是迫不及待地撸起袖子,露出细细的臂膀,让我再次抽他的血。

我心里窃笑着,脸上还做出不情愿的样子,很矜持地用针头扎进他的血管。这一回,为了保险,我特意抽了满满的两大管鲜血,以防万一。

古老的油灯又一次青烟缭绕,我自始至终都不敢大意,终于取得了结果。

他的血清呈阴性反应。也就是说——他没有病。

再次见到小个子兵的时候,他对我千恩万谢。他说,化验员啊,你可真是认真啊。那一次通知我复查,我想一定是我有病,吓死我了。这几天,我思前想后,把一辈子的事想过了一遍。幸亏又查了两次,证明我没病。你为病人真是不怕辛苦啊!

我抿着嘴不吭声。

后来领导和同志们知道了这件事,都夸我工作认真并谦虚谨慎。

在以后很长的时间里,我都为自己当时的灵动机智而得意。

我的年纪渐长,青春离我远去。机体像奔跑过久的拖拉机,开始穿越病魔布下的沼泽。有一天,当我也面临重病的笼罩,我对最后的化验结果望穿秋水的时候,我才懂得了自己当年的残忍。我对医生的一颦一笑察言观色,我千百次地咀嚼护士无意的话语。我明白了当人们忐忑在生死的边缘时,心灵是多么的脆弱。

为了掩盖自己一个小小的过失,不惜粗暴地弹拨病人弓弦般紧张的神经,我感到深深的懊悔。

假如今天我出了这样的疏忽,我会充满歉意地对小个子兵

1990年，全家福

妈妈捧着我的奖杯

说,对不起,因为我的粗心,那个试验做坏了。现在我来重新做。

我想他也许会发脾气的,斥责我的不负责任。按照四川人的火爆脾气,大骂几句也有可能。我会安静地倾听他的愤怒,直到他心平气和的那一瞬。我相信他还会撸起袖子,让我从他比红蓝铅笔粗不了多少的胳膊上抽血……也许他会对别人说我是一个蹩脚的化验员,我会微笑着不做任何解释。

我们可以吓唬别人,但不可吓唬病人。当我们患病的时候,精神是一片深秋的旷野。无论多么轻微的寒风,都会引起萧萧黄叶的凋零。

让我们像呵护水晶一样呵护病人的心灵。

造　　心

蜜蜂会造蜂巢。蚂蚁会造蚁穴。人会造房屋、机器，造美丽的艺术品和动听的歌。但是，对于我们最重要最宝贵的东西——自己的心，谁是它的建造者？

孔雀绚丽的羽毛，是大自然物竞天择造出的。白杨笔直刺向碧宇，是密集的群体和高远的阳光造出的。清香的花草和缤纷的落英，是植物吸引异性繁衍后代的本能造出的。卓尔不群坚韧顽强的性格，是秉赋的优异和生活的历练造出的。

我们的心，是长久地不知不觉地以自己的双手，塑造而成的。

造心先得有材料。有的心是用钢铁造的，沉黑无比。有的心是用冰雪造的，高洁酷寒。有的心是用丝绸造的，柔滑飘逸。有的心是用玻璃造的，晶莹脆薄。有的心是用竹子造的，锋利多刺。有的心是用木头造的，安稳麻木。有的心是用红土造的，粗糙朴素。有的心是用黄连造的，苦楚不堪。有的心是用垃圾造的，面目可憎。有的心是用谎言造的，百孔千疮。有的心是用尸骸造的，腐恶熏天。有的心是用眼镜蛇唾液造的，剧毒凶残。

造心要有手艺。一只灵巧的心，缝制得如同金丝荷包。一罐古朴的心，淳厚得好似百年老酒。一枚机敏的心，感应快捷电光石火。一颗潦草的心，门可罗雀疏可走马。一滩胡乱堆就的心，乏善可陈杂乱无章。一片编织荆棘的心，暗设机关处处陷阱。一道半是细腻半是马虎的心，好似白蚁蛀咬的断堤。一朵绣花枕头内里虚空的心，是假冒伪劣心界的水货。

造心需要时间。少则一分一秒，多则一世一生。片刻而成的大智大勇之心，未必就不玲珑。久拖不绝的谨小慎微之心，未必就很精致。有的人，小小年纪，就竣工一颗完整坚实之心。有的人，须发皆白，还在心的地基挖土打桩。有的人，半途而废不了了之，把半成品的心扔在荒野。有的人，成百里半九十，丢下不曾结尾的工程。有的人，精雕细刻一辈子，临终还在打磨心的剔透。有的人，粗制滥造一辈子，人未远行，心已灶冷坑灰。

心的边疆，可以造得很大很大。像延展性最好的金箔，铺设整个宇宙，把日月包涵。没有一片乌云，可以覆盖心灵辽阔的疆域。没有哪次地震火山，可以彻底颠覆心灵的宏伟建筑。没有任何风暴，可以冻结心灵深处喷涌的温泉。没有某种天灾人祸，可以在秋天，让心的田野颗粒无收。

心的规模，也可能缩得很小很小，只能容纳一个家，一个人，一粒芝麻，一滴病毒。一丝雨，就把它淹没了。一缕风，就把它粉碎了。一句谎言，就让它痛不欲生。一个阴谋，就置它万劫不复。

心可以很硬，超过人世间已知的任何一款金属。心可以很软，如泣如诉如绢如帛。心可以很韧，千百次的折损委屈，依旧平整如初。心可以很脆，一个不小心，顿时香消玉碎。

造心的时候，可以有很多讲究和设计。

比如预埋下一处心灵的生长点，像一株植物，具有自动修复、自我养护的神奇功能。心受了创伤，它会挺身而出，引导心的休养生息，在最短的时间内，使心整旧如新。

比如高高竖起心灵的避雷针，以便在危急时刻，将毁灭性的灾难导入地下，耐心等待雨过天晴。

比如添加防震防爆的性能，在心灵遭受短时间高强度的残酷打击下，举重若轻，镇定地维持蓬勃稳定。

比如……

优等的心,不必华丽,但必须坚固。因为人生有太多的压榨和当头一击,会与独行的心灵,在暗夜狭路相逢。如果没有精心的特别设计,简陋的心,很易横遭伤害一蹶不振,也许从此破罐破摔,再无生机。没有自我康复本领的心灵,是不设防的大门。一汪小伤,便漏尽全身膏血。一星火药,便烧毁绵延的城堡。

心为血之海,那里汇聚着每个人的品格智慧精力情操,心的质量就是人的质量。有一颗仁慈之心,会爱世界爱人爱生活,爱自身也爱大家。有一颗自强之心,会勤学苦练百折不挠,宠辱不惊大智若愚。有一颗尊严之心,会珍惜自然善待万物。有一颗流量充沛羽翼丰满的心,会乘上幻想的航天飞机,抚摸月亮的肩膀。

造心是一项艰难漫长的工程,工期也许耗时一生。通常是母亲的手,在最初心灵的模型上,留下永不消退的指纹。所以普天下为人父母者,要珍视这一份特别庄重的义务与责任。

当以我手塑我心的时候,一定要找好样板,郑重设计,万不可草率行事。造心当然免不了失败,也很可能会推倒重来。不必气馁,但也不可过于大意。因为心灵的本质,是一种缓慢而精细的物体,太多的揉搓,会破坏它的灵性与感动。

造好的心,如同造好的船。当它下水远航时,蓝天在头上飘荡,海鸥在前面飞翔,那是一个神圣的时刻。会有台风,会有巨涛。但一颗美好的心,即使巨轮沉没,它的颗粒也会在海浪中,无畏而快乐地燃烧。

忍 受 快 乐

忍受快乐。

这个提法,好像有点不伦不类。快乐啊,好事么,干吗还要用忍受这个词?习惯里,忍受通常是和痛苦、饥寒交迫、水深火热联系在一起的。

忍受是什么呢?是一种咬紧嘴唇苦苦坚持的窘迫,是一种打落牙齿和血吞下的痛楚,是一种巴望减弱祈祷消散的呻吟,是一种狭路相逢听天由命的无奈。

如果是忍受灾害,似乎顺理成章。忍受快乐,岂不大谬?天下会有这种人?人们惊愕着,以为这是恶意的玩笑和粗浅的误会。

环顾四周,其实不欢迎快乐的人比比皆是。不信,你睁大了眼睛,仔细观察一下当快乐不期而至的时候,大多数人们的惊慌失措吧。

最具特征的表现是:对快乐视而不见。在这些人的心底,始终有一股冷硬的声音在回响——你不配拥有……这是过眼烟云……好景终将飘逝……此刻是幻觉……人生绝非如此……啊!我太不习惯了,让这种情形快点过去吧……

我们姑且称这种心绪为——快乐焦虑症。

这奇怪的病症是怎样罹患的?

许多年前,我从雪域西藏回北京探家,在车轮上度过了二十天时光。最终到家,结束颠沛流离之后,很有几天的时间,我无法适应凝然不动的大地。当我的双脚结结实实地踩在土地上的时候,感觉怪诞和恐慌。我焦灼不安地认为,只有那种不断晃动和起伏的颠簸,才是正常的。

你看,经历就是这么轻易地塑造一个人的感受和经验。当我们与快乐隔绝太久,当我们在凄苦中沉溺太深的时候,我们往往在快乐面前一派茫然。这种陌生的感觉,本能地令我们拒绝和抵抗。当我们把病态看成了常态时,常态就成了洪水猛兽。

一些人,对快乐十分隔膜。他们习惯于打拼和搏斗,竟不识天真无邪的快乐为何物。他们对这种美好的感觉,是那样骇然和莫名其妙,他们祷告它快快过去吧,还是沉浸在争执的旋涡中更为习惯和安然。

还有一些人,顽固地认为自己注定不会快乐。他们从幼年起,就习惯了悲哀和苦痛。他们不容快乐的现实来打扰自己,不能胜任快乐的重量和体积。他们更习惯了叹息和哀怨。甚至发展到只有在凄惨灰色的氛围里,才有变态的安全感。那实际上是一种深深的忧虑造成的麻痹和衰败,他们丧失了宁静地承接快乐的本能。

他甚至执拗地蒙起双眼,当快乐降临的时候,不惜将快乐拒之门外。他们已经从快乐焦虑症发展到了快乐恐惧症。当快乐敲门的时候,他们会像寒战一般抖起来。当快乐失望地远去之后,他们重新坠入喑哑的泥潭中,熟悉地昏睡了。

常常有人振振有词地说,我不接受快乐,是因为我不想太顺利了。那样必有灾祸。

此为不善于享受快乐的经典论调之一,快乐就是快乐,它并不是灾祸的近亲,和灾祸有什么血缘的关系?快乐并不是和冲昏头脑想入非非必然相连。灾祸的发生自有它的轨迹,和快乐分属不同的子目录。中国有句古话,叫做乐极生悲。我相信世上一定有这种偶合,在快乐之后,紧跟着就降临了灾难。但我要说,那并不是快乐引来的厄运,而是灾难发展到了浮出海面的阶段。灾难的力量在许多因素的孕育下,自身已然强大。越是在这种情形下,我们越是要珍惜快乐,因为它的珍贵和短暂。只有充分地享受快乐,我们才有战胜灾难的动力和勇气。

许多人缺乏忍受快乐的容量,怕自己因为享受了快乐,而触怒了什么神秘的力量,怕受到天谴,怕因为快乐而导致了自己的毁灭。

快乐本身是温暖和适意的,是欢畅和光亮的,是柔润和清澈的,同时也是激烈和富有冲击力的。

由于种种幼年和成年的遭遇,有人丢失了承接快乐的铜盘,双手掬起的只是泪水。这不是他们的过错,但是他们永久的悲哀。他们不敢享受快乐,他们只能忍受。当快乐来临的时候,他们手足无措,举止慌张。甚至以为一定是快乐敲错了门,应该到邻居家串门的,不知怎么搞差了地址。快乐美丽的笑脸把他们吓坏了。他们在快乐面前,感到不大自在,赶紧背过身去。快乐就寂寞地遁去。

快乐是一种心灵自在安详的舞蹈,快乐是给人以爱自己也同时享有爱的欢愉的沐浴,快乐是身心的舒适和松弛,快乐是一种和谐的宁静。

当我们奔波颠簸跳荡狂躁得太久之后,我们无法忍受突然间的安稳和寂静。我们在无边无际的喧闹中,遗失了最初的感动,我们已忘怀大自然的包容和涵养。我们便不再快乐。

很多人不敢接受快乐的原因,是觉得自己不配快乐。这真是一个奇怪的逻辑。快乐是属于谁的呢?难道不是像我们的手指和眉毛一样,是属于我们自身的吗?为什么让快乐像一个无人认领的孤儿,在路口徘徊?

人是有权快乐的。甚至可以说,人就是为了享受心灵的快乐,才努力和奋斗,才与人交往和发展。如果这一切只是为了增加苦难,我们还有什么理由为此奋斗不息?

人是可以独自快乐的,因为人的感觉不相通。既然没有人能代替我们切肤之痛的苦恼,也就没有人能指责我们的独自快乐。不要以为快乐是自私的,当我们快乐的时候,我们就播种快乐的种子。我们把快乐传染给周围的人,我们善待周围的世界,这又怎么能说快乐是自私的呢?

当我们不接纳快乐的时候,我们实际上是不尊重自己,不相信自己,不给自己留下美好驰骋和精神升腾的空间。

快乐是一种无拘无束的展翅翱翔,快乐是一种淋漓尽致的挥洒泼墨,快乐是一种两情相依,快乐是一种生死无言。

对于快乐,如同对待一片丰美的草地,不要忍受,要享受。享受快乐,就是享受人生。如果快乐不享受,难道要我们享受苦难?即便苦难过后,给我们留下经验的贝壳,当苦难翻卷着白色的泡沫的时候,也是凶残和咆哮的。

快乐是我们人生得以有所附丽的红枫叶。快乐是羁绊生命之旅的坚韧缰绳。当快乐袭来的时候,让我们欢叫,让我们低吟,让我们用灵魂的相机摄下这些瞬间,让我们颔首微笑地分享它悠远的香气吧!

忍受快乐,是一种怯懦。享受快乐,是一种学习。

珍惜愤怒

小时候看电影,虎门销烟的英雄林则徐在官邸里贴一条幅"制怒"。由此知道怒是一种凶恶而丑陋的东西,需要时时去制服它。

长大后当了医生,更视怒为健康的大敌。师传我,我授人;怒而伤肝,怒较之烟酒对人为害更烈。人怒时,可使心跳加快,血压升高,瞳孔散大,寒毛竖紧……一如人们猝然间遇到老虎时的反应。

怒与长寿,好像是一架跷跷板的两端,非此即彼。

人们渴望强健,人们于是憎恶愤怒。

我愿以我生命的一部分为代价,换取永远珍惜愤怒的权利。

愤怒是人的正常情感之一,没有愤怒的人生,是一种残缺。当你的尊严被践踏,当你的信仰被玷污,当你的家园被侵占,当你的亲人被残害,你难道不滋生出火焰一样的愤怒吗?当你面对丑恶面对污秽,面对人类品质中最阴暗的角落,面对黑夜里横行的鬼魅,你难道能压抑住喷薄而出的愤怒吗?!

愤怒是我们生活中的盐。当高度的物质文明像软绵绵的糖一样簇拥着我们的时候,现代人的意志像被泡酸了的牙一般软弱。小悲小喜缠绕着我们,我们便有了太多的忧郁。城市人的意志脱了钙,越来越少倒拔垂杨柳强硬似铁怒目金刚式的愤怒,越来越少见幽深似海水波不兴却孕育极大张力的愤怒。

没有愤怒的生活是一种悲哀。犹如跳跃的麋鹿丧失了迅速奔跑的能力,犹如敏捷的灵猫被剪掉胡须。当人对一切都无动于衷,当人首先戒掉了愤怒,随后再戒掉属于正常人的所有情感之后,人就在活着的时候走向了永恒——那就是死亡。

我常常冷静地观察他人的愤怒,我常常无情地剖析自己的愤怒,愤怒给我最深切的感受是真实,它赤裸而新鲜,仿佛那颗勃然跳动的心脏。

喜可以伪装,愁可以伪装,快乐可以加以粉饰,孤独忧郁能够掺进水分,唯有愤怒是十足成色的赤金。它是石与铁撞击一瞬痛苦的火花,是以人的生命力为代价锻造出的双刃利剑。

喜更像是一种获得,一种他人的馈赠。愁则是一枚独自咀嚼的青橄榄,苦涩之外别有滋味。唯有愤怒,那是不计后果不顾代价无所顾忌的坦荡的付出。在你极度愤怒的刹那,犹如裂空而出横无际涯的闪电,赤裸裸地裸露了你最隐秘的内心。于是,你想认识一个人,你就去看他的愤怒吧!

愤怒出诗人,愤怒也出统帅,出伟人,出大师,愤怒驱动我们平平常常的人做出辉煌的业绩。只要不丧失理智,愤怒便充满活力。

怒是制不服的;犹如那些最优秀的野马,迄今没有任何骑手可以驾驭它们。愤怒是人生情感之河奔泻而下的壮丽瀑布,愤怒是人生命运之曲抑扬起伏的高亢音符。

珍惜愤怒,保持愤怒吧! 愤怒可以使我们年轻。纵使在愤怒中猝然倒下,也是一种生命的壮美。

保 持 惊 奇

惊奇,是天性的一种流露。

生命的第一瞬就是惊奇。我们周围的世界,为什么由黑暗变得明朗?周围为什么由水变成了气?温度为什么由温暖变得清凉?外界的声音为何如此响亮?那个不断俯视我们亲吻我们的女人是谁?

从此我们在惊奇中成长。

这个世界上,有多少值得惊奇的事情啊。苹果为什么落地,流星为什么下雨,人为什么兵戎相见,史为什么世代更迭……

孩子大睁着纯洁的双眼,面对着未知的世界,不断地惊奇着,探索着,在惊奇中渐渐长大。

惊奇是幼稚的特权,惊奇是一张白纸。

但人是不可以总是惊奇着的。在生命的某一个时辰,你突然因为你的惊奇,遭逢尴尬与嘲笑。你惊奇地发现——惊奇在更多的时候,是稚弱的表现,是少见多怪的代名词,是一种原始蛮荒的状态。

对于我们这个崇尚见怪不怪其怪自败尊重老练成熟的民族心理中,惊奇是如胎发一般的标志。

你想成功吗?你首先须成功地把自己的惊奇掩盖起来。

我们的辞典里,印着许多诸如"处变不惊"、"荣辱不惊"的词汇,使"不惊"镀着大将风度的金辉,而"惊"则屈于永久的贬义。

翻那辞典,后面更有了"惊慌失措"、"大惊失色"、"惊恐万分"的形容,"惊"堕落着,简直就是怯懦、退缩、畏葸的同义语了。

于是人们开始厌恶惊奇。你想做大事吗？一个必备的基本功,就是训练自己丧失惊奇。

你看到爱情远不是传说中那般纯洁,你不要惊奇。

你看到生活远没有书本上描写的那么美好,你不要惊奇。

你看到友谊根本不是故事中那般忠诚,你不要惊奇。

你看到日子绝不如想象中那般绚烂,你不要惊奇……

如果你惊奇了,你就违反了一条透明的规则,会遭到别人阳光下或是暗影里的嘲笑:这个孩子还嫩着呢。

你在一次次碰壁后省悟到:即使你对这个世界还一知半解,你还搞不清问题的全部,但有一点你现在就能做到——那就是——埋葬你的惊奇。

你看到丑恶,假装没有看到,依旧面不改色谈笑风生,人们就会送你人情练达的评价。你听到秽闻,仿佛在那一刻患了突发性的耳聋,脸上毫无表情,人们会感觉你老于世故可以信赖。你被美丽美好美妙的景色感动,只可以默默地藏在心底,脸上切不可露出少见多怪的惊异,人们就会以为你少年老成,有大谋略大气魄,是可做将帅的优良材料。你碰到可歌可泣的人间至情,要把心肠练得硬如钻石,脸不变色心不跳。就算真搅得肝肠寸断,只可夜晚躲在无人处暗自咀嚼,切不可叫人觑了去,落得个柔情寡断的罪名……

现代社会是一只飞速旋转的风火轮,把无数信息强行灌输给我们。见多不怪,我们的心灵渐渐在震颤中麻痹,更不消说有意识地掩饰我们的惊讶,会更猛烈地加速心灵粗糙。在纷繁的灯红酒绿和人为的打磨中,我们必将极快地丧失掉惊奇的本能。

于是我们看到太多矜持的面孔。我们遭遇无数微笑后面的冷淡。我们把惊奇视作一种性格缺憾,我们以为永不惊讶才是人生的至高境界。

细细分析起来,"惊奇"是由两部分组成的,先有了"惊",其次才是"奇"。如果说"惊"属于一种对陌生事物认识局限的愕然,"奇"则是对未知事物积极探讨的萌芽了。

否认了"惊",就扼杀了它的同胞兄弟。我们将在无意之中,失去众多丰富自己的机遇。

假如牛顿不惊奇,他也许就把那个包裹着真理的金苹果,吃到自己的小肚子里面了。人类与伟大的万有引力相逢,也许还要迟滞很多年。

假如瓦特不惊奇,水壶盖噗噗响着,一个划时代的发现,就蒸发到厨房的空气中了。我们的蒸汽火车头,也许还要在牛车漫长的辙道里蹒跚亿万公里。

即使对普通人来说,掩盖惊奇,也易闹笑话。一位乡下朋友,第一次住进城里的宾馆。面对盥洗室里那些式样别致的洁具,他想不通人洗一个脸,何至于要如此麻烦。他不会使用这些物件,本来请教一下服务小姐,也就迎刃而解了。可是他不想暴露自己的惊奇,就用地上一个雪白的盛着半盆水的瓷器,洗了脸。后来他才知道,那是马桶。

这当然是一个极端的例子了。我之所以把它写在这里,绝无幸灾乐祸之意。现代社会令人眼花缭乱,每个人在某种意义上说,都是孤陋寡闻的。你在你的行业里是专家里手,在其他领域,完全可能是白痴。这不是羞愧的事情,坦率地流露惊奇,表示自己对这一方面的无知以及求知的探索,是一种可嘉的勇气。

我认识一位老人,一天兴致勃勃地同我探讨电脑的种种输入方法。他整整八十二岁了,肾脏功能已经衰竭,我坚信他这一辈子也不可能在电脑键盘上敲出一个字。他在自己的专业范畴里,是一位德高望重的长者,但对电脑的理解多有谬误,就连我这个二把刀也听出了许多破绽。但是老人家充满探索之光的惊奇的眼神,却在这一瞬像探照灯一样扫过我的灵魂。面对他青筋暴突微微颤抖的手,我想,不知我这一生可否活得这样高寿?不论我生命的历程有多长,我一定要记得这目光炯炯的惊奇,学习他对世界的这份挚爱。绝不仅仅沉浸在熟悉的航道,始终保持对辽阔海域的探索,直到我最后一次呼吸。

惊奇是一种天然,而不是制造出来的。它是真情实感的火花。一块滚圆的鹅卵石,便不再会惊讶江河的波涛。惊奇蕴涵着奋进的活力。

惊奇不仅仅是幼稚,惊奇不仅仅是无知,惊奇是在它们基础上的深化和挺进。

你既然惊奇了,你就要探索这奥妙。你既然惊奇了,你就不能仅仅止于惊奇。爱好惊奇的人,也须惊奇将惊奇转化为平凡。消灭惊奇的过程,也就是学习的过程,惊奇在熟悉中淡化,才干在惊奇中成长。

世界是没有止境的,惊奇也是没有止境的。惊奇是流动的水,它使我们的思想翻滚着,散发着清新,抗拒着腐烂。

在城市里待得久了,常常使我们丧失惊奇的本能。我们鳝一样滑行着,浑身粘满市侩的黏液。

到自然中去,造化永远给我们以大惊喜。和寥廓的宇宙相比,个人的得失是怎样的微不足道啊。不要小看山水的洗涤,假如真正同天地对一次话,我们定会惊奇自己重新获得活力。

如果无法到自然中去,就同与自己没有利害关系的从小的朋友,做一次促膝的谈心。利害关系这件事,实在是交友的大敌。我不相信有永久的利益,我更珍视患难与共的友谊。长留史册的,不是锱铢必较的利益,而是肝胆相照的情分。和朋友坦诚的交往,会使我们留存着对真情的敏感,会使我们的眼睛抹去云翳,心境重新开朗,惊奇就在这清明的心境中,翩翩来临了。

假如既没有自然可以依傍,又没有朋友可以信赖,真是人生的大憾事。只有在静夜中同自己对话,回忆那些经历中最美好的片段,温习曾经使心灵震撼的镜头。它也许是很小的一朵旷野花,也许是冬天的一盏红灯笼,也许是苍茫的大漠暮色,也许是雄浑激荡的乐曲……总之那是独属于你的一份秘密,只有你才知道它对于你的惊奇的意义。古语说:学而时习之,不亦说乎。复习以往我们情感中最精彩的片段,常常会使我们整旧如新。

保持惊奇,我常常这样对自己说。它是一眼永不干涸的温泉,会有汩汩的对于世界的热爱,蒸腾而起,滋润着我们的心灵。

附耳细说

韩国的古书,说过一个小故事。

一位名叫黄喜的相国,微服出访,路过一片农田,坐下来休息。瞧见农夫驾着两头牛正在耕地。便问农夫,你这两头牛,哪一头更棒呢?农夫看着他,一言不发。等耕到了地头,牛到一旁吃草,农夫附在黄喜的耳朵边,低声细气地说,告诉你吧,边上那头牛更好一些。黄喜很奇怪,问,你干吗用这么小的声音说话?农夫答道,牛虽是畜类,心和人是一样的。我要是大声地说这头牛好那头牛不好,它们能从我的眼神手势声音里分辨出来我的评论,那头虽然尽了力,但仍不够优秀的牛,心里会很难过……

由此想到人。想到孩子,想到青年。

无论多么聪明的牛,都不会比一个发育健全的人,哪怕是稍明事理的儿童,更敏感和智慧。对照那个对牛的心理体贴入微的农夫,世上做成人做领导做有权评判他人的人,是不是经常在表扬或批评的瞬间,忽略了一份对心灵的抚慰?

父母常常以为小孩子是没有或是缺乏自尊心的。随意地大声呵斥他们,为了一点小小的过错,唠叨不止。不管是什么场合,有什么人在场,只顾自己说得痛快,全然不理会小小的孩子是否承受得了。以为只要是良药,再苦涩,孩子也应该脸不变色心不跳地吞下去,孩子越痛苦,越说明对这次教育的印象深刻,越能够起到举一反三的效力。

这样的父母,实在是想错了。

2000年，在阿里山

2005年，在青海日月山

能够约束人们不再重蹈覆辙的唯一缰绳,是内省的自尊和自制。它的本质是一种对自己的珍惜和对他人的敬重,是对社会公有法则的遵守与服从。如果一个孩子从小就在无穷的心理折磨中丧失了尊严,无论他今后所受的教育如何专业,心理的阴暗和残缺很难弥补,人格潜伏着巨大危机。

人们常常以为只有批评才须注重场合,若是表扬,在任何时机任何情形下都是适宜的,这也是一个误区。

批评就像是冰水,表扬好比是热敷,彼此的温度不相同,但都是疗伤治痛的手段,批评往往能使我们清醒,凛然一振,深刻地反省自己的过失,迸发挺进的激奋。表扬则像温暖宜人的淋浴,使人血脉贲张,意气风发,产生勃兴向上的豪情。

但如果是在公众场合的批评和表扬,除了直接对对象的鞭挞和鼓励,还会涉及同时聆听的他人的反应。更不消说领导者常用的策略往往是这样:对个别人的一般也是对大家的批评,对某个人的表扬更是对大多数人的无言鞭策。至于做父母的,当着自家的孩子,频频提到别人孩子的品行作为,无论批评还是表扬,再幼稚的孩子也都晓得,更是醉翁之意不在酒的含沙射影。

批评和表扬永远是双刃的剑。使用得好,犀利无比,斩出一条通达的道路,使我们快速向前。使用得不当,就可能伤了自己也伤了他人,滴下一串串淋漓的鲜血。

我想,对于孩子来说,凡是隶属天分的那一部分,无论是表扬还是批评,都不必过多地拘泥于此。就像玫瑰花的艳丽和小草的柔弱,都有浓重的不可抵挡的天意蕴藏其中,无论其个体如何努力,可改变的幅度不会很大,甚至丝毫无补。玫瑰花绝不会变成绿色,小草也永无芬芳。

人也一样。我们许多与生俱来的特质,每个人都是不同的。比如相貌,比如身高,比如气力的大小,比如智商的高低……在这一范畴里,都大可不必过多地表扬或是批评。夸奖这个小孩子是如何的美丽,那个又是如何的聪明,不但无助于让他人有的放矢地学习,把别人的优点化为自己的长处,反倒会使没有受表扬的孩子滋生出满腔的怨怼,使那受表扬者繁殖出莫名的优越。批评也是一样,奚落这个孩子笨,嘲笑那个孩子傻,他们自己无法选择换一副大脑或是神经,只会悲观丧气也许从此自暴自弃。旁的孩子在这种批评中无端地得了傲视他人的资本,便可能沾沾自喜起来,松懈了努力。

批评和表扬的主要驰骋疆域,应该是人的力量可以抵达的范围和深度。它们是评价态度的标尺而不是鉴定天资的分光镜。我们可以批评孩子的懒散,而不应当指责儿童的智力。我们可以表扬女孩把手帕洗得很洁净,而不宜夸赏她的服装高贵。我们可以批评临阵脱逃的怯懦无能,却不要影射先天的多病与体弱。我们可以表扬经过锻炼的强壮机敏,却不必太在意得自遗传的高大与威猛……

不宜的批评和表扬,如同太冷的冰水和太热的蒸汽,都会对我们精神造成破坏。孩子和年轻人的皮肤与心灵,更为精巧细腻。他们自我修复的能力还不够顽强,如果伤害太深,会留下终生难复的印迹,每到霪雨天便阵阵作痛。遗下的疤痕,侵犯了人生的光彩与美丽。

山野中一个农夫,对他的牛,都倾注了那样淳厚的爱心。人比牛更加敏感。因此无论表扬还是批评,让我们学会附在耳边,轻轻地说……

柔　和

"柔和"这个词,细想起来挺有意思的。先说"和"字,由禾苗和口两部分组成,那涵义大概就是有了生长着的禾苗,嘴里的食物就有了保障,人就该气定神闲,和和气气了。

这个规律,在农耕社会或许是颠扑不破的。那时只要人的温饱得到解决,其他的都好说。随着社会和科技的发达进步,人的较低层次需要得到满足之后,单是手中有粮,就无法抚平激荡的灵魂了。中国有句俗话,叫做"吃饱了撑的——没事找事"。可见胃充盈了之后,就有新的问题滋生,起码无法达至完全的心平气和。

再说"柔"这个字。通常想起它的时候,好像稀泥一摊,没什么筋骨的模样。但细琢磨,上半部是"矛",下半部是"木"——一支木头削成的矛,看来还是蛮有力度和进攻性的。柔是褒义,比如"柔韧、以柔克刚、刚柔相济、百炼钢化作绕指柔……"都说明它和阳刚有着同样重要的美学和实践价值。

记得早年当医学生的时候,一天课上先生问道,大家想想,用酒精消毒的时候,什么浓度为好?学生齐声回答,当然是越高越好啦!先生说,错了。太高浓度的酒精,会使细菌的外壁在很短的时间内凝固,形成一道屏障,后续的酒精就再也杀不进去了,细菌在壁垒后面依然活着。最有效的浓度,是把酒精的浓度调得柔和些,润物无声地渗透进去,效果才佳。

于是我第一次明白了,柔和有时比风暴更有力量。

柔和是一种品质与风格。它不是丧失原则，而是一种更高境界的坚守，一种不曾剑拔弩张，依旧扼守尊严的艺术。柔和是内在的原则和外在弹性充满和谐的统一，柔和是虚怀若谷的谦逊和冷暖相宜的交流。

　　现代人在风驰电掣的忙碌中，是多么期望自己和他人的柔和啊。不信，你看看报上的征婚广告，尽是征询性格柔和的伴侣，人们希望目光是柔和的，语调是柔和的，面庞的线条是柔和的，身体的张力是柔和的……

　　当我们轻轻念出"柔和"这个词的时候，你会觉得有一缕淡蓝色的温润，弥漫在唇舌之间。

　　有人追索柔和，以为那是速度和技巧的掌握。书刊上有不少教授柔和的小诀窍，比如怎样让嗓音柔和，手势柔和……我见过一个女孩子，为了使性情显出柔和，在手心用油笔写了大大的"慢"字，天天描一遍，掌总是蓝的，以致扬手时常吓人一跳，以为她练了邪门武功。这女孩并为自己规定每说一句话之前，在心中默数从一到十……她除了让人感到木讷和喜怒无常外，与柔和不搭界。

　　一个人的心如若不柔和，所有对外在柔和形式的摹仿和操练，都是沙上楼阁。

　　看看天空和海洋吧。当它们最美丽和博大，最安宁和清洁的时候，它们是柔和的。

　　只有成长了自己的心，才会在不经意间，收获了柔和。

　　我们的声音柔和了，就更容易渗透到辽远的空间。我们的目光柔和了，就更轻灵地卷起心扉的窗纱。我们的面庞柔和了，就更流畅地传达温暖的诚意。我们身体柔和了，就更准确地表明与人平等的信念。

　　柔和，是力量的内敛和高度自信的宁馨儿。愿你一定在某一个清晨，感觉出柔和像云雾一般悄然袭身。

界限的定律

记得当年学医时，一天，药理教授讲起某种新抗菌药的机理，说它的作用是使细菌壁的代谢发生障碍，细菌因此凋亡。菌壁消失了，想想，多吓人的事情。好似兽皮没了，骨和肉融成一锅粥，破破烂烂黏黏糊糊，自身已不保，当然谈不到再妨害他人。可见，外壳，也就是界限，是非常重要的。如果丧失了界限，那么，这种生物的生存和发展也就处于极大的危机中了。

教授讲的是低等生物，高等生物又何尝不是如此。界限这种东西，是古老和神奇的。动物会用气味笼罩自己的势力范围。没有现成的界桩，就会用自己的尿标出领地。界限也是富有权威和统治力的。国与国之间如果界限不清，就孕育着战争。人与人之间如果界限不清，就潜藏着冲突。账目不清，是会计的犯罪，扯皮推诿，是官员的渎职。清晰的界限，象征着健康和尊严。什么叫一个新生命的诞生？就是从融合中分离，在混沌中撕裂出了一个完全独立的个体，建起崭新的界限体系。人与人的界限如果消失了，那么人的特立独行和思索也同时丧失，随之而来的是精神的麻木和思维的蒙昧。

外壳之外，是彼此间的距离。在欧美的礼仪书里，特别注明人与人之间的最低社交安全距离是十七英寸。这个标准，也要入境随俗。比如咱的公交汽车，正值上下班高峰，小伙的前心贴着姑娘的后背，别说十七英寸，就连一点七英寸也保证不了。只有见怪不惊，理解万岁。可见界限这个东西，是有弹性的。

身体需要界限,心理何尝不是如此,特别是夫妻。无论何时,都不可消融了自我的界限。无论怎样情投意合,终是不同的个体,不可能完全一致。如果真是完全一致了,天天和一个镜子里的自我如影随形,岂不烦死。

界限有一个奇怪的定律——拉近的时候很容易,分开的时候很艰难。倘若你能灵活地把握一个度,在这个区域里,旗帜飞扬如鱼得水,那么,你和对方都是惬意和自由的。假如你轻率地采取了不断缩小距离的趋势,那么用不了多久,双方不可扼制地融为一体。之后,在短暂的极度的快意之后,无所不在的矛盾一定披着黑袍子,敲响门窗紧闭的爱情小屋。界限复活了,如同蔓草在各个角落疯长,分裂的纹路穿插迂回,顽强地伸直自己的触角。球队结束了休息,下半场比赛的口哨重新吹响。物极必反说的就是这个道理,不管你记不记得它,它可忘不了你。界限一旦残破了,恰似古代的丝裙,修补起来格外的困难,需极细的丝线极好的耐心极长的时间。

人是感伤和怀旧的动物。人们较能接受迅速拉近的距离,却无法忍耐在一度天衣无缝的密结之后,渐轻渐远。通常会痛楚狭隘地把这种分离,理解为爱恋的稀薄和情感的危机。所以,当你忘情地飞速消弭彼此界限的时候,已把易燃易爆的危险品,裹挟进了情感列车。

为你的心理定一个安全的界限吧,也许是一点七寸也许是二点七尺,人和人不一样,不必攀比。在这个界限里,睡着你的秘密,醒着你的自由。它的篱笆结实而疏朗,有清风徐徐穿过。在修筑你的界限的同时,也深刻地尊重你的伴侣的界限。两座花坛在太阳下开放着不同的花朵,花香在空气中汇为宽带。不要把土壤连在一起,不要一时兴起拔出你的界桩。甚至不要尝试,每一次尝试都会付出代价。不要以为零距离才是极致,它更像一个开放罂粟的井口。如果你一时把持不住自己,想想药理教授的话吧。我猜你一定不愿你的婚姻成为一滩溶化的细菌。

风不能把阳光打败

"但是"这个连词,好似把皮坎肩缀在一起的丝线,多用在一句话的后半截,表示转折。

比方说:你这次的考试成绩不错,但是——强中自有强中手。

比方说:这女孩身材不错,但是——皮肤黑了些。

不知"但是"这个词刚发明的时候,对它前后意思的分量,大致公允?也就是说,它只是一个单纯纽带,并不偏谁向谁。后来在长期的使用磨损中,悄悄变了。无论在它之前,堆积了多少褒词,"但是"一出,便像洒了盐酸的污垢,优点就冒着泡沫没了踪影。记住的总是贬义,好似爬上高坡,没来得及喘口匀气,"但是"就不由分说把你推下了谷底。

"但是"成了把人心捆成炸药包的细麻绳,成了马上有冷水泼面的前奏曲。让你把面前的温暖和光明淡忘,只有振起精神,迎击扑面而来的顿挫。

其实,所有的光明都有暗影,"但是"的本意,不过是强调事物立体。可惜日积月累的负面暗示,"但是"这个预报一出,就抹去了喜色,忽略了成绩,轻慢了进步,贬斥了攀升。

一位心理学家主张大家从此废弃"但是",改用"同时"。

比如我们形容天气的时候,早先说:今天的太阳很好,但是风很大。

今后说:今天的太阳很好,同时风很大。

最初看这两句话的时候,好像没有多大差别。你不要急,轻声地多念几遍,那分量和语气的韵味,就体会出来了。

但是风很大——会把人的注意力凝固在不利的因素上。觉着太阳好不是件值得高兴的事情,风大才是关键。借助了"但是"的威力,风把阳光打败。

同时风很大——它更中性和客观,前言余音袅袅,后语也言之凿凿。不偏不倚,公道而平整。它使我们的心神安定,目光精准,两侧都观察得到,头脑中自有安顿。

一词背后,潜藏着的是如何看待世界和自身的目光。

花和虫子,一并存在。我们的视线降落在哪里?

"但是",是一副偏光镜,让我们聚焦在虫子,把它的影子放得浓黑硕大。

"同时",是一个透明的水晶球,均衡地透视整体。既看见虫子,也看见无数摇曳的鲜花。

尝试着用"同时"代替"但是"吧。时间长了,你会发现自己多了勇气,因为情绪得到保养和呵护。你会发现拥有了宽容和慈悲,因为更细致地发现了他人的优异。你能较为敏捷地从地上爬起,因为看到沟坎的同时也看到了远方的灯火……

曼德拉的铅笔

女友自南非旅游归来,送我两件礼物。第一件,花锡箔包着,缎带系着。体积圆圆,若二两重的芝麻烧饼。我说,这是什么呢?南非特产?该不是送我这样大的一块钻石吧?

她轻声道,比钻石还要宝贵。

看女友轻柔的样子,好像锦盒之中藏着一只冬眠的蝴蝶。很想把这份神秘感带回家,隔山买牛细细猜测。但时下西风东渐,兴的是当面锣对面鼓地敲开礼物,然后受礼者作出兴奋得昏过去模样,夸张地赞叹,于是主客皆大欢喜。

只好将美丽的包装撕开。一坨晶莹剔透的玻璃芯,果真有一种未知物的标本,静静地潜伏在胆内。绿灰色,丝缕状,螺旋形,有依稀的纤维纹路浮现着,仿佛一圈华贵的水藻,凝固于北极寒冰中。

无法判断它的属性。急翻前面的说明签,看到一行触目的英文——BULLSHIT!

无论怎样顾及礼貌,我还是难以掩饰大惊失色。我们常常在电影斗殴里,听到这句粗口,它的大致含意是——粪便!

朋友说:这是野生的非洲大象的粪便。由于象群越来越少,它也成为奇特的纪念品。大象这种地球陆地上最庞大的生物,只因为牙的精美,被人们无穷无尽地猎杀,陷入灭顶之灾。据说大象为了维持自身的安全,它们的牙已缩得越来越短。不知道造化的法则,能否给象族以足够的时间,使它们在人类的枪口,击毙最后几对象夫妇之前,让祖传的长牙完全消失?那虽然顿减壮美,好歹保下种群的延续。可怕的是,也许到了下一个世纪,我们的后代会对着这盒标本说,哈!这是什么……不可能!哪一种动物会有如此粗大的排泄物?必是外星人遗下的无疑!

物种的生命之链,比钻石要宝贵千倍啊。

朋友又拿出一沓照片,指点着给我讲南非的桌山和迷城,讲原名叫做"风暴角",后来为了讨吉利,改叫"好望角"的非洲最南端,讲曼德拉所在的总统山和他曾被监禁的鲁宾岛……你看,这就是总统府啊,很平和的样子,是不是?曼德拉上班的时候,就把一面南非国旗,从办公室窗户里探出来,表示他正在此处理公务,老百姓要是有什么事,可以约了去,见他。如果国旗不飘了,说明曼德拉这会儿暂时不在……喏,我把一枝曼德拉国度的铅笔送给你。

我接过第二件礼物。它没有包装,裸着身肢、外观同所有铅笔一样,纤细挺秀,掂在手里,却颇有几分重量。前半部很普通,木质包裹着石墨芯,常规模样。后半截却首尾相异,改成塑料造的中空管,管里灌满了南非岩石的碎渣滓,五颜六色,绚丽多彩。一块小小的橡皮头,堵住了塑料管开口处。既是塞子,又可涂擦纠错,保留了古典铅笔的功能。

我捏着铅笔,赞道:很好的纪念品。

女友说,其实这种铅笔最大的价值,在于保护树木。要知道,没有人能把一枚传统的铅笔,从头用到尾,分毫不剩。发明了铅笔帽,可能好一点,但还是没法百分之百地利用铅笔。无数木材,就这样被短短的铅笔头,吞噬掉了。人们对这个问题,置若惘闻了多少世纪,森林越来越少,今后于不能继续下去了。曼德拉铅笔既可实用,又有保存价值,而且可以举一反三地仿照。比如我们塔克拉玛干大漠的沙子,青海盐湖的晶盐,喜马拉雅山的石子,陕北的黄土……搜集来装进塑料管,是多么好的制造铅

213

笔的原料和思乡的礼品啊!

分手的时候,女友讲了个小小的细节让我猜。

在南非最大的自然保护区——克鲁格国家公园,我们坐着车观赏野生动物。莽原上出没着犀牛、狮子、大象和豹,是猛兽天堂。我们被严令告知,千万不可擅自下车,并签了生死自负的文书。车在广漠的高原行进,不时听到狮啸,一种远古的恐惧,嗖地袭上心头。我看到剽悍的导游手持长枪,略略放下心,问他,如果我们被猛兽抓到,你会开枪吗?

会。他简短有力地答复。

紧接着,导游又补充了一句话。你猜说的是什么。女友问我。

这如何猜?你还是告诉我吧。我说。

那导游说道,当你被猛兽捕获,以免你遭受更大的痛苦,我们将开枪把你打死。我们的规定,不得射杀动物。

离太阳最近的树

三十年前,我在西藏阿里当兵。

这世界的第三极,平均海拔五千米,冰峰林立,雪原寥寂。不知是神灵的佑护还是大自然的疏忽,在荒漠的皱褶里,有时会不可思议地生存着一片红柳丛。它们有着铁一样锈红的枝干,凤羽般纷披的碎叶,偶尔会开出谷穗样细密的花,对着高原的酷寒和缺氧微笑。这高原的精灵,是离太阳最近的绿树,百年才能长成小小的一篷。到藏区巡回医疗,我骑马穿行于略带苍蓝色调的红柳丛中,曾以为它必与雪域永在。

一天,司务长布置任务——全体打柴去!

我以为自己听错了,高原之上,哪里有柴?

原来是驱车上百公里,把红柳挖出来,当柴火烧。

我大惊,说,红柳挖了,高原上仅有的树不就绝了吗?

司务长回答,你要吃饭,对不对?饭要烧熟,对不对?烧熟要用柴火,对不对?柴火就是红柳,对不对?

我说,红柳不是柴火。它是活的,它有生命。做饭可以用汽油,可以用焦炭,为什么要用高原上唯一的绿色!

司务长说,拉一车汽油上山,路上就要耗掉两车汽油。焦炭运上来,一斤的价钱等于六斤白面。红柳是不要钱的,你算算这个账吧!

挖红柳的队伍,带着铁锹、镐头和斧,浩浩荡荡地出发了。

红柳通常都是长在沙丘上。一座结实的沙丘顶上,昂然立着一株红柳。它的根像一柄巨大章鱼的无数脚爪,缠附至沙丘逶迤的边缘。

我很奇怪,红柳为什么不找个背风的地方猫着呢?生存中也好少些艰辛。老兵说,你本末倒置了。不是红柳长在沙丘上,是因为有了这棵红柳,固住了流沙。随着红柳的渐渐长大,流沙被固住的越来越多,最后便聚成了一座沙山。红柳的根有多广,那沙山就有多大。

啊,红柳如同冰山。露在沙上的部分只有十分之一,伟大的力量埋在地下。

红柳的枝叶算不得好柴薪。它们在灶膛里像闪电一样,转眼就释放完了,炊事员说它们一点后劲也没有。真正顽强的是红柳强大的根系。它们如盘卷的金属,坚挺而硬韧,与沙砾黏结得如同钢筋混凝土。一旦燃烧起来,持续而稳定地吐出熊熊的热量,好像把千万年来,从太阳那里索得的光芒,压缩后爆烈出来。金红的火焰中,每一块红柳根,都弥久地维持着盘根错节的开头,好像一颗傲然不屈的英魂。

把红柳根从沙丘掘出,蕴含着很可怕的工作量。红柳与土地生死相依,人们要先费几天的时间,将大半个沙山掏净。这样,红柳就枝丫遒劲地腾越在旷野之上,好似一副镂空的恐骨架。这时需请来最有气力的男子汉,用利斧,将这活着的巨型根雕与大地最后的联系,一一斩断。整个红柳丛就訇然倒下了。

连年砍伐,人们先找那些比较幼细的红柳下手,因为所费气力较少。但一年年过去,易挖的红柳绝迹,只剩那些最古老的树根了。

掏挖沙山的工期越来越漫长,最健硕有力的小伙子,也折不断红柳苍老的手臂了。于是人们想出了高技术的法子——用炸药!

只需在红柳根部,挖一条深深的巷子,用架子把火探进去,人伏得远远的,将长长的药捻点燃。深远的寂静之后,只听轰的一声,再幽深的树怪,也尸骸散地了。

我们餐风宿露。今年可以看到,去年被掘走红柳的沙丘,好像做了眼球摘除术的伤员,依旧大睁着空洞的眼睑,怒向苍穹。但这触目惊心?

外科医生的圣殿

芝加哥的九月，寒冷已到十分。蔚蓝色的湖水抖动着森然的冷气，像要把人吸入湖底。在所有的预定项目之外，我对安妮说，我想去参观"国际外科博物馆"。

当过医生的人，就像是得过麻疹伤寒之类终身免疫的疾病，有了持之以恒陪伴一生的抗体——那就是对人长盛不衰的好奇与热情。早在北京家中得知我会到芝加哥的那一天，我就在本子上写下了——争取参观国际外科博物馆。

在观光手册上，关于这个博物馆，只写了简单的一行字"被誉为世界外科的圣殿"，然后就是地址和票价。

我不是外科医生，和我的内科技术相比，我的外科手艺相当不好。按说我的责任心不错，考试的成绩也是上等，但我知道，那是付出了多么惨痛的代价才换来的。记得实习手术时，我总是不能轻巧地打开手术钳的锁扣，手术台上屡受器械护士的白眼。我只好把手术钳偷偷放在军衣口袋里，无论是坐着开会还是走在通往食堂的小路上，都在衣袋里抖抖索索地操纵着手术钳，练习着用最微不足道的力量，轻巧地完成手术钳的开合。若是有人在一旁冷眼看到了我的举措，一定以为我在暗中练习扒窃的技术，以求怎样神不知鬼不觉地偷人钱包。真是功夫不负苦心人，后来几乎可以在下意识中完成打开手术钳的动作，近乎化境了。真正的悲剧也就在这时降临。一次手术，因为紧张和慌乱，居然在不该打开钳子的时候，手指轻轻一动，钳子应声弹

2006 年，在贝加尔湖

2006年，在俄罗斯冬宫

开,病人的腹腔立刻变成了喷泉,鲜血如同香槟酒一样,冒着泡地翻了出来,油滴样的冷汗顷刻将我厚厚的手术衣浸透……好不容易才将病人从鬼门关上招回来。

远了。还是回到寒冷的密歇根湖畔。我对外科医生的敬畏,使我从此远离了外科。当我完成实习以后,无论德高望重的外科主任怎样挽留,说他可以把我培养成一名优秀的外科医生,说这样的机遇对一个女生来说是多么的罕见和幸运,我都毫不犹豫地拒绝了。我被那一次喷涌的鲜血将魂魄浸软,残存的一点胆量,只够支撑我在博物馆里瞻仰外科。

我和安妮到达林肯公园附近的 1524 号馆址,已是下午时分。这是一座安静的灰色建筑,门口有外科医生的塑像。可能是临近下班时间了,除了我们之外,没有其他的游人。整个博物馆笼罩在寂静中,到处是金属的锈迹和反光,给人一种轻度的恐怖感。

这家博物馆的创始人——麦克斯医生,生于一八八〇年,原籍匈牙利,十九岁来到了芝加哥,一九〇四年毕业于罗斯医学院。然后他自己开始行医,医治了无数的病人,成为享有盛誉的外科医生。他的性格在外科医生中当属凤毛麟角,仅仅操纵手术刀,无法使心安宁,于一九三五年创办了国际外科大学。当了大学校长,他仍不满足,深感还不能表达他对于外科的热爱和献身,于一九五四年买下了这座四层的灰色楼房,建立了世界上第一座外科博物馆。

博物馆里展出了大量的实物,主要是早期的外科手术器械。可能是年代久远,再加上那时的制造工艺简陋粗糙,很多器械现在看起来已近乎刑具。比如我在教科书上看到过"铁肺"这一名称,一直无缘得以亲见。此次一旦见到实物,着实吓得不轻。它体积庞大,结构狰狞,好像一种逼人招供的刑讯设备。我真的怀疑从这样的器械中,是否走出过活下去的病人。还有一种输血器,完全铁制,有个双向的开关,然后向不同方向接出两根管子,样子像个自行车的打气筒。如果不看说明,你绝想不到这是救人性命的法器。在输血器的上方,画着几幅示意图。真是拜托了这些当年的画家,才使我们今天得以知道这种奇怪的仪器是如何使用的。

输血器是一个负压的抽吸泵,它的两条管子,一条接在垂危的病人胳膊上,另外一条接在健康的供血者身上。只要打开输血器的开关,就可以把供血者的血,源源不断地直接输入到病人身上。这个仪器如果仅仅展示到这里,除了让人惊讶输血器的简陋以外,还不致让人太出乎意料。但紧接着下面的一幅画面,就让人惊诧莫名了。原来,应用的时候,在输血器的另一端,就是供血者的位置,躺着的不是一个人,而是一条狗。

把狗血输给人,真是不可思议。但我相信,在输血的最早期,一定是做过这样的尝试。毫无疑问,那些悲惨的病人,都在更悲惨的输血反应中一命呜呼。我相信,同时死去的还有那些排危解难的狗。

在下一幅图画中,左侧还是痛苦呻吟的病患,右侧的供血者由狗改成了马……结果当然还是一样凄凉,人死了,马也死了。

屡屡的失败教育了早期的外科医生,在另外的图画里,我们终于看到是一个人躺在那里供血,而不再是形形色色的动物了。可是,人给人输血,有的病人活过来了,有的病人却更快地死亡了。

看到这里,我为一百年间在暗夜苦苦摸索的外科医生感到辛酸。那时,他们面临着怎样的苦恼和未知啊。我们现在已经知道,人和人的血型至少有四种显著的区别,如果不化验血型就输血,输血反应导致死亡的概率起码要超过百分之五十。同样的一个输血器,用在这个病人身上,他活了,用在那个病人身上,他却痛苦地死去了。这是一枚怎样的魔指,在分配着性命的生杀予夺？我估计那时的外科医生，每次使用这个冷硬的铁家伙，一半是恐惧一半是希望，更多的是不可知的悲怆感。

并且，没有抗凝剂，没有输血计量设备，输血器一旦开始工作，天知道会有多少血流到病人身上，如果输得过多了，还要把输血器的反向装置开动起来，再把病人身上的血，回灌到供血者身上……也许因为我的医疗背景，面对着各式各样的古怪器械，不由得走火入魔。想得格外繁琐，叹息也就长声复短声。

还有骨科锯、碎颅器、凿子、子宫钳……年代久远，不知是当年的血迹（这不大可能吧？）还是岁月的锈蚀，总之这些原来想必是银光灼灼的器材，如今人老珠黄，只剩下冷漠的粗砺。

安妮说，毕老师，让我摸摸你的手指。

我不知她是何意，把手递给她。安妮的手掌有涔涔的汗，指尖冷冷。我说，安妮，很抱歉。你不是医生，看这些切割人体的仪器，是一种残忍。

安妮说，是的。我一阵阵的恶心。不知当年创建这家博物馆的医生，是准备给医生们参观还是给普通人参观？我想说，对普通人来说，实在超出了能够从容忍耐的限度。

我承认安妮说得很对。你在这所博物馆里，逃脱不了一种被压榨感，无助感，令人宰割的孤独感。也许只有在这里，人才能更深刻地感觉到什么是"外科"。当人的身体在这里被分割和解剖的时候，你对生命的认识，也就更直接和简明了。

人的血和狗的血、马的血，有区别吗？它们都是红色的，都能提供我们奔跑和跳跃，在外科医生之前，没有人知道它们是不同的。外科医生带领着整个人类认识到这一点，为此付出了惨痛的代价和漫长的时光。

把那些残破的无可救药的肢体和脏器，从整体上切割下来，把那些可堪修补的部分穿针引线地缝缀起来，这是什么？这就是外科。于是，外科的器械就同木匠和铁匠，同缝纫匠和箍桶师没有根本的区别。如果一定要找出他们的不同,那就是外科医生的布料更昂贵,式样更简单,针脚更细密,操作的台案更狭小。而且,他们的产品往往是无法展示的,深藏在人体的洞穴中。

高大的馆舍里只有我们两个参观者。我们走到哪里,我们自己的呼吸就在哪里响出回声。那种突如其来唯妙唯肖的蜡像,往往吓得我们发抖。一个孕妇被按住四肢,在没有麻药的状态下,被人剖腹取出婴儿……濒死的产妇,飚射的鲜血,手舞足蹈的婴儿……

安妮对我说,你有没有发现,对付妇女的器械好像特别多,而且个个都很巨大沉重?

安妮的见解很有眼光。也许因为外科是男性世袭的领地,男医生占了绝对的优势,所有的外科器械都是以男人的操作方便为设计的前提。

由于女性的独特生理构造和繁衍生殖的使命,使得女性接受外科手术的机遇和项目更多。那些针对子宫的拉钩,为什么不可以做得更精巧和细腻一些?那些对付婴孩的工具,为什么不能更柔软和光滑一些?

感谢这座外科博物馆的不懈收藏。有很多东西,当它们孤立出现的时候,如同散落的野花,深藏不露的气味,因了稀疏而被遮挡和稀释。当它们浓烈地堆放在一起,那种令人不安的气息就蒸发出来,熏得人不得不思考和应对。传统的外科忽视了妇女的生理特性,这是历史的遗憾。

我的步伐渐渐加快。安妮说,你在找什么?

我说,我在找中国。

是啊,既然叫做"国际外科博物馆",就该有中国。终于,找到了,在一个角落里。没有实物,是一些连环画。画的是华佗使用"麻沸散"和关公刮骨疗毒的故事。图画很精致,一旁有说明:此画系一华侨捐赠,博物馆表示感谢云云。补上了空白,这很好,但这组画面更多的像一个传说和艺术品,同馆中其他部分斩钉截铁的实物相比,有一点孱弱。

直到闭馆的时间,我们才走出大门。我买了个小小的纪念品——一个塑料的关节:由股骨头和半扇髋骨组成。白骨嶙峋的,从直观美觉上,实在谈不上有多少乐趣。之所以买下,除了它的造型少见(在别的地方,你哪能买到比例如此精确的骨骼制品),更想到一个特别的用途。母亲年事已高,老相识中很有几位阿姨,因为缺钙,跌了一跤,就造成了股骨头骨折,躺在床上,足足半年休养生息。我敦促妈妈补钙,她却时常忘。这个小玩意儿,可以再形象不过地说明什么是股骨头,为什么它那么容易骨折而难以愈合。

标价七美元,不便宜。决定如果妈妈问起价钱,就说,嗯,只花了一美元。

一亿七千万只碟子

列车的窗口,我在眺望。窗外是苍凉的荒漠,天边是如血的晚霞。从美国中部到西部的旅行。吃晚饭的时间到了。陪同的安妮对我说,咱们到火车上的餐厅去吃吧。我说,安妮,我坐车的时候,对颠簸特别敏感。在车厢里走动,头晕得像打秋千。安妮说,吃晚餐的时候,我们和旅途中的美国人混坐一桌,也许会发生有趣的谈话。

既然吃饭也被赋予了工作的意义,我就起身,踉踉跄跄地随了安妮,到达餐厅。

餐厅有雪亮的光和艳丽的玫瑰花,餐桌小巧,可落座四位。我们靠窗边坐下,看着渐渐暧昧下去的风景。还没来得及点菜,就听到温文尔雅的问话:请问,我可以坐在这里吗?

抬头看,一位高大的美国青年,穿着银灰色细条绒的夹克衫,微笑着看着我们。我和安妮相视一笑,然后点点头。看来这是一个爱说话的小伙子。

细条绒刚坐下,就又听到略显局促的问话——我可以坐在这里吗?

我和安妮又是连连点头。

"局促"是一位四十多岁的男子,青着下巴,皱着眉头,散淡忧郁的样子。

大家刚要攀谈,一位穿着浆洗雪白的工作服的老人,拿着菜单,请我们点菜。

于是大家就各自沉浸在对晚餐的谋划上,一时无话。我的胃因为晕车,像个乱七八糟的鸟窝。于是只点了一份蔬菜沙拉。

等候上菜。谈话从沙拉开始了。

你为什么吃得这样少?细条绒很关切地问。

吃不惯。我说。除了晕车的不适,这也是实话。到美国已经半个多月了,我得了一个深刻的教训,就是不敢吃菜谱上扑朔迷离的食物。万一不合口味,剩在公众场合,十分不妥。应对的方式就是只吃那些确有把握的食品。但说句真心话,这块大陆上能适合中国胃的食品,的确有限,更不消说在震荡的火车上了。

啊。明白了。你们是日本人,所以,不习惯。细条绒恍然大悟。

这位女士不是日本人,是中国人。安妮纠正他。

细条绒苦笑了一下说,对不起。在我看来东方人都差不多,常常分辨不出。不过,我知道,日本菜和中国菜味道是很不同的。

安妮说,你常常吃中国菜吗?

细条绒一下子神采飞扬起来,说,我最爱吃中国菜了。我住在纽约,是一位电脑工程师。你知道美国青年中,如今最时髦的生活方式是什么吗?那就是——第一,单身住在纽约的小公寓里;第二,在一家电脑公司工作;第三,吃中国菜。

安妮说,这么说来,你是又有钱又时髦了。

细条绒很谦虚地说,有钱,谈不上。如果我真有钱,就不会仅仅局限在吃中国菜,而是要到中国去旅游。我正在朝这个方向努力。

我忍不住插嘴道,你怎样努力呢?

细条绒说,我的努力分为两个方面。一个是攒钱,旅游是很费钱的,这我就不多说了。第二个,是努力地研究中国的历史。

尽管高速行驶的火车,毒害着我的胃和思维,但我还是对面前的这位美国青年产生了很大的兴趣。我说,哦,能把你研究的收获告诉我一些吗?

细条绒很得意,说,当然可以了。我主要认为中国对待慈禧太后的看法是不公正的。一个女人,能够执掌这样一个古老帝国的最高权力,这是很先锋很前卫的。在宫廷的斗争中,她是弱者,是男人们的牺牲品。中国的义和团对待外国人,是很残忍的,这是愚昧……

还没等我把目瞪口呆的表情表达充分,那位忧郁的"局促"先生,就一点也不局促地开始了反击。他说,你这样看待中国的义和团,我不能同意。一个国家的人,如何对待进入他们国家的人,有选择的自由。你凭什么站在一百年以后的时空,对着他们指手画脚?你没有这个资格!

如果此刻在餐桌上方的空气中,挂上一只活龙虾,我猜它的颜色会立刻由雪青变成洋红。

细条绒还算保持君子风度,说,我可以知道你是谁吗?

"局促"先生说,我就在好莱坞工作。我看,你对中国的了解,就是来自好莱坞。可那是逗人笑的。

细条绒说,不,这和好莱坞无关。是我自己思索的结果。

"局促"面露不屑。

我觉得自己必得说点什么了。我说,我作为一个中国人,很感谢你们了解中国的愿望。但是,以我这次到美国来的经历,我觉得你们对中国的了解比较狭窄。中国的历史很复杂,恕我直言,美国有两百多年的历史,中国有四千多年的历史,是美国的二十倍。与其面对历史的中国,不如面对现实的中国。特别是目前的中国,是一个正在发生着巨大变化的国度。

细条绒和"局促"都安静了下来。正好,各自要的菜肴也上来了,于是,一时间叉勺碰撞的声音,掩埋了争执的硝烟。

看来食物有助于缓解争论的尖锐,待吃到半饱,细条绒已然恢复平静,脸上重新出现孩子般的笑容。他对我说,我是要到中国去亲眼看一下。说实话,中国是一个令我害怕的国度。

我说,为什么呢?是不是害怕中国的治安不好?我可以很负责地告诉你,在中国旅游的外国人,应该是很安全的。

细条绒说,不是这个意思。虽然在我的感觉中,好像每一个中国人都会中国功夫,一发起火来,就会"嘿嘿"地呼出白气,但我是一个和平的旅游者,身体也很棒,安全上应该没太大的危险吧。我说的害怕,是猜不透中国到底想干什么?

他用毫无杂质的蓝色眼珠看着我,证明迷惘的深不可测。

我的迷惘一点也不比他少。我说,我不知道你指的是什么?

细条绒说,中国为什么要到美国来抢饭碗?为什么让美国的工人没有饭吃,减少了美国的就业机会?你到街上看一看,随便拿起一件衣物,一种器具,翻过商标一看,都是中国制造的。中国的产品覆盖了美国,很便宜,让美国人又恨又怕。再这样发展下去,美国的工业就将不存在了。这难道不是很可怕吗?

他说到这里,露出了深深的忧虑。如果我看得不错的话,还有怨恨。

这场谈话,已经从餐桌上的礼仪寒暄,演变成了某种实质性的分歧。

我顿了一顿,让自己的胃先安定下来,保持腹肌的稳定。因为我不想让自己在下面的谈话里,显出力不从心或是上气不接下气的狼狈。保养好自己的设备之后我说,你说得很对。在美国的商店里,有很多标有中国制造的产品。可是,我不知你注意到了没有,有无细致地分过类?你说铺天盖地的中国产品,到底是些什么东西呢?

细条绒是个听话的小伙子,他的眼珠开始向左上方转动。我知道,他开始了回忆。

我说,恐怕主要是些纺织品和日用品吧?我可以坦率地承认,基本上都是低档的产品。在纽约第五大道那些豪华的店铺里,几乎没有中国制造的产品。在我参观的设备精良的医院里,没有"中国制造"。我在美国走了这么多的机构,看到了无数的计算机,但是,也没有一台是中国制造的。但我可以告诉你,你将来到中国也可以亲眼看到,中国有多少精密仪器和计算机,是美国制造的。

你说得很对,因为中国廉价的劳动力,一些劳动密集型的产品,美国将不再制造。比如,这个碟子……

我说着,举起了刚才侍者送上来的一个碟子。很普通的那种白瓷碟,在餐厅明亮的灯光下,反射着清淡的光辉。

细条绒和"局促"的目光,都随着我的碟子而转动。我接着说,不错,有一天,美国人真的可能不做碟子了。可是美国人在做别的。如果你说中国人扼杀了美国人的碟子,我想告诉你们一件事。

我这次到美国来,什么让我感觉到最熟悉呢?是美国的飞机。为什么呢?因为在中国的天空,我们的民航飞机基本上都是美国制造的。从波音到麦道,各种型号一应俱全。我在中国看到过一个报道,中国上海,和美国合作,制造出了自己的飞机。但是,没有哪家国内的航空公司愿意购买这种飞机,于是,中国国产的大型民航客机,从它试飞成功的那一天起,就被打入了冷宫。至今,孤零零地停在停机坪上,经受风霜雨雪。

我举起手中的碟子说,小伙子,你知道这只碟子多少钱吗?

细条绒老老实实地说,不知道。

我说,我在超市里看到过,我记得售价是零点九九美元。中国将这个碟子出口到美国的价钱,一定还要低很多。但为了计算的方便,我们就姑且把它算作一美元一只吧。

细条绒点点头。不知道我葫芦里卖的是什么药。

我说,你知道一架波音777的售价是多少吗?

细条绒又老老实实地摇头。

我说,是一点七亿美元。

我说,既然是贸易,就会有来有往。中国用什么来买美国的波音飞机呢?目前用的主要还是资源和劳动。比如碟子。中国人要用一亿七千万只盘子,才能买到一架波音飞机。一只碟子咱们算它一厘米厚,一亿七千万只碟子,是多少呢?一只靠着一只地排列起来,就有一百七十万米长啊。这是怎样的数字?我明白你对美国人不再制造碟子感到痛心,但也请想一想,中国人在造碟子的同时,也委屈了自己制造飞机的能力。孰重孰轻?

细条绒大张着唇,吃到一半的通心粉卷在叉子上,半天送不到嘴里。他说,你说的这个角度,我从来没想到过。你这样一说,我觉得很有道理啊。看来,我会提前结束我的旅游,赶回纽约。

我说,你刚走出来,还没有到达目的地,怎么就想回去了呢?

他说,我要赶回去挣钱。赶快攒够到中国旅游的钱。你的关于碟子的比喻很有趣,我会讲给其他的朋友听。要知道,在美国,持这种观点的人,很多的。

我说,那就谢谢你了。

一直没有说话的"局促"说,今天,是我旅行的第三天了。我今年五十岁了,这条路,我三十年前独自一人走过。那时,我从纽约到洛杉矶,路上用了七天。在美国,火车是旅游的工具,不是交通工具。这一次,我又要用七天的时间。比乘飞机慢多了,花费也多。

我说,你故地重走,一定有很多感触。

"局促"说,景色没变,人老了。我之所以要旅行,就是想在途中,碰到与众不同的人。可惜,前两天遇到的,都是在都市中随处可见的人。人们疯狂地从城市逃出,想不到在野外,遇到的还是这些人。我是搞艺术的,我很富有。可是我痛苦不堪。

我说,看来你很孤独。人群中的孤独。

他低声说,你说得对极了。没有人的时候我孤独,有人的时候我更孤独。你们来自东方,在东方的哲学里,可有抵抗孤独的良方。

我站起身来,说,欢迎你们到中国去。我不敢说那里有什么良方,但我想说那是另一种文化。地球上的人,应该尊重彼此优秀的文化,保存下来,以寻求更适宜的生存状态。不要单纯用经济的贫富来衡量文化的优劣,那样,吃亏的将是整个人类啊。

饭吃到这会儿,已经距离填满肠胃的目标很近了。我说,到中国去看看吧。我们的火车可能没有这样舒服,但我们的饭菜会更有味道。

丹麦的独腿锡兵

安徒生童话里,我喜欢《卖火柴的小女孩》,喜欢《海的女儿》,最喜欢的是《坚定的锡兵》。有的人把这篇童话的名字翻译成《坚强的锡兵》。相较之下,我还是更偏向"坚定"二字,那种对爱情奋不顾身的投入,还有死心塌地的一相情愿,让人唏嘘。

童话里的锡兵只有一条腿,真不知道他是如何通过了当兵的体检,成了一名肩扛毛瑟枪的勇士。书里给了我们一个解释,说是这个锡兵是最后一个被生产出来的,原材料不够用了,所以只有一腿。按照这个解释,锡兵就是先天性残疾了。锡兵历经种种磨难,从未改变对一位纸做的"小舞蹈家"的爱情,直到最后在火中凝结为一颗锡做的心。

当年读这篇童话的时候,就萌生了一个小小的愿望——得到一个小小的锡兵。那时候想得简单,以为既然是个著名的童话人物,就该到处有得卖,就像如今的唐老鸭米老鼠。屡屡搜索未果,才明白这锡兵是个小人物,并不芳草天涯。看来,要找锡兵,只有到他的老家丹麦了。

到了丹麦,先去看的是海的女儿塑像。雕像矗立在哥本哈根海滨公园的浅海处,身高一点二五米。注意啊,不是说美丽的美人鱼身高只有这么矮小,而是因为她取了一个屈腿侧身的坐姿。如果站起身来,就是个高大的美女。再提供一个数字:据说塑像的体重是一百七十五公斤,今年已经有九十三岁了。

九十三岁的小美人鱼,丝毫不改婀娜多姿的体态,青铜色的

"她"坐在一块礁石上,容颜清丽,美丽的发辫垂在腰间,在身后紧贴礁石处,有一条仿佛还在滴着水珠的鱼尾。美人鱼周围能容人站立的地方很狭窄,礁石上又覆满了青苔,又湿又滑,稍不小心就会跌入海水,让你来个不情愿的海水浴。我们很规矩地排着队,依次跳上岩石,迎着光照相。砰砰啪啪乱响了一阵之后,突然有人说,这样照法,美人鱼最重要的部分就丢了。

照过的人吓了一跳,马上反驳说,你看,海水啊蓝天啊美人鱼啊,还有我啊,都照上了,什么都不缺的,肯定没丢掉任何东西。没照过的人就停下了踏上苔藓的脚步,眼巴巴地等候着下文,以防自己辛辛苦苦地蹦跳过去,反倒做了无用功。

发难的那位说,美人鱼啊美人鱼,你们只照了美人没有照上鱼。正面取景,好看是没的说,可惜没有尾巴。没有尾巴的美人鱼,人家还以为是一尊普通的欧洲少女像呢!

呵呵,尾巴!是的,美人鱼最重要的身份证就是她的尾巴。尾巴里藏着她全部的秘密和痛苦,当然,也有奉献和快乐。

于是大家重新来过。

听说这座美人鱼雕像,早已不是丹麦雕塑家爱德华的原作。美人鱼曾多次遭到破坏,身首异处。政府为防悲剧重演,现在用的是仿制品,原作早被国家博物馆收藏。

听说每年有超过一百万的游客和美人鱼合影,有的游客还爬到美人鱼的身上,做出不雅的动作。政府准备把美人鱼的塑像搬到深海去,这样游客们就只能远远地眺望美人鱼的身姿,呆呆地面朝大海,从海风的呼啸中,去想象美人鱼所经受过的刺骨寒冷锥心痛苦和致命浪漫。

记得小时候给孩子们讲《海的女儿》,孩子对坚贞的爱情似乎不大能体察,只是为美人鱼不能说话而万分苦恼。孩子问,美人鱼没上过学吗?

我说,这和上学有什么关系呢?

孩子说,就算美人鱼嗓子哑了说不出话来,可以写一个字条给王子啊,王子一看不是全都明白了?

我张口结舌,只好说,海底是没有学校的。

孩子穷追不舍,说,那她爸爸可以教她啊。她爸爸不是国王么?国王肯定会写字的,要不怎么能当国王?

我急中生智,总算想到了一个解释,我说海底王国和人间使用的不是同一种文字,是外语。就算是美人鱼给王子写了纸条,王子也不认识……

惊出了一身汗,才把这段公案应对过去。想想看,如果至善至美的小美人鱼都可以是文盲,早就厌学的孩子们,一定更多了理由和狡辩。

看完了海的女儿,就该去看她爸爸的雕像了。美人鱼的爸爸不是海底的国王,而是丹麦伟大的文学家安徒生。

丹麦到处都有安徒生的雕像,我最喜欢的是哥本哈根市政厅南侧那尊青铜像。早知道安徒生相貌不佳,做好了看到一张难看的脸的准备,但这座塑像一点都不丑。晚年的安徒生表情安详,头戴一顶十八世纪流行的绅士高筒礼帽,挂着一根手杖,有一种若隐若现的沉思和羞怯,据说这是按照一八七五年安徒生七十岁时的样子设计的。游客们纷纷爬上台阶,和铜制的安徒生合影。因为塑像高大,一般的人站在那里,只能到达安徒生的腰际。据说摸到"安徒生"的手、膝盖或是裤脚和鞋子,都可以沾到大师的灵气。这些常常被游客汗手所摩挲的地方,油亮而紫红,好像这些部位镶上了红色的补丁。

这位把童话作为献给全世界儿童最好礼物的大师,自己始终不曾有过孩子,几度情场失意。十五岁那年他来到哥本哈根,一生中的大部分时光都是在哥本哈根度过的。

看完了塑像之后,就是寻找安徒生的故居。据说安徒生在哥本哈根住下不止二十个地方,现在只把一部分开辟出来供游人参观,最具盛名的是在新港。

新港其实并不新了,早在一六七三年,当时的丹麦国王哈丁古斯二世为了实现"要让哥本哈根成为跟世界做贸易的城市"的诺言,下令开凿运河将朗厄里尼海的水引进哥本哈根。而在丹麦语中哥本哈根就是"商人的港口"或者"贸易港"的意思。只是哈丁古斯二世国王并没能想到他的这一纯粹的为了发展经济而进行的开凿,最终却成就了哥本哈根这座城市的诗情以及安徒生的那些充满了幽默和幻想的童话。

新港狭长的港湾里停满了五颜六色的游艇和帆船,樯桅林立帆影摇曳。运河两岸伫立着当年码头工人以及琥珀商人和海员们居住的房子,每栋房屋的颜色都不相同,亮蓝、粉红、金黄、春草绿……在夕阳的余辉里,这些五颜六色已有几百年历史的老房子不可思议的年轻。街边是一排排支着太阳伞、座无虚席的露天酒吧,游人鼎沸。

坐在运河边长长的木头上,听着优雅的爵士乐,看穿梭在运河里的游船,一下子分不清到底是在二十一世纪还是在十九世纪。据说因为施行严格的保护措施,这里的建筑和两百年前没有丝毫区别。

这条街是安徒生的心灵栖息地。在街的路口有一尊安徒生雕像,雕像的铭牌上记载着安徒生曾分别于一八三四年至一八三八年间以及一八四八年和一八七五年相继在这条街的20号、67号和18号居住并写作。在这里,他得到过戏剧家、诗人、贵族乃至国王的帮助和垂青,渐渐声名鹊起。只是不巧,20号故居正在修整,我们无法入内参观。在门口和林立的脚手架合影之后,我不停地向对岸眺望。我在寻找房屋与房屋连接的拐角处,我记得在《卖火柴的小女孩》中,那个可怜的小女孩冻饿交加,就是在一处房角划完了她所有的火柴。我想安徒生写作这篇童话的时候,一定想起了窗外的这些楼房。他坐在窗前,倾听

2007年，在巴西和治疗蜂毒的餐馆老人

在瑞典博物馆

着运河上叽叽呜响的木帆船的摇橹声,看着河边酒吧里扯着嗓子不停地举着酒瓶子正在寻欢作乐的海员,想象着一把火柴像火炬一样燃烧……

在丹麦的街头徜徉,我还是念念不忘那个独腿锡兵。

我向导游述说心愿,问在哪里可以买到一个锡兵?导游说,克伦古堡。从此心中一直默念克伦古堡……克伦古堡……好像小孩子买酱油醋,在走向商店的路上不停地嘟嘟囔囔,生怕忘却。

克伦古堡,位于哥本哈根北面海滨,建筑在岩石上,半截身子探进海中。几百年来,它一直是守卫哥本哈根的要塞,至今还保留着当时的炮台和兵器。

克伦古堡位于丹麦与瑞典之间最狭窄的海域,扼住了波罗的海的入口处,名字的意思是——皇冠之堡。这个古堡不仅因为战略地位重要而闻名,更因为它是莎士比亚名剧《王子复仇记》的发生地。历史上真实的"王子复仇记",是丹麦内陆的故事,莎翁玩了个"乾坤大挪移",将它搬到了这里。

为什么要移花接木?因为当年的克伦堡之豪华雄冠北欧。早在十五世纪,当时统治全北欧(包括丹麦、瑞典、挪威、芬兰和冰岛的"斯堪的纳维亚联合王国")的丹麦国王艾力克便看中了赫尔辛格这个极具战略性的瓶颈地带,在此筑堡,向来往北海和波罗的海的商船征税,收取买路钱,约略等同于现今的高速公路收费站。北欧的海上贸易非常活跃,艾力克和他的继承人财源滚滚而来。赫尔辛格遂从一座渔村一跃成为名震欧洲的海港重镇。后来,丹麦国王费德力克二世娶了年仅十五岁的表妹苏菲。为了给新王后提供一个舒适的居住环境,国王斥资把阴森湿冷的中世纪式样的克伦堡,改建成文艺复兴式的豪华行宫。二〇〇〇年,克伦堡被联合国教科文机构列入世界古迹名单中。

然而,走进城堡,感受到的主体风格依然是阴暗和压抑的,

235

虽然屋外阳光灿烂。跟着导游,可在古堡的四翼参观丹麦王族当年的会客厅、起居室、寝室等等,看到皇室名贵的家具、摆设、日用品和餐具。古堡的庭院里还有一座精致的小教堂,以供王室成员之用。

比较振奋而有生气的是武士大厅,据说当年是费德力克国王为了讨好酷爱跳交际舞的苏菲而建造的舞厅。全长六十三米,为当时全欧洲最长的大厅,金碧辉煌,极负盛名。就是今天看起来,也还有不可一世的奢华之气。

堡内除了大厅宽阔之外,到处都很幽暗,的确是发生幽怨故事和血腥政变的好地方。

导游特别提示要留意墙上的七张挂毯。初看起来,这些挂毯除了规模较大之外,并没有非常特别的地方。可是中国人对"大",是有很强免疫力的,单凭体积来讲,还不足让我们惊奇。挂毯的主色调是咖啡色的,不知是因为年代久远褪了色还是皇室就喜欢如此黯淡的风格。在一派昏暗之中,在任何角度都可以看到丝毯中的某些部分在闪闪发光。据说这是金线的光芒,它们是用真正的纯金丝编织而成。

丝毯的主题基本上是人物,为丹麦历代国王和王室成员。当年无数人工不停劳作了整整四年,一共编织出了四十三张丝毯,每张的面积都是十二平方米(3×4)。这些价值连城的挂毯,只有十四张保存至今——哥本哈根的国立博物馆和克伦堡各藏一半。

在《王子复仇记》里,有一段弄臣波洛涅斯躲在"帘"后,结果被哈姆雷特误杀的情节。有学者猜测,莎翁所说的"帘子",其实指的就是这种挂毯。听到了这个说法,再看那些黯淡的挂毯,就有些悚然。

克伦堡因莎士比亚而得大名,但只在城堡的外围,有一尊小小的莎士比亚像,令人有些费解。如果没有莎士比亚,没有《王子复仇记》,克伦城堡能有今天这样显赫的声名吗?查了一下资料,在世界十大著名古堡中,克伦城堡并未列在其中。如今在人们的心里,它毫不逊色地跻身于世界上最著名的城堡之列,恐怕不是因为并不算很大的武士大厅,也不是因为那些容颜沧桑的挂毯,而是因为一位作家的一支笔。

好在每年八月间,克伦堡都会举行与莎士比亚相关的一系列活动。听说从上世纪初起便几乎年年举行《王子复仇记》的公演;许多著名的影剧演员如罗伦斯·奥利华、费雯丽和肯尼夫·布莱纳等,都曾在这里演出过。克伦堡里,有他们演出的巨幅剧照,很多游人在此合影。

在克伦城堡,可以远眺四公里外的瑞典小镇海兴堡。有段城墙很像哈姆雷特徘徊叩问的场景,不知他是不是在这里看到了鬼魂?这样一想,纵然是在烈日下,也生出阵阵寒意。今天丹麦和瑞典很友好,渡轮码头都不设海关,人们可自由来往。但在十五世纪至十七世纪之间,两国为了争夺波罗的海巨额利益的霸权,锲而不舍地打了两百年仗。最残酷的海上战场,就在这里。

听导游说,莎士比亚自己也演过《王子复仇记》。我们忙问他莎翁扮演的是谁?导游说,猜猜看?有人猜是哈姆雷特,有人说估计莎翁没有那样高大英俊,可能演的是弑兄霸嫂的叔叔,还有人说他不会男扮女装演了美女或是皇后吧?看大家猜得辛苦,导游索性解开谜底:莎翁在戏中演的是鬼魂。

大家就笑起来,城墙就不恐怖了。

到现在为止,我还没有买到锡兵,甚至连一个锡兵的影子也没见到,不由得暗暗焦急。导游让大家自由活动,对我说,你跟我走吧。

下窄窄的楼梯,台阶之险峻,估计在数百年的历史里,一定把若干宫女摔得鼻青脸肿。好不容易走到一处旅游商品销售点,推开门一看,我不由得欢呼起来。

无数的锡兵列队站在玻璃橱窗中,个个雄赳赳气昂昂,好像在接受检阅。导游说,你挑吧。然后放下我,回去照顾大家。

这些锡兵都是朴实无华的金属色,仿佛暴雨前厚重的阴云。大的有一拳高,小的只有一厘米。戴着头盔,长满络腮胡子,目光炯炯。虽然形态不一,但每一个都精神饱满,荷枪实弹,随时准备上战场的架势。

我说,我要一个锡兵。

售货大妈(真的不能称为小姐,足有五十岁了)拿出一个手持盾牌的锡兵,那张盾牌上刻着海扇贝的族徽图案,很是骁勇。

我摇头说,NO。

她又拿出了一个锡兵,这个锡兵没有拿盾牌,改成了一柄长剑,寒光凛凛。

导游已经走了,语言不通,我用手势比划着告知她,也不是这个。

大妈脾气不错,思忖起来。我指指锡兵的武器,然后做了一个射击的动作。她看懂了,拿出了第三个锡兵。

这次对了。这个锡兵不是戳着盾牌,也不是舞着长剑,而是提了一支枪。

可惜的是,这不是毛瑟枪,而是一支花里胡哨的短枪。

毛瑟枪是德国人毛瑟发明的一种长枪,在安徒生那个时代,是一种新鲜兵器,类乎今天的手提式导弹吧?安徒生发给锡兵一支毛瑟枪,除了他紧跟世界潮流之外,也说明安徒生实在是很喜爱锡兵,给他装备了最先进的杀伤性武器。

大妈再次思忖,我拼命比划,夸张地表现着枪支的长度,简直快把毛瑟枪形容成了大炮。大妈心领神会,终于从锡兵阵营中,拎出了一个肩扛长枪的锡兵。

哈哈,终于大功告成了。这就是那个坚定的锡兵,扛着毛瑟枪,等待着他如火如荼的爱情。

大妈也很高兴,拿出一个精致的小盒子,要把锡兵打包。这时我突然发现了致命的错误——这个锡兵是健全的!也就是说,他的两条腿都完好无缺!这个锡兵——不是那个锡兵!

我急忙阻止了大妈的进一步包装,急赤白脸地说,我要一条腿的锡兵!

看着她茫然的神色,我知道她完全猜不透我的意思了。我急中生智,来了个金鸡独立。把自己的一条腿尽量地藏起来,晃晃悠悠地站在那里。以我的老胳膊老腿,完成这个动作并不轻松,踉踉跄跄几乎跌倒。

大妈终于恍然大悟,口中发出呜呜的声音,表示她完全明白了我的要求。我以为这一次大功告成了,但老人家拿出来的还是零件周全的锡兵,嘴里还不停地说着什么,脚下还摆动着。

可惜我听不懂,也不知道再如何表演,才能得到独腿锡兵。正在百般为难之际,导游来找我,这才听懂了大妈的告白。原来游人们都喜欢买一条腿的锡兵,店里刚好断档了,最快也要几天后才能供货。目前,只能向我提供两条腿的锡兵。

怎么办呢?好失望啊。要么,就永远留下这个遗憾,让那个一条腿的锡兵活在记忆中。要么,就买下肢体健全的锡兵。

大妈冲着导游说着什么,导游却不忙着翻给我,频频点头。我问导游,她在说什么?

导游说,她还在推销两条腿的锡兵。

我说,她具体说了些什么呢?

导游说,她说,真正的一条腿的锡兵其实并没有完成他的爱情理想,还在进行中。完成了爱情的锡兵,已经不存在了,和他心爱的人一道化成了一颗锡心。在人们心里,他就是个健全的锡兵。

我不知道这是不是一个非常成功的推销词,总而言之我被它打动。是的,一条腿的锡兵,只是他刚刚被制造出来时的模样,之后他就面目全非了。锡兵最完美的时刻在他融化的瞬间。

　　我最后买下了一个手脚健全的锡兵,肩扛着毛瑟枪。他是那把锡勺子做成的二十四个完整的锡兵中的一员,我猜想在他的心中,一定怀念着那个同根生的兄弟,虽然他已经变成了一颗小小的锡心。

海 盗 的 诗

关于冰岛,所知是那样稀薄。

去之前了解就很少,仅有的印象来自一本有关北欧旅游的书籍。和丹麦、瑞典、挪威、芬兰比起来,冰岛所占的篇幅最少。冰岛人自嘲地说,北欧是五国,但人们常常脱口而出"北欧四国",连近邻都把冰岛疏忘。

飞机在冰岛机场降落时,我们还穿着从丹麦哥本哈根起飞时的短裤长裙。机翼下工作人员鲜艳的羽绒服,毫不留情地昭示着此地的寒冷。一下飞机,我们忙不迭地在候机厅里把所有的衣服套在了身上。

其实冰岛给我们的见面礼并不准确,那只是因为来自北极的寒风突然掠过。"冰岛"的名字让人很易产生错觉,好像是万古不化的永冻之地。实际上,冰岛是一片冰与火的交汇地带,有丰富的地热,是火山在冰川下爆发的岛国。冰岛的地形很特殊,在这个七万平方公里的岛上,有两百多座火山,其中三十多座为活火山。全岛四分之三为海拔四百公尺以上的高原,八分之一为冰川,除此之外,岛上还有大量冰川、热泉、间歇泉、冰帽、苔原、冰原、雪峰、火山岩荒漠、瀑布及火山口,是世界上独一无二的地域环境。放眼看去,土地为狰狞的火山熔岩覆盖,仿佛到了月亮背面。

在冰岛的日子始终处在惊奇和快乐之中。回家之后,到一家著名的图书大厦,央告小姐帮我查找关于冰岛的图书(店内的图书查询系统外人不可独自操作)。

电脑运行一番之后,售书小姐告诉我有关冰岛的书籍只有小说集《冰岛渔夫》,还有一些有关冰岛建筑的图片,收在北欧建筑的合集中,此外就是我已经买过的观光手册。关闭查询系统时,小姐很好心地补充了一句:《冰岛渔夫》只剩下两本了,你赶快买吧。

我当即把一位"冰岛渔夫"请回了家,当晚一口气看完。书是好书,关于海洋的描写堪称一绝,只可惜这书既不是冰岛人写的,写的也不是冰岛人。所谓的"冰岛渔夫",指的不过是在靠近北极海面打鱼的法国人。

在相当长的一段时间内,我见面就问别人有没有关于冰岛的文学作品。我固执地以为,要想真正熟悉一个民族和地域,要去读本土的人所写的小说和诗。比如我们要想了解十八、十九世纪的俄国和法国,你是看一些当时国民生产总值的数字,还是读托尔斯泰和巴尔扎克呢?想必除了专门的研究家和学者,都会选择后者。

我不是专门家,只能走俗人这条路。

沦于百般失望之后,终于有一个朋友告诉我说,她的朋友有一本繁体字本的冰岛诗集,据说这是冰岛古诗唯一的中文译本。我欣喜若狂地借来,指天画地答应一定完璧归赵,又是一口气读完。也许真正的诗人会笑我这种不求甚解的方法,但我饥不择食先睹为快。

为什么对冰岛的文字这般感兴趣?因为冰岛是海盗们开辟的疆土。他们多喜好冒险,勇猛顽强,冲动起来不计后果。

那么,这些海盗们究竟写下了怎样的诗歌?想象中,是横刀跃马劈风斩浪的虎啸龙吟。

北欧的古代文学经典,据说是汗牛充栋。为什么用了"据说"这个词,好像很不肯定似的,不是怀疑北欧有没有那么多的经典，而是我们看到的实在太少，译成中文的更是寥若晨星。

　　为什么北欧古代的文学经典，译成汉语的那样少呢？概因为那些文章，都是用非常艰涩难懂的古冰岛文字写成的。

　　现代冰岛文字实系北欧挪威、瑞典、丹麦的古文，也近似于许多西欧国家的古代文字，比如古德文、古英文、古荷兰文等等。一千多年以来，北欧和西欧许多国家的语言和文字都发生了翻天覆地的变化，但冰岛文就像苍老的恐龙，仍在火山岩堆积的大地上穿行。

　　我手中这部著名的诗集，冰岛文的译名是《高者之言》。高者是谁呢？是北欧神话中的主神奥丁，相当于希腊神话中的宙斯或是罗马神话中的朱庇特，也约略相当于咱们神话中的玉皇大帝了。诗集的中译名叫做《海寇诗经》。

　　海寇就是海盗。

　　什么是海盗呢？一提到"盗"，我们就会非常鄙夷，但在古希腊那个遥远的年代，欧洲人通常把下海寻求生计的男子称为"海盗"，并把当海盗同从事游牧、农作、捕鱼、狩猎并列为五种基本谋生手段。"海盗"一词在当时并无什么贬义，海盗活动也不被认为可耻，《荷马史诗》中对此有十分明确的记载。

　　《海寇诗经》形成于公元七百年至九百年之间，相当于我们的唐朝。是当年北欧海盗在漫长而艰险的大海航行中，奉为座右铭的精神食粮。在漫漫无际的大海上，正是这些箴言教导给海盗们带来了勇气和智慧，鼓舞着他们冲破重重险阻，层层骇浪，去寻求一个又一个的新大陆。

　　这些诗于是被称为"冰诗"，反映了海盗们的人生观和宇宙观。好了，说了这么许多题外之话，还是直接录下难得的冰诗吧。

　　　　浅薄受人讥，
　　　　智慧得人敬。

居家万事易，
出门知重轻。
相处世人中，
多智多光明。

这首诗的名字就叫做《见世面》，看来当年的海盗们是把见世面当成人生的必修课了。

嘉宾若进门，
排座不可轻。
位置偏而远，
不乐怀闷情。
上座促膝谈，
主雅客来勤。

这首诗的名字就叫做《如何待客》。本以为海盗们是不懂礼貌的窃匪，不想还是如此注重礼节的雅盗。或者说也许海盗们在实践中执行起来会走样，但起码在教育中还是一丝不苟的。

再如：

求 知 诗

知识是海洋，
宴席亦课堂。
用耳细听取，
用眼学榜样。
君子慎言语，
聆教乃有方。

智者天下行，
钱财存脑中。

愚者行囊重，
困时无所用。
穷汉有头脑，
力量胜富翁。

看来,海盗们还是非常尊重知识并且热爱学习的。想来也是,做一个优异海盗不是一件容易的事情。在许多国家,把"维京人"称做"海盗"的代名词。一千多年前,维京人驾驶着他们的龙头船,手持矛、剑、战斧等各种武器,以山呼海啸般的猛烈攻势,攻掠从英格兰到苏格兰、爱尔兰、比利时、荷兰、意大利、西班牙、葡萄牙、法国、俄罗斯直至君士坦丁堡的广大地域。维京人体格高大英俊,通常满面虬髯,胆识过人。他们常年漂流在海上,波涛汹涌气候恶劣险象环生,如果他们没有广博的关于天文地理气候人文等等方面的知识,大海就成了他们最天然的坟场。所以,在贪财、勇猛、喜欢冒险的天性之外,在他们的血液里非常强烈的征服嗜好之中,也一定注入了对科学和知识滚烫的渴求。

很喜欢这样一首诗:

独 立

人生幸福事,
受人宠与赞。
人生不幸事,
处处得依赖。
为人不独立,
沦为小奴才。

有一首诗名叫《不良之举》:

赴宴总唠叨,
话多头脑贫。

瞪眼呈傻态，
说话语不清。
酒盈蠢相露，
枉做文明人。

窃以为以不良之举作为原材料入诗比较少见，北欧海盗大大方方地咏叹起来，透露出他们原本就是不拘常态自成体系的人。特别是被翻译成了咱们的五言绝句式样，看着有趣。

有一首诗，名为《永恒的友谊》，录在这里，和大家共享。

宝剑酬壮士，
霓裳赠佳人。
华服显友谊，
乡里美言频。
礼尚来而往，
至情万年春。

有一首诗，名字叫《知道命运》：

天才多早夭，
聪明适中好。
命运顺自然，
强求是徒劳。
内心明事理，
安然到老耄。

有一首诗实在聪慧，叫做《三人知，全民知》：

巧妙应答句，
人视为聪明。
秘密若分享，
最多只一人。

泄露三人知，
绝密传全民。

　　此诗高明处就在于——当我们强调保密的时候，一般是主张"一个都不告诉"。这在理论上当然对于保守秘密是最上策的了，但可惜的是极少有人能做得到。秘密在适宜的温度下，有时会像发酵的面团，如果找不到一个适当的出口，它们会把盛面的盆子掀翻，面粉流淌一地。秘密的力量之大，超乎我们的想象。所以，尽管有那么多的指天盟誓，还是差不多有同样数目的泄露和背叛。寻找一个情感的出口，告知一个朋友，就不会把享有重大秘密的人憋炸了，这是很有策略的方法。

人各有所长

瘸子善骑马，
独臂能牧羊。
聋子勇于战，
眼盲有思想。
身死悲无用，
残者却无妨。

名　誉

人死万事空，
唯名传四方。
万灵谁无死，
长生求无望。
存世流美誉，
不朽万年长。

　　好了，原谅我就暂且引用到这里。也许朋友们会发问，这些古冰诗为什么都是五言六句啊？有没有其他的格式呢？据翻译者王超先生在冰岛首都雷克亚未克所写，《海寇诗经》的韵律，是按照北欧古代诗歌的韵律所成的。每节诗由六行组成，前两行诗以押头韵的方式连在一起。

那什么叫押头韵呢？就是指的后一行诗重复前一行诗中的重音节的元音或辅音。若大声朗读起来，诗句余音袅袅，就像有回音似的。译者特别指出，北欧古诗的韵律，若能大声朗诵，才能更好地体会到它的奥妙，清脆悦耳。因为，一是押了头韵之后，回音的效果跌宕起伏极富节奏感。二是押了头韵之后，重音节和非押韵的重音节形成了抑扬顿挫的效果。

可惜我们不懂古冰岛的原文，也未曾有幸听到人这样吟诵《海寇诗经》，只能在这里以文字来揣摩海寇们的智慧和丰采了。

最后，让我以一首海盗们吟咏智慧的诗来作为本文的结束。

论 智 慧

以火点他火，
两柴共燃烧。
以智启人智，
相磋出高招。
故步知识浅，
谦虚心智昭。

想不到吧？海盗们的诗竟然是这般温文尔雅笑容可掬。既不像英雄史诗，也不像神话传奇，充满了谆谆教诲，甚至有些仿佛处世格言。也许，由于他们攻城略地在行动上自有取之不尽的剽悍与残酷，轮到诉诸文字流传千古的时候，反倒是波澜不惊的从容和安宁了。这在心理学上，叫做"补偿"。温和的民族诗歌中多愤懑和幽怨，真正的勇士们反倒全力彰显柔和。

不同国度和时空的智慧共同燃烧,这也就是旅游和阅读的快意了。旅游使我们虚心,阅读使我们安静。行路和读书的美丽杂糅一处,即使是在地老天荒的冰岛,即使是在海盗们的诗行中。

只有贝加尔湖知道

如果知道自己要到一个地方去,要不要事先多了解一些当地的风俗风光呢?简言之——做不做预习?

大概分两派。一派是主张多看看有关的材料,这样心中有数,到了目的地,可以有的放矢,让有限的时间发挥最大的效益,自己的举手投足,甚至每一眼瞟去的地方,都物有所值,把浪费的系数减少到最小,分分秒秒颗粒归仓。

还有一派比较随心所欲。不做预习,贸然出动。赶上什么算什么,风吹雨打都是缘分。碰上什么吃什么,餐风宿露全为乐趣。闲云野鹤自由自在,流浪漂泊,到什么山上唱什么歌,只有大的框架,没有细致入微的安排。

就我内心的渴望来说,是期待着旅行中有很多奇怪的事情发生,不希望一切都在计划的桎梏中按部就班完成。但又不喜欢意外频发命运多舛,这就决定了自己立场游移面目不清。时而循规蹈矩,时而又摩拳擦掌地想探险,成了面目可憎的骑墙派。

具体到旅游的步骤中,也是这般举棋不定。比如,要到某地出游之前,看不看别人的游记和有关的介绍呢?如果不看,就瞎子摸象地出发了,回来才发现有一些美景失之交臂。若是提前都预习了,就易被别人框架束缚,和天性又有几分相抵。

郁闷啊郁闷。

上个世纪八十年代,有一次到西北。当地同志说,咱们明天

在阿尔卑斯山为家人拍照

在七姐妹瀑布

去看阳关城。

就是那个"西出阳关无故人"的阳关吗？

难道还有第二个阳关吗？当地朋友翻着眼白反问，很有些受了轻慢的样子。

啊啊！跳跃！大名鼎鼎的阳关啊，只要是会背十首唐诗，你就会对阳关耿耿于怀。那时资讯不发达，没有互联网也没有电视，关于阳关的印象来自唐朝。我说，阳关好看吗？当地同志说，说不得。我说为什么？当地人说，说了就没啥了。本来以为问问能明白些，不料得到的下场是更糊涂了。好在，明天就会看到阳关。

第二天，驱车八十公里到了阳关。在我看到阳关的那一瞬间，就明白了阳关是不可说的。那道景致的全名叫做"阳关遁去"。昔日的喝酒的离别的繁华的凄美的歌舞升平的阳关，已经在黄沙下长眠。云天浩森大漠苍苍，你看到的只是荒丘和黄沙，还有呼啸的长风和走动的烟霞。

幸好，我在这之前不知道有关阳关的任何现代版消息，才有了那劈头盖脸的愕然和惊骇，才有了那挥之不去的惆怅与迷惘。假如我被人告知了阳关隐去的秘密，我不知道以我这样一个怕苦怕累之徒，还会否跋涉百余里去探看身无长物的阳关？

很多风光都在记忆中淡去，唯有什么都没有看见的阳关，却以满心的遗憾永生。这也许就是不知道的美丽吧？

从此，我固执地吸取了这个经验，对那些充满了想象的地方，有意地不去查找资料。就让它们在想象中浮沉，享有海阔天空的余量。倘若有什么人好心好意地要告诉我，我就要迫不及待地捂住他的嘴，就像一个不想听到足球比赛结果的球迷。请让我自己去看吧，知道的愈少愈好！

对于贝加尔湖，基本上就是这样的态度。检点起来，对这个湖的印象可以归纳为两点。一点来自汉朝的苏武牧羊，老人家吞毡咽雪,事发地点就是凛冽的北海——贝加尔湖的小名。还有一点就是天气预报,我们所有的寒冷都来自那遥远的湖面,贝加尔湖简直就是整个中国的北部冰库。

好了,有了这些就足够了。带上方便面,让我们向贝加尔湖出发。

中国人出国都愿意带上几包方便面。我觉得主要是我们的方便面做得好,味道多样化。面条这种东西,很能抚慰中国胃。当我们在国外连续几天吃不到可口的中餐时,一旦想起旅行箱里还有几包方便面,心中就安然了很多。

从北京出发,乘坐俄航的飞机,只需两个多小时就到达伊尔库斯克。由于看书太少,在没有到达伊尔库斯克之前,我不知道贝加尔湖和伊尔库斯克的关系。

其实贝加尔湖紧靠着伊尔库斯克。

但是,我们却不能马上看到贝加尔湖。因为我们是从这里入境的,按照规则,我们还将从这里出境。前后两次经过伊尔库斯克,贝加尔湖的游览就被安排在返程。

贝加尔湖近在咫尺,可是却不能一睹芳颜。只有等待。不过,伊尔库斯克也是非常值得一看的城市。它保留着古老的俄罗斯风貌,让人恍惚闻到十九世纪俄罗斯作家笔下的田园味道。导游很骄傲地告诉我们,伊尔库斯克已经建市三百多年了,是西伯利亚最大的城市。我们听着无动于衷,因为我们有很多三千年的城市。伊尔库斯克的街道上有很多小木屋,都是以整棵的圆木为构架,粗大的圆木在转角处搭接,好像刚刚从森林里砍伐回来,还带着木纹的印记。院子也是圆木围绕起来的,以木墙承重,木板屋顶,据说坚固保温。想想也是,即使漫天大雪,你躲在一个木头挖出的槽里,闻着松脂的清香,还会寒冷吗?有一些木头是中断的,因为那里要开窗户。每一个木头窗户都挂着镂花的窗帘,好像有一个童话躲在后面窥视着你。由于年代久远,已经看不出木屋当年粉刷过的颜色,通通都是原木在腐朽过程中的赭黑色。当地的导游很为这一点气馁,解释道,我小的时候,看到过人们把自家的房屋都刷上油漆,每座木屋的颜色都是不一样的,可好看了。

我们就说,那现在为什么不再把它们刷上油漆呢?这样不但美观,也可以保护这些小木屋啊。

年轻的女导游撇撇嘴说,小木屋多难看啊,有什么保留的必要呢?为什么还要浪费油漆呢?我们很快就要把它们都拆掉了,盖新的水泥的房子了。

我们无语。

自从上个世纪九十年代原苏联解体后,位于西伯利亚腹地的工业重镇伊尔库斯克一直未能从严重的经济衰退中摆脱出来。吃中饭的时候,在当地居住了四十多年的老板娘说,这里几十年来就没有多大的变化。

没有变化,是好事还是坏事呢?如果小木屋都变成了钢筋水泥的建筑,伊尔库斯克是更美丽了还是不美丽了呢?

正值七月,是伊尔库斯克最温暖的季节。听老板娘说,如果再早来几天,背阴处的积雪还没有融化呢!街道两旁的林木盛开的繁复的白花,稠密得看不到枝条和树叶。我问导游,这叫什么树?什么花?

导游说,不知道。

我就为自己的爱打听害臊了。我一厢情愿地认为,你想了解一个地方,就应该认识那里的植物。每一种植物都有故乡。看到餐厅的老板娘爱说话,我就又向她探问这种开着无比稠密的白色花朵的树木叫什么名字?

我不知道它的俄国名字是什么,可我知道它的中国名字。老板娘说。

我只有退而求其次了,说,中国名也行。叫什么呢?

它叫酸丁子。春天开白花,秋天结出紫黑色的浆果,可以生吃,还可放在锅里蒸熟再吃,蒸着吃比生吃还要酸甜可口,面面的。蒸好的酸丁子还能做成酸丁子酱,能做馅饼的。

一句"能做馅饼",就让我明白了这位远在异国的中国老婆婆已经彻底融入了俄罗斯的风俗,馅饼不再是韭菜茴香馅的,爱吃果酱馅饼了。只是,闹了半天我还是不知道这个酸丁子到底是棵什么树。

安加拉河岸到处都是酸丁子树,花朵熙熙攘攘人山人海(把一朵花比作一个人的话),教你不断担心树干会不会不堪重负被压垮。好在酸丁子像个好汉,树皮是黑色的,树枝遒健有力,很是坚忍不拔的挺立着。俄罗斯青年在树下喝酒唱歌,啤酒瓶子瘫倒一地,快乐到你觉得他们有点忘乎所以游手好闲。同伴中有勤劳的同志,还掰着指头计算了一下今天是星期几(旅游在外的人对日期比较敏感,对星期几比较糊涂),待想起是星期天,才稍稍平息怨气。

第二天早上,我就要离开伊尔库斯克的时候,俄方导游拿着一本俄汉辞典对我说,你问的那种树,它叫稠李。

啊,原来是大名鼎鼎的稠李啊!

在俄罗斯作家的笔下,那旷野中开着白花的稠李树下,发生过多少美丽的故事。稠李的芳香在暮春的时候,弥漫在木屋的炊烟之中,又有多少令人哀伤的想象!

叶赛宁有一首诗,开门见山就叫"稠李树"。

稠 李 树

馥郁的稠李树,
和春天一起开放,
金灿灿的树枝,
像鬈发一样生长。

蜜甜的露珠，
顺着树皮向下淌；
留下辛香味的绿痕，
在银色中闪光。

缎子般的花穗
在露的珍珠下璀璨，
像一对对明亮的耳环，
戴在美丽姑娘的耳上。

在残雪消融的地方，
在树根近旁的草上，
一条银色的小溪
一路欢快地流淌。

稠李树伸开枝丫，
发散着迷人的芬芳，
金灿灿的绿痕，
映着太阳的光芒。

小溪扬起碎玉的浪花，
飞溅到稠李树的枝杈上，
并在峭壁上弹着琴弦，
为她深情地歌唱。

　　有了辞典的帮忙，导游底气壮多了，她说，稠李的俄文发音是——черёмуха，在俄罗斯文化中是美丽和爱情的象征。
　　在明媚的春天，雪白的稠李花仰天怒放，一阵阵浓郁的芳香,沁人心脾。诗人们将它喻为蓬松的白云和雪白的妙不可言的树木。稠李树下是情人约会的地方,稠李所表达的爱情是一种绵绵的柔情。叶赛宁在《请吻我吧……》诗中写道:在稠李充满柔情的沙沙声中,响起了一个甜蜜的声音:"我是你的。"没有稠李的爱是一种没有柔情和甜蜜的爱,因此当小伙子向姑娘表达爱意时,常常向心爱的姑娘投去一把稠李枝……

怪不得那么多的年轻人挤在稠李树下,原来有如此的象征意义。虽然和爱情无关,我也在稠李树下照了一张相,以表达对这种树木的喜爱。后面的行程里,在莫斯科,在圣彼得堡,在涅瓦河畔……只要我一看到这种盛开着白花的树(俄罗斯腹地由于气候温暖,稠李花已经快谢了,但芬芳更浓烈),就会不由自主地小声招呼一句:稠李树……好像在和一个新认识的朋友问好。

重新回到伊尔库斯克,重头戏就是拜谒贝加尔湖。这一次,和我们同行的导游是个小伙子,名叫万尼亚。这名字很容易记住,因为有个著名的万尼亚舅舅活在话剧里。

从伊尔库斯克出发,沿着宽阔的柏油路前行了大约四十公里,穿过丘陵,先到了湖畔的小木屋博物馆。

一个非常有趣的博物馆,据说是在安加拉河上修建水库的时候,把被淹没的库区的一些木屋搬迁到这里,以保存当地居民的原生态。比起伊尔库斯克城里的那些木屋,这里的木屋更精致和更高大,精彩得让人不相信是建造于几百年前。也许市街两旁的建筑,不过是普通的民居,但这里的木屋是经过遴选的典型建筑。就像北京胡同的小四合院和达官贵人家的府第,均为古建筑,却不可同日而语。有一个木屋据说是一百年前的乡村学校,宽敞明亮,摆着整齐的课桌,足以让今天的希望小学羡慕不已。在老师的桌子上,有一个巨大的地球仪,手一抹,滴溜溜地转起来。对此我心存疑虑:当年俄罗斯乡下的孩子们,就如此胸怀世界了吗?

从这里，可以看到宽广的安加拉河。导游说，再往前走，你可以在安加拉河口看到一块巨石，那是贝加尔湖抛下的绊脚石，企图阻碍女儿的脚步。

怎么回事？

传说中，贝加尔湖是爸爸，安加拉河是他美丽的女儿。贝加尔湖兼容并蓄，有三百三十六条河流流进来，却只有一条安加拉河流出去。安加拉河就是贝加尔湖唯一的孩子。女儿到了年龄就要出嫁，父亲为她选中了恋人，就是俄罗斯最大的河流——伏尔加河。但飞来的海鸥告诉安加拉，有位名叫叶尼塞河的青年非常勤劳勇敢，安加拉的爱慕之心油然而生，想追随叶尼塞而去。贝加尔断然不许，安加拉只好乘其父熟睡时悄然出去。贝加尔醒后痛苦不已，追之不及，便投下巨石，以挡住女儿的去路。可安加拉河已经远去，为了爱情，安加拉嫁给了汹涌澎湃的叶尼塞河，向北向北，最终流入了北冰洋。

在故事中继续前行，我们看到了那块被称为"圣石"的巨石，没有想象中那样大，不过屹立在湖河分界处，中流击水浪花飞溅也很壮观。

贝加尔湖几乎是在没有征兆的情况下，突然出现。目之所及皆为蔚蓝，鸥鸟飞翔，水波不兴，湖岸线仿佛画框，将西伯利亚瑰丽的巨大蓝宝石——贝加尔湖镶嵌其中。

贝加尔湖是英文"baykal"一词的音译，俄语称之为"baukaji"，源出蒙古语，是由"saii"（富饶的）加"kyji"（湖泊）转化而来，意为"富饶的湖泊"，因湖中盛产多种鱼类而得名。根据布里亚特人的传说，他们将贝加尔湖称为"贝加尔达拉伊"，意为"自然的海"。湖形狭长弯曲，宛如一轮明月镶嵌在西伯利亚南缘。南北长六百三十六公里，相当于从莫斯科到圣彼得堡之间的距离，平均宽四十八公里，最宽处七十九点四公里，面积达三万一千五百平方公里。最深处有一千六百二十米，贝加尔湖聚集着全球淡水湖总蓄水量的五分之一。

俄罗斯作家契诃夫曾写道:"贝加尔湖异常美丽,难怪西伯利亚人不称它为湖,而称之为海。湖水清澈透明,透过水面像透过空气一样,一切都历历在目。温柔碧绿的水色令人赏心悦目。岸上群山连绵,森林覆盖。"

贝加尔湖水如琼浆般澄澈,有记载说湖水透明度可达四十点八米。湖中有植物六百多种,水生动物一千二百种,其中四分之三为特有种群。贝加尔湖虽是淡水湖,但湖里却生活着许多地道的海洋生物,如海豹、海螺、龙虾等,据说湖中虾的种类就有二百五十五种。另外,还有两种完全是透明的贝尔鱼。贝加尔湖湖中有岛屿二十七个,最大的是奥利洪岛,面积约七百三十平方公里。我们问轮船老大,到那个岛上要多久?他说,最少要二十个小时。

贝加尔湖的大,由此可见一斑。

贝加尔湖也是世界上最古老的湖泊。湖底为沉积岩,第四纪初的造山运动形成了该湖周围的山脉,湖区地貌基本形成的时间迄今约两千五百万年。贝加尔湖下面存在着巨大的地热异常带,火山与地震频频发生。据统计,湖区每年约发生大小地震两万次。贝加尔湖还有许多未解之谜。例如,湖水一点不咸,也就是说它与海洋不相通,但却生活着地地道道的海洋生物。又如贝加尔湖里长有热带的生物,比如贝加尔湖藓虫类动物,其近亲就生活在印度的湖泊里,贝加尔湖水蛭在我国南方淡水湖里才能见到,贝加尔湖蛤子,只生存在巴尔干半岛的奥克里德湖。

有人说,贝加尔湖在地下和北冰洋相连。想想吧,多么奇妙!也许那些海洋生物是从地底下潜泳来的呢。

湖堤旁是一排排售卖烤鱼的摊子。那种鱼尺把长,名叫秋白鲑。鱼皮是淡黑色的,身材像鱼雷一样修长而浑圆,看得出善邀游而且非常结实。肉质粉红,类似三文鱼。各个摊子的售价都是统一的,为四十卢布,约合人民币十二三元。导游告诉我们,它的大名叫秋白鲑,是贝加尔湖的特产,肉质鲜嫩刺少,就着伏特加酒下咽,别有一番滋味。据说,因为湖水冰冷,一条秋白鲑要九年才能长到十几厘米长。为了保护鱼类资源,当地政府对捕鱼许可证的发放非常严格,此鱼严禁出口,只有到贝加尔湖才能品尝到这种美味。

我相信其言不虚,因为临走的时候,万尼亚单买了几条鲑鱼,说是留着回家再吃。看来就是在伊尔库斯克市里,这鱼也属珍品。

不过平心而论,虽然秋白鲑毫无腥气,但因为摊贩基本上不用任何调料,连盐都很吝啬(估计是为了保持原汁原味),这样除了鱼本身的味道之外,对喜欢咸香麻辣的中国人来说,就略显寡淡了。我在岸边照了一张大吃鲑鱼的照片,拿回家给人看,都说我像一个原始人。其实,很多人一边抡着酒瓶子一边吃鱼,模样比我饕餮多了。

我们上了一条小游轮。游览贝加尔湖是自费项目,每人六百卢布,约合人民币两百元。游轮向贝加尔湖深处驶去,很快周边的景色就褪向远方,只剩下碧蓝的湖水和天上变幻莫测的白云。

太大的湖和海就没有什么分别了。最大的分别也许是湖水更清澈,看着湖底的水草,会产生一种错觉。想起安徒生童话《海的女儿》,说水面像最蓝最蓝的矢车菊花瓣,在这晶莹剔透的湖底,一定隐藏着另外一个世界。

万尼亚从船舷摘下一个水桶,把桶抛下,荡起绳子。小桶折着筋斗翻进湖中,盛满水后被拔起来。万尼亚举着滴滴答答落着水珠的小桶对大家说,请,喝吧。

我们说,就这样喝?

记得在莫斯科,导游再三告诫我们,俄罗斯的自来水是不能直接饮用的。在饭店买一瓶水，要合人民币近二十元。我们基本上已经习惯了每天为自己的饮水支付款项，现如今一下子看到如此多的免费洁净水，受宠若惊将信将疑。

万尼亚说，贝加尔湖中心的水是可以直接饮用的，非常洁净。在盛夏，水温也只有三度，冰镇的，矿泉水。

我们就一仰脖，咕咚咕咚喝下去，果真甘美如泉。

我和万尼亚站在船边看天上的流云。万尼亚说，我很想请教您一个问题。

我说，您尽管说。如果我知道，一定告诉你。如果我不知道，这船上还有那么多人，我可以帮你问问大家。

万尼亚是个三十岁出头的小伙子，汉语说得不错，去过中国。他说，我的问题是，为什么你们中国人对贝加尔湖情有独钟呢？

我说，你知道我们汉代的苏武牧羊吗？

他说，知道。说到这里，他手搭凉棚眺望天边，蓝色的眸子反射出天空的白云。他说，每次来到贝加尔湖，就会想，当年你们的苏武，在这里的哪个地方牧过羊呢？

大地苍凉。是啊，他一个外国人在想，我这个中国人更要想了。

苏武牧羊的"北海"并非大海，而是我们脚下的这个贝加尔湖。汉代称之为"柏海"，元代称之为"菊海"，十八世纪初的《异域录》称之为"柏海儿湖"，《大清一统志》称为"白哈儿湖"。蒙古人称之为"达赖诺尔"，意为"圣海"。

贝加尔湖周边是无尽的山脉和丘陵，历史上这里曾是中国北方部族的主要活动地区。现在是盛夏时分，正是这里最好的季节，在船上还感到沁骨的寒意。一过了九月，严寒就奔驰而来。秋天，湖畔在零摄氏度左右，而周围山峰和盆地约零下三十至四十摄氏度，巨大气压差形成强大的风暴——贝加尔季风。

到了冬天,更是锥心刺骨的寒冷。据当地人说,温度可达零下五十度。如果你走到外面猛地呼吸一口冷空气,那你就对自己的呼吸系统的分布有了最形象的了解。你会知道腔子里所有的气管走向,每一个肺泡都变成冰珠子。贝加尔湖湖面就是一整块巨冰,把天地万物的每一丝暖气都吸入脏腑,几米深的积雪将所有的地方都覆盖成一片银白。

在这样苦难恶劣的气候下,苏武待了十九年。合两个抗日战争加上一个解放战争。戏文中唱道:

> 雪地又冰天,苦守十九年。
> 渴饮雪,饥吞毡,牧羊北海边。
> 心存汉社稷,旄落犹未还,
> 历尽难中难,心如铁石坚。
> 夜坐塞上时听笳声入耳痛心酸。
> 转眼北风吹,群雁汉关飞。
> 白发娘,望儿归,红妆守空帏。
> 三更同入梦,两地谁梦谁;
> 任海枯石烂,大节总不亏。
> 宁教匈奴惊心破胆共服汉德威。

苏武是公元前一世纪汉朝人,当时中原地区的汉朝和西北的匈奴关系时好时坏。公元前一百年,匈奴政权新单于即位,汉朝皇帝为了表示友好,派遣苏武率领一百多人,带了许多财物,出使匈奴。不料,就在苏武完成了出使任务,准备返回自己的国家时,匈奴上层发生了内乱,苏武一行受到牵连,被扣留下来,要求他们背叛汉朝,臣服单于。最初,单于派人向苏武游说,许以丰厚的俸禄和高官,苏武严词拒绝了。匈奴见劝说没有用,就决定用酷刑。正值严冬,下着鹅毛大雪。单于命人把苏武关入一个露天的大地窖,断绝提供食品和水,指望着可以改变苏武的信念。时间一天天过去,苏武在地窖里受尽了折磨。渴了,他就吃一把雪,饿了,就嚼身上穿的羊皮袄。受尽刑罚濒临死亡的苏武仍然没有丝毫屈服的表示,单于只好把苏武放出来。单于看到软硬兼施对苏武都没有希望,又不想让他返回中原,就把苏武流放到西伯利亚一带。单于对苏武说:"既然你不投降,那我就让你去放羊,什么时候公羊生了羊羔,我就让你回到中原去。"

苏武被流放到了人迹罕至的贝加尔湖边,唯一与苏武做伴的,是那根代表汉朝的使节棒和一小群羊。苏武每天拿着这根使节棒放羊,心想总有一天能够拿着回到自己的国家。这样日复一日,年复一年,使节棒上面的毛都掉光了,苏武的头发和胡须也都变白了。十九年后,当初下命令囚禁他的匈奴单于已然老死,新单于执行与汉朝和好的政策,汉朝皇帝立即派使臣把苏武接了回来。苏武受到热烈欢迎,从政府官员到平民百姓,都向这位富有民族气节的英雄表达敬意。苏武回国后,一直保持着吃羊肉棒骨喝羊肉汤的饮食习惯,不知道是不是这种食谱的好处,让受尽苦难的苏武居然活到了八十多岁。要知道,这在人生七十古来稀的时代,可是个惊人的寿数呢!

万尼亚说,苏武牧羊就在此地,那个时候,还不是你们的国家啊。

我说,那时这里是匈奴的地盘,匈奴后来也成为了中国的一部分啊。

万尼亚说,好吧。就算是这样吧,但现在贝加尔湖是我们的。

我无言。

是的,现在,贝加尔湖不是中国的。这也是千真万确的。我们只有尊重国境线。

想起一件往事。有一次,在北京会见蒙古国作家团。友好气氛中,作家团的团长说,我们代表蒙古国作家,送给你们一件礼物,是一张画在皮革上面的画。说着,就展开了一幅尺把长的皮画,上面绘着一位身穿蒙古服装的英武汉子,面如重枣,稀疏的胡须被归纳成几绺垂在下颔上。

蒙古作家团团长说,这就是我们民族伟大的英雄和开国元勋……中国作家很尊敬地走过去瞻仰。团长说……他就是成吉思汗。

当时就想起了鲁迅先生那段著名的论述——到底是他们的汗还是我们的汗呢?

当然先是他们的汗了。

扯远了,还是回到贝加尔湖吧。

贝加尔湖是美丽的,也是珍贵的。凡是美丽而珍贵的东西,都应该珍惜。在俄罗斯,作家是保护贝加尔湖的重要力量,其中最突出的是著名作家拉斯普京。

当年我读文艺学研究生的时候,就很喜欢拉斯普京的作品,喜欢那种对人生绝境的从容不迫的描述,并在这种描述中彰显出人性的顽强和坚忍。

瓦连京·格利高利耶维奇·拉斯普京(1937—)是俄罗斯当代著名作家。他的小说以浓厚的西伯利亚乡土气息和对人与传统主题的深刻开掘而著称于文坛。比如他的作品《告别马焦拉》,就是很有代表性的作品。在参观小木屋博物馆的时候,我就在想,这里面有没有一座木屋,是来自马焦拉呢?

小说写的是安加拉河上一个小岛马焦拉即将因一座大型电站的建设而淹没,由此引发出人们搬迁时的种种情感冲突。有一位俄罗斯老大妈叫达丽娅,古老的木屋就要被水湮没了,达丽娅拎着小桶,艰难地粉刷着自己的小木屋。年轻人大惑不解,觉得何必要徒劳无益地粉刷房屋呢,它们就要消失于波涛中,粉刷还有什么意义呢?殊不知在对故土怀有深情厚谊的人心中,每一座小木屋都是有灵魂的。维系村民与马焦拉联系的是那种似乎说不清、道不明的,但又深深熔铸于人们血肉之中的传统,一种有价值的精神和道德的脐带。"马焦拉"不仅仅是一个小岛,是小说中村民们得以劳作、生息,有着种种无法割断的精神文化联系的母亲大地,而且也是俄罗斯民族传统根基的象征,具有强烈的象征意义。作者并不是简单的"乡土恋情",而是深刻地揭示了历史、传统和民族意识对于当代人的意义,并提醒处在高科技时代的人们要"注意人类生存的根基",要"珍惜地搬迁"。

拉斯普京也以此表达了深深的忧虑。在历史蜕变中,很多民族传统中有价值的东西被冷落、遗弃,乃至无情斩断……告别马焦拉,是一首悠长的挽歌,合着贝加尔湖的波浪,在水中激起不息的涟漪。

拉斯普京直言不讳的批评,成了某些人的眼中钉和肉中刺。黑暗势力对拉斯普京的仇恨,居然演变成了血腥的暴力,1980年寒冷的冬天,拉斯普京遭到了惨无人道的暗算,就在位于伊尔库斯克的公寓外面,他被五个人用凶器打得皮开肉绽鲜血横流。当人们发现拉斯普京的时候,还以为他已经死了。经抢救拉斯普京终于活了过来,眼睛几乎失明了一年,脸部做了多次的整容手术。

在伊尔库斯克城里漫步的时候,我常常不由自主地想,哪一栋房屋是拉斯普京喋血之地呢?一个作家,为了捍卫自己的感情和理念,居然要付出这样深重的代价,在意外也在意中。我在北师大读书时导师曾说过的一句话:作家其实是一个充满了危险的职业,因为你要说真话。你选择了这一行,就要决定做一个勇士。

拉斯普京是一个勇士。伤愈之后,他依然毫不退缩地投入到保护贝加尔湖的事业中。他对人说,总有一种"做得太少,为时太晚"的感觉。记者曾问过他:"你是否觉得这种原始的西伯利亚古老民族的传统应当受到保护?"

拉斯普京点点头,说:"要是我们过去多注意一点他们的传统,今天的贝加尔湖就不会遇到这么多的麻烦。"说到这里,他深深吸了口气,接着说:"所以,我们要注意优先保护当地的传统,包括思想传统、文化传统、民族传统,因为没有这些传统,人类将无法保护其生存环境。"

贝加尔湖的保护得到了越来越多的重视,但拉斯普京认为,有些保护贝加尔湖的决议仍然是模棱两可的,治标不治本的,主管部门可以随意解释或是延误执行有关的决定,或者对存在的问题采取文过饰非的态度。拉斯普京说:"当大家反复看到这种口头上热爱自然,而行动上破坏自然的口是心非的现象时,便会滋生一种厌恶的麻木的无动于衷的心态。国家是否真的具备长期的生态政策,当前主要体现在贝加尔湖问题上。"

官僚主义换汤不换药的措施终于激怒了群众。伊尔库斯克地区党和政府一九八七年四月一日通过一项决议,说是为了保护贝加尔湖,计划投资一亿四千万卢布,立即修建一条长达七十六公里的管道,把污水排到伊尔库特河。为了修建这条管道,需要穿过一片原始林,砍掉十二至十五公里的树。伊尔库特河畔有一个很美丽的村庄,首先是这个村庄的居民激烈反对把污染转移到这个地区来,接着是科学家、作家、记者在报刊上发表文章,反对这个不明智的决议。他们把这个排水管方案称做林业造纸工业部门的"特洛伊木马",是转嫁污染,也是不真正解决贝加尔湖问题的一个埋伏。大学生们更是走上广场、街头、车站,到处发表演说,组织签名,掀起了一个保护贝加尔湖的运动。开始公安部门认为他们是极端分子,恣意闹事,横加干涉,还抓了几个人。这下更激起了人们的不满,事态更扩大了。签名者越来越多,达七万多人。连铺设管道的工人,也被说服自动罢工了。开始地区领导还想坚持原来的决议,邀集一些专家学者来论证这项措施,希望能为铺设管道找到一些科学论据。没想到专家学者们一致反对。他们认为铺设管道,不仅毁掉了伊尔库特河,而且注入安加拉河以后,会使西伯利亚这条著名的已被污染的河流问题更为严重。同时,铺设管道丝毫不能解决造纸厂的空中污染问题,废气照样在毁坏周围的森林及其生态系统。再说,国家拿出巨额资金来修建这项环境效益不大,而又增加了新的破坏的工程,为什么不用这笔钱来加快造纸厂的转产改造呢?各方面的压力终于迫使政府重新做出决定,取消铺设管道的计划,把建设管道的资金用于污水治理,并把污染严重的造纸厂逐步转产为家具厂;同时对保护环境做出了新的规划。为了减少空气的污染,逐步用电力和煤气代替冒烟排尘的锅炉。

以上啰啰嗦嗦地写了这个故事,看似和风景无关,其实相连。我们今天还能看到的一尘不染的贝加尔湖,并非只是天然的恩赐。贝加尔湖也曾面临过肮脏的污浊,只是由于人民的力量,湖水才依然清澈。

航行至贝加尔湖深处,万尼亚拿出几个小戈比,发给我们一人一枚。我们说,干什么用呢?

万尼亚说,看我的。说着,他就一扬胳膊,把戈比投向远远的湖水。他说,把硬币交给贝加尔湖,然后许一个愿,不要讲出声来,就放在你心里。贝加尔湖会听到的,他会帮助你实现愿望。很灵的。

我们感谢他的好意,依次把手中的戈比投向贝加尔湖。

我的那枚硬币划出一个流畅的弧形,边缘如切割圆木的轮锯,划开贝加尔水晶般的湖面,缓缓降入。正好轮船的航向略有改变,经过硬币沉没的地方。贝加尔湖的水非常清澈,我看到那枚褐红色硬币在碧绿的水草中飘荡,衬着垩白色的湖底岩石,宛如大幕前舞蹈的精灵。

至于我的那个愿望,不告诉你。只有贝加尔湖知道。

2008年，在联合国大厦

2008年，在北川中学给孩子们讲课

戴胡子的女法老

法老是对古埃及国王的称呼,在埃及语中称做"佩罗",现在的读音来自希伯来文的音译。它在象形文字中的意思"高大的房屋",后来代指"王宫",理由很简单,王宫是最高大的房屋。新王国第十八王朝时,国王图特莫斯将法老的意思来了一个变化,成了"居住在高大宫殿中的人",于是"法老"就顺理成章地成了对国王的尊称。

在埃及国立博物馆里可以看到一位法老的雕像,下巴颏上长着茂密的胡须,向前探出,好像一块洗袜子的小搓板,十分可笑。

还没等我笑出来,导游说——这是一位女王,她戴着假胡须。

一提到埃及的女王,我等游客作出恍然大悟的样子,知道知道,原来这是埃及艳后克列奥帕特拉。

导游正色道,克列奥帕特拉只是王后,而这是真正的法老,她叫哈特舍特谢晋,拥有无上权力的古埃及女王。

女王和王后是有区别的。前者亲握权杖,而后者只是权杖的老婆。

后来,在尼罗河对岸帝王谷众多的祭庙中,看到女王哈特舍特谢晋的神庙是那样的美丽独特,据说这也是全埃及最优美典雅的建筑了。在卡纳克神庙里有哈特舍特谢晋为自己矗立的方尖碑,高二十九点五米,重达三百五十吨。在上埃及的阿斯旺的花岗岩采石场，还有一块重达一千吨的未完成方尖碑躺在山坡上，据说也是哈特舍特谢晋为自己建造的，因为开凿中石头出了裂缝才半途而废了。

反复听到这位女法老的名字，看到和她有关的遗迹和景色，就对她生出了好奇。查了资料，才知道哈特舍特谢晋在位期间是公元前一四九〇年到一四六八年，拥有当时世界上最强大的军队，最强盛的经济。她不是傀儡，而是控制着埃及最高权杖的真正的法老。在她执政期间，对内不用严刑峻法维持了安定的秩序，对外不损一兵一卒获得了和平。

但女人是不能成为法老的，尽管哈特舍特谢晋才能出众，也无法改变这一钢铁般的传统。她也颇动了些脑筋，先是在登上王位之前，命人为自己编撰传记，并雕刻在大方尖碑上，非说自己是太阳神的嫡亲女儿。为了让神圣感进一步加强，她还在方尖碑的顶部放置了很多金盘，用来反射太阳的光芒，以便向所有的人证明她的确是来路不凡。

一不做二不休，女法老让她的建筑师把她刻画成一个有胡须的平胸战士形象。每当女法老在公共场合出现，必定是着男装并戴着假胡子，其实她有着柔和的面部，外带轮廓清秀的眉毛和大眼睛，是个十足的美女。

王室的恩怨和历史的偏见遮盖着历史的天空，无论女法老的政绩怎样突出，但传统的以男性为中心的社会是不会容忍一位女性担任长老的，就算她杜撰出了自己是太阳神的女儿这样的神话也万万不行。

结局在传说中是这样被描述的：哈特舍特谢晋刚刚驾崩，一伙军人就袭击了宫殿，把和她有关的一切都毁掉了。神庙中她的浮雕和塑像或者被砍掉了脑袋，或者被砸断了臂膀。她的墓穴被洗劫一空，神庙墙壁上的她的名字被刻意凿平，在整个埃及的官方记录里，和她有关的记载都被销毁了……

哈特舍特谢晋执掌法老的权杖二十二年,古埃及的男人们希望她的这段历史不曾存在过。她的雕像在被焚烧之后再泼上凉水而变得残缺不全,至今还能看到烟火的痕迹。她的名字也被从方尖碑上涂掉,取而代之的是她的父亲、丈夫和继子的名字。

但历史还是记住了这个曾经当过法老的佩戴假胡须的女人。在今天的埃及,在游客们眼中,最美丽的法老神庙是哈特舍特谢晋的达尔巴赫里神庙,最高的方尖碑是卡纳克神庙中赞叹哈特舍特谢晋的方尖碑。正如哈特舍特谢晋自己在碑上所写:"未来看到我的纪念碑并讨论我所作所为的人,切勿说一切不曾发生过,或许将它看作是我的自我吹嘘,而应当称颂她当之无愧,她的父亲也深感安慰。"

埃及是非常值得一去的国度。你不去美国,不去日本,你还可以想象,而且你的想象基本上是符合实际的。但你若不去埃及,你想象不出那里的神秘。

冻 顶 百 合

世界上有没有冻顶百合这种花呢？在我写这篇文章之前是没有的，虽然它很容易逗起一种关于晶莹香花的联想，其实是一个拼凑起来的蹩脚词语。

那一年到台湾访问，因为没有直航，在香港转机一路颠沛。清晨出发，抵达台湾土地时，已是深夜。待办完了手续真正踩到街面，为第二天黎明前最黑暗的时刻。

那是我第一次见到活生生的青天白日旗，低垂在挂着"市党部"招牌的房檐下。一时很有些恍惚，感觉自己闯入了讲述过去年代某个地下工作者宁死不屈的电影场景里。

这种不真实感，被时间一丝丝消弭在同宗同族同文化的血缘归属中。台湾作家为我们安排了丰富多彩的观光旅游项目，其中当然少不了阿里山日月潭这些经典的风光所在。

记得那天去台湾岛内第一高峰的玉山。随着公路盘旋，山势渐渐增高。随行的一位当地女作家不断向我介绍沿路风景，时不时插入"玉山可真美啊！"的感叹。

玉山诚然美，我却无法附和。对于山，实在是"曾经沧海难为水"啊！十几岁时，当我还未曾见过中国五岳当中的任何一岳，爬过的山峰只限于北京近郊五百米高的香山时，就在猝不及防中，被甩到了世界最宏大山系的祖籍——青藏高原，一住十几年，直到红颜老去。

青藏高原是万山之父啊，它在给予我无数磨炼的同时，也附赠一个怪毛病——对山的麻木。从此,不单五岳无法令我惊奇,就连漓江的秀美独柱,阿尔卑斯的皑皑雪岭,对不起,一概坐怀不乱。我已经在少女时代就把惊骇和称誉献给了藏北,我就无法赞美世界上除了冈底斯山、喀喇昆仑山、喜马拉雅山以外的任何一座峰峦。朋友,请原谅我心如止水。由于没有恰如其分的回应,女作家也悄了声。山势越来越高了,蜿蜒公路旁突然出现了密集的房屋和人群。也许是为了挽救刚才的索然,我夸张地显示好奇:这些人要干什么?

这回轮到当地女作家淡然了,说:卖茶。

我来了兴趣,继续问:什么茶?

女作家更淡然了,说:冻顶乌龙。

我猜疑她的淡然可能是对我的小小惩罚,很想弥补刚才对玉山的不恭,马上兴致勃勃地说:冻顶乌龙可是台湾的名产啊,前些年,大陆很有些人以能喝到台湾正宗的冻顶乌龙为时髦呢!说着,我拿出手袋,预备下车去买冻顶乌龙。

女作家看着我,叹了一口气说:就是爱喝冻顶乌龙的人,才给玉山带来了莫大的危险。她面色忧郁,目光黯淡,和刚才夸赞玉山风景时判若两人。

为什么呀?我大不解。

她拉住我的手说,拜托了,你不要去买冻顶乌龙。你喜欢台湾茶,下了山,我会送你别的品种。

冻顶乌龙为何这般神秘?我疑窦丛生。

女作家说,台湾的纬度低,通常不下雪也不结霜。玉山峰顶,由于海拔高,有时会落雪挂霜,台湾话就称其"冻顶"。乌龙本是寻常半发酵茶的一种,整个台湾都有出产,但标上了"冻顶",就说明这茶来自高山。云雾缭绕,人迹罕至,泉水清冽,日照时短,茶品自然上乘。

冻顶乌龙可卖高价,很多农民就毁了森林改种茶苗。天然的植被遭到破坏,水土流失。茶苗需要灭虫和施肥,高山之巅的清清水源也受到了污染。人们知道这些改变对于玉山是灾难性的,但在利益和金钱的驱动下,冻顶茶园的栽培面积还是越来越大。我没有别的法子爱护玉山,只有从此拒喝冻顶乌龙。

女作家忧心忡忡的一席话,不但让我当时没有买一两茶,时到今日,我再也没有喝过一口冻顶乌龙。在茶楼,如果哪位朋友要喝这茶,我就把台湾女作家的话学给他听,他也就改换门庭了。

又一年,我到西北公差,主人设宴招待。我得知身边坐着的先生是植物学博士,赶紧讨教。说我乡下的院子里有一棵苹果树,很多年了,却从不结苹果。

苹果树的树龄多大呢?他很认真地询问。

不知道。它是被我捡回家的,因为修公路,它就被人从果园连根刨起,几乎所有的枝丫都被人锯走当了柴火。我发现它的时候,它的根系干燥得只剩下拳头大的一小窝,完全是根烧火棒的模样。我把它栽到院子里浇上水,没想到几个月后它长出了绿色旗帜一般的新叶……我说。

植物的生命力比我们所有的想象都要顽强,只要你尊重它。植物学博士说。

可是,它为什么不结苹果呢?它会记人类的仇吗?它是否需要漫长的休养生息?我问。

植物是不会记仇的,它们比人类要宽宏大量得多。按照你说的时间计算,它该恢复过来了,可以挂果了。最大的失误可能是没有授粉,你的苹果树太孤独了……植物学博士谆谆教诲。

我说,明年春天,我是向老乡讨来另一树上的花枝,向我家的苹果树示爱?还是再栽一株新的苹果树呢?侍者端上了一道新菜,报出菜名:"蜜盏金菊。"

纷披的金黄色菊花瓣婀娜多姿,奶油、蜂糖和矢车菊的混合芬芳,撩动着我们的眼睫毛和鼻翼,共同化作口中的津液。

吃吧吃吧,这道菜是要趁热吃的,凉了就拔不出丝了。主人力劝,大家纷纷举筷,遂赞不绝口。活灵活现的菊花,花瓣像千手观音,厨师好手艺啊!

植物学博士面色冷峻,一口未尝。多年当医生的经验让我爱多管闲事,一看到谁有异常之举就怀疑病痛在身。菜很甜,我悄声问,您不爱吃糖?

没想到他大声回答,我不吃这道菜,并不是有糖尿病,我很健康。

我一时发窘,不知他为什么义愤填膺。植物学博士继续义正词严地宣布道,菊花瓣纤弱易脆,根本经不起烈火滚油。这些酷似菊花的花瓣,是用百合的根茎雕刻而成的。

大家说,想不到你在植物学之外,对厨艺还有这般研究,一定是常常下厨吧。

博士仍是一脸的冰霜,说,对,我是常常下厨房,请厨师们不要再用百合了,但是,没有人听我的。所以,我只有不吃百合。

餐桌上的气氛陡地肃穆起来。为什么?异口同声。

博士说,百合花非常美丽,特别是一种豹纹百合,更是花中极品,象征着安宁和谐幸福。

我失声道,难道我们今天吃的就是插在花瓶中无比灿烂的百合么?

博士道,豹纹百合和菜百合不是同一个品种,但属于一个大家庭,餐桌上吃的是百合的球茎。这几年,由于百合的食用和药用价值,对它的需求越来越大,越来越多的农民开始种百合。百合这种植物,是植物中的山羊。

大家实在没法把娇美的百合和攀爬的山羊统一起来,充满疑虑地看着博士。

博士说:山羊在山上走过,会啃光植被,连苔藓都不放过。

所以，很多国家严格限制山羊的数量，因此羊绒在世界上才那样昂贵。百合也需生长在山坡疏松干燥的土壤里，要将其他植物锄净，周围没有大树遮挡……几年之后，土壤沙化，农民开辟新区种植百合。百合虽好，土地却飞沙走石。

那一天那一桌那盘美妙的蜜盏菊花，只被人动了几筷子，那是在植物学博士还没有讲百合就是山羊之前，嘴馋的人先下的手。

从此，我家的花瓶里，再没有插过百合，不管是西伯利亚的铁百合还是云南的豹纹百合。在餐馆吃饭，我再也没有点过"西芹夏果百合"这道菜。在菜市场，我再也没有买过西北出的保鲜百合，那些洗得白白净净的百合头挤压在真空袋子里，好像一些婴儿高举的拳头，在呼喊着什么。

一个人的力量何其微小啊。我甚至不相信，这几年中，由于我的不吃不喝不买，台湾玉山阿里山上会少种一寸茶苗，西北的坡地上会少开一朵百合，会少沙化一筐黄土。

然而很多人的努力聚集起来，情况也许会有不同。我在巴黎最繁华的服装商店闲逛，见到地下室里很多皮衣在打折贱卖，价格便宜到你以为商家少写了几个零。我因惊讶而驻步，同行的朋友以为我图便宜想买，赶紧扯我离开，小声说，千万别买！在这里，穿动物皮毛是野蛮人的代名词。

努力，也许就会有不可思议的力量出现。墙倒众人推一直是个贬义词，但一堵很厚重的墙要訇然倒下，是一定要借众人之手的。

我没有向我家的苹果树摇动另外的花枝，也没有栽下另外一棵苹果树，在长久的等待之后，它无声无息地结出了几个苹果，其味巨甜。

仅次于人的动物

仅次于人聪明的动物,是狼。北方的狼。南方的狼什么样,我不知道。不知道的事咱不瞎说,我只知道北方的狼。

一位老猎人,在大兴安岭蜂蜜般黏稠的篝火旁,对我说。猎人是个渐趋消亡的职业,他不再打猎,成了护林员。

我说,不对。是大猩猩。大猩猩有表情,会使用简单的工具,甚至能在互联网上用特殊的词汇与人交谈。我没见过大猩猩,也不知道互联网是什么东西。我只见过狼。沙漠和森林交界地方的狼,最聪明。那是我年轻的时候啦……老猎人舒展胸膛,好像恢复了当年的神勇。

狼带着小狼过河,怎么办呢?要是只有一只小狼,它会把它叼在嘴里。若有好几只,它不放心一只只带过去,怕它在河里游的时候,留在岸边的子女会出什么事。于是狼就咬死一只动物,把那动物的胃吹足了气,再用牙齿牢牢紧住蒂处,让它胀鼓鼓的好似一只皮筏。它把所有的小狼背负在身上,借着那救生圈的浮力,全家过河。

有一次,我追捕一只带着两只小崽的母狼。它跑得不快,因为小狼脚力不健。我和狼的距离渐渐缩短,狼妈妈转头向一座巨大的沙丘爬去。我很吃惊。通常狼在危急时,会在草木茂盛处兜圈子,借复杂地形,伺机脱逃。如果爬向沙坡,狼虽然爬得快,好像比人占便宜,但人一旦爬上坡顶,就一览无余,狼就再也跑不了。这是一只奇怪的狼,也许它昏了头。我这样想着,一步一滑爬上了高高的沙丘。果然看得很清楚,狼在飞快逃向远方。我下坡去追,突然发现小狼不见了。当时顾不得多想,拼命追下去。那是我生平见过的跑得最快的一条狼,不知它从哪来那么大的力气,像贴着地皮的一只黑箭。追到太阳下山,才将它击毙,累得我几乎吐了血。

我把狼皮剥下来,挑在枪尖往回走。一边走一边想,真是一只不可思议的狼,它为什么如此犯忌呢?那两只小狼到哪里去了呢?已经快走回家了,我决定再回到那个沙丘看看。快半夜才到,天气冷极了,惨白的月光下,沙丘好似一座银子筑成的坟,毫无动静。我想真是多此一举,那不过是一只傻狼罢了。正打算走,突然看到一个隐蔽的凹陷处,像白色的烛火一样,悠悠地升起两道青烟。

我跑过去,看到一大堆干骆驼粪,白气正从其中冒出来。我轻轻扒开,看到白天失了踪的两只小狼,正在温暖的驼粪下均匀地喘着气,做着离开妈妈后的第一个好梦。地上有狼尾巴轻轻扫过的痕迹,活儿干得很巧妙,在白天居然瞒过了我这个老猎人的眼光。

那只母狼,为了保护它的幼崽,先是用爬坡延迟了我的速度,赢得了掩藏儿女的时间。又从容地用自己的尾巴抹平痕迹,并用全力向相反的方向奔跑,以一死换回孩子的生。

熟睡的狼崽鼻子喷出的热气,在夜空中凝成弯曲的白线,渐渐升高……

狼多么聪明!人把狼训练得蠢起来,就变成了狗。单个的狗绝对打不过单个的狼,这就是我想告诉你的。老猎人望着篝火的灰烬说。

后来,我果然在资料上看到,狗的脑容量小于狼。通过训练,让某一动物变蠢,以供人役使,真是一大发明啊。

青衣的味道

小时候,很长一段时间内,我都以为二郎山是天下第一高山。为什么这么说呢?那是讲世界上最高峰是珠穆朗玛峰,海拔八千八百八十二米(现在经过重新测量,改成八千八百八十二米了)。我唱了那首著名的歌:"二呀么二郎山呀,高呀么高万丈……"我拿笔一算,哎呀,少是了,一丈等于三米多,万丈就是三万多米,二郎山的高度是珠穆朗玛峰的四倍啊!当然是众山之王了。

后来我在西藏当边防军,亲眼看到了喜马拉雅山的雄姿,震撼不已。从西藏回到平原,目光就麻木起来,很少因为山貌而停留和湿润了。曾经沧海的坏处之一,就是不再轻易感动。但这一次,一睹二郎山的风姿,心中颤起波纹。

二郎山扼守山西,在一个巨大的盆地边缘像屏风般矗立着,更显出卓尔不群的峻拔。二郎山的山峰轮廓浑圆者居多,峥嵘的岩石都被无处不在的绿色植物包裹着修饰着,有一种浑然天成的厚重,不似武夷山张家界的陡峰,在妩媚中露出奇险。

青衣江仿佛一块巨型翡翠,被一轮巨碾破成无数碎玉,撒落在莽莽二郎山的峡谷之中。我也算走过一些山川,见识过若干高原湖泊,却从未见过如此清澈凛冽的江水。思来想去,好像只有天山深处的雪水河和青衣江能有一拼。可惜野马似的雪水河虽美,四周却是苍凉和寂寞的,比之二郎山青翠欲滴的生态,还是有逊色几分。这条江的名字也得的极好——青衣江。青衣江……你轻轻地缓缓地念叨这个名字,就有几分飘逸几分绵长在齿缝中穿行,还有一些依恋和清凉在舌尖上滚动。

下游的青衣江是温顺和秀丽的,但青衣江的上游喇叭河一带,很有几分桀骜不驯的躁动。江不像几股拧成麻花的青丝线,打着结,迸射出无数撕裂的线头,发出裂帛一般的轰鸣。同伴们沿着江边漫步,一路说笑,很是惬意。我找了个借口避开大家,寻一块河边的巨大卵石,坐在上边,静静地看着河水。

其实不是在看河水,是在闻江水的气味和想象青衣江水滴成冰的模样。水其实是有味道的,只是平时我们闻不到水的真正气味,水的味道被其它溶解在水中的物质所遮蔽和掩盖,甚至是不昆淆和损毁。只有最本质最洁净的水,才能散发出最纯正最简单的属于水的原生气息。

惊涛的味道是一种透明的芳香,带着桃子一样细软的绒毛,让人的鼻子有一点痒痒,禁不住深深地吸上一口气,身上的每一个细胞就都被水的青色熏蒸过了,人也就变得洁爽和透亮起来。

以前当医学学生的时候,听教授讲课说"红楼梦里只写女人是水做的,也对也不对,因为男人也是水做的。人体中,百分之七十的成分都是水。如果谁身上的水不足了,那那是脱水,是要死人的。如果谁知上的水太多了,那就是水肿,也是要死人的。"

听了就很有些悚然,方知水对于人体是如此的宝贵和重要。当人生病的时候,就是身上的不出了毛病。水顺了,人也就顺了。水乱了,人也就乱了。一个人是如此,一个国家的生态又何尝不是如此呢?我从在青衣江畔,感叹这样美丽的水已经变得十分稀少,心中百感交集。但愿青衣江能够永远这般冰清玉洁,让我们能久远地闻到沁人心脾的水的清香。

据说如果在大自然中取一些天然水,分别盛放在几个玻璃器皿中,然后放在零下二十度的环境中,过上三个小时再把玻璃器皿拿出来,在显微镜下观察水的晶体,会有天壤之别。如果是圣洁的水,就会呈现出精美非凡的图案。如果是肮脏混浊的污水,要么根本无法形成图案,要么就会出现狰狞恐怖的图形。

更神奇的是,人的祝福和祈祷也会让纯水变得更加精美。我想,如果把青衣江源头的水放进仪器冻成冰晶,一定会有世界上最美丽的图案出现吧?因为它不但洁净无比,而且融进了人们不绝的期待和祝福。

旅行使我们谦虚

由于工作的关系,常常旅行。旅行比居家的时候辛苦,这是不消说的。中国有句古话——在家千日好,出门一时难,说的就是这份不易。但时间长了,待在家里,筋骨锈了,就会生出一份隐隐的焦灼,迫不及待地想到外面走走去。

是什么诱惑着我们放弃安宁和舒适,离开温暖的家,在某一个清晨或是深夜,毅然到遥远的他乡去了呢?

当然,很多时候,是为了谋生,为了无法推卸的责任和理由。但是,随着温饱的解决,我们越来越多自觉自愿地选择了——人在旅途。

一次,我应邀到国外访问。在规定的活动完结之后,主人很热情地让我挑选一个完全自由的项目,以便我可以更深入地了解这个国家。我想了想,提笔写下了:乘坐火车或是长途汽车,在大地上旅行。主人看了看那张纸说,好,我们很乐意满足您的要求。只是,您的目的地是哪里呢?您究竟要到哪里去呢?

我说,没有目的地,不到哪里去。坐着车在土地上行走,就是目的,就是一切了。

我固执地认为,要真正认识一个国家,一个民族,一块土地,一处山水,你必得独自漫游。

旅行使我们谦虚。飞驰的速度,变换的风景,奇异的遭遇,萍逢的客人……这一切旅途中可能发生的事件,强烈地超出了我们已知的范畴,以一种陌生和挑战的姿态,敦促我们警醒,唤起我们好奇。在我们被琐碎磨损的生命里,张扬起绿色的旗帜。在我们被刻板疲惫的生活中,注入新鲜的活力。

久久的蜗居,易使我们的视野狭小,胸怀仄斜,肌力减弱,肺廓扁平……这个时候,收拾好行囊,告辞了亲人,踏上旅途吧。

珍惜旅途吧。火车上那些不眠的夜晚,凭窗而立,看铁轨旁一盏盏路灯,闪着紫蓝色的光芒,瞬忽而逝,许多记忆幽灵般地复活了。

人们常常在旅途中,猛地想起湮灭许久的往事,忆起许多故人的音容笑貌。好像旅行是一种溶剂,融化了尘封的盖子,如烟的温情就升腾出来了。

人们常常在旅途中,向相识才几个小时的旅伴倾诉衷肠,彼此那样深刻地走入了对方的精神架构。我甚至知道几位青年,竟这样找到了自己的终生伴侣。

有人把这些解释为——旅途使人们亲近,是因为没有利害关系。我不同意这个观点。正是因为同乘一列车,同渡一条船,才使我们如此亲密。旅行使人性中温暖的那些因子,弥散开来。

旅途也有困厄和风雨,艰难和险恶。但是,这不会阻止真正的旅行者的脚步。旅行正是以一种充满未知的魅力,激起人们不倦的向往。